MIRA®

Bittersüßes Geheimnis

Nur weil Angela zur Rettung ihres kranken Sohnes viel Geld brauchte, hat sie sich damals dazu hinreißen lassen, für ein ihr unbekanntes Paar ein Kind auszutragen. Doch auch die teure Behandlung konnte Joeys Tod nicht verhindern, und plötzlich wird in Angela der Wunsch, ihr zweites Kind zu sehen, übermächtig. Sie glaubt zu wissen, wer das Baby damals aus der Klinik abholte: der Tennisstar Daniel McCasslin, der auf der Insel Maui lebt und seit kurzem verwitwet ist. Angela hat einen Plan: Sie will Daniel kennen lernen, um ihrem kleinen Sohn ganz nah zu sein. Doch dann verliebt sie sich in Daniel und ist hin- und hergerissen zwischen den tiefen Gefühlen für ihn und ihrem bittersüßen Geheimnis, das er niemals erfahren darf.

Sandra Brown

Bittersüßes Geheimnis

Roman

MIRA® TASCHENBUCH
Band 25005
5. Auflage: Januar 2003

MIRA® TASCHENBÜCHER
erscheinen in der Cora Verlag GmbH & Co. KG,
Axel-Springer-Platz 1, 20350 Hamburg
Deutsche Taschenbucherstausgabe

Titel der nordamerikanischen Originalausgabe:
A Secret Splendor

erschienen bei: Silhouette Books, Toronto
Published by arrangement with
Harlequin Enterprises II B.V., Amsterdam

Übersetzung: Rita Langner
Konzeption/Reihengestaltung: fredeboldpartner.network, Köln
Umschlaggestaltung: pecher und soiron, Köln
Titelabbildung: The Image Bank, Hamburg
Autorenfoto: © by Harlequin Enterprise S.A., Schweiz
Satz: Berger Grafikpartner GmbH, Köln
Druck und Bindearbeiten: Elsnerdruck, Berlin
Printed in Germany
ISBN 3-89941-005-X

1. KAPITEL

Daniel McCasslin schmetterte den Tennisball über das Netz zurück. Sie ist also wieder da, dachte er. Zum dritten Mal in dieser Woche saß die dunkelhaarige junge Frau am selben Tisch am Rand der Terrasse, die zum Freiluft-Restaurant des Clubs gehörte. Von dort aus konnte man die Tennisplätze sehr gut überblicken.

Zu Beginn des Trainingsspiels hatte sie noch nicht dort gesessen, aber als sie später auf die Terrasse hinausgetreten war, hatte Daniel sie sofort bemerkt und prompt einen Ball verschlagen, weil seine Aufmerksamkeit für einen Augenblick von ihren anmutigen Bewegungen abgelenkt wurde. Graziös strich sie den Rock über ihren Hüften und den Oberschenkeln glatt, bevor sie sich setzte.

„Du wirst mit jedem Tag besser", stellte Gary, Daniels Trainingspartner, fest. Sie kamen nun am Netz zusammen, um einen Moment zu verschnaufen, einen Schluck Mineralwasser zu trinken und sich den Schweiß vom Gesicht zu wischen.

„Leider bin ich noch nicht gut genug", antwortete Daniel. Dann setzte er die Seltersflasche an den Mund. Dabei warf er wieder einen Blick zu der Frau auf der Terrasse hinüber. Seit er sie dort zum ersten Mal entdeckt hatte, verspürte er Neugierde.

Auch heute beugte sie sich über den Tisch und schrieb irgendetwas auf einen Block, wie sie es an den vergangenen Tagen getan hatte. Was zum Teufel notierte sie nur immerzu?

Daniel stellte die Seltersflasche ab. Sein Blick wurde misstrauisch. Ob diese Frau etwa zu den entnervenden Zeitungsleuten gehörte? Nur das nicht!

„Daniel! Hörst du mir überhaupt zu?"

„Was?" Daniel schaute seinen Tennispartner verwirrt an. „Entschuldige, Gary. Was hast du gesagt?"

„Ich sagte, deine Kondition hat sich seit letzter Woche ebenfalls erheblich verbessert. Du scheuchst mich ganz schön über den Platz und scheinst nicht mal außer Atem zu geraten."

Daniel lächelte, und dabei verschwanden die kleinen weißen Linien in seinem tief gebräunten Gesicht. Dieses Lächeln erinnerte an eine Zeit, in der er noch nicht wusste, was eine Tragödie im Leben eines Menschen bedeutete.

„Du spielst fantastisch", sagte er, „doch du bist eben nicht Gerulaitis oder Borg oder McEnroe, Gary. Nimm's mir nicht übel, alter Junge, aber ich muss erheblich wendiger und treffsicherer sein als du, wenn ich es wieder mit den wahren Größen aufnehmen will, und so weit bin ich noch lange nicht."

„Na, ich seh' den Tag schon kommen, an dem ich über meine raushängende Zunge stolpere, während du noch so viel Schwung hast, übers Netz zu hüpfen, wenn das Spiel aus ist.“

Daniel klopfte Gary freundschaftlich auf die Schulter. „Warten wir es ab, mein Junge.“ Er lachte, nahm seinen Tennisschläger auf und ließ ihn unbewusst, aber gekonnt in der Hand herumwirbeln.

Aufmunternde Zurufe und freundlicher Applaus kamen von einer Gruppe Zuschauerinnen, die vor dem Zaun standen, der die Tennisplätze umgab. Die Zurufe wurden lauter, als Daniel zur Grundlinie zurückging.

„Deine Fans sind heute wieder mal vollzählig versammelt“, spöttelte Gary gutmütig.

„Diese albernen Groupies“, knurrte Daniel und blickte zu den Frauen hinüber, die sich wie hungrige Tiere im Zoo an den Zaun herandrängten. Und er war ihr Futter!

Er machte eine abweisende Miene, doch das schien seine Bewunderinnen eher zu begeistern als abzuschrecken. Sie riefen ihm reichlich schamlose Worte zu und flirteten ohne jede Zurückhaltung mit ihm.

Daniel wandte sich angewidert ab und zwang sich dazu, sich auf den Ball zu konzentrieren. Er ließ ihn ein paar Mal vom Boden abprallen und plante dabei seinen Aufschlag. Er wollte den Ball so über das Netz schmettern, dass er in der hinteren Ecke des Feldes aufschlug und dann nach links auf Garys schwache Rückhandseite sprang.

Eine seiner Anhängerinnen machte eine eindeutige, mehr

als unschickliche Bemerkung. Er knirschte mit den Zähnen. Wussten diese dummen Gänse nicht, dass Frauen ihm gestohlen bleiben konnten? Ellie war doch gerade erst gestorben ...

Verdammt, Daniel McCasslin, denk nicht an Ellie! rief er sich zur Ordnung. Er durfte nicht an sie denken, wenn das Match nicht zum Teufel gehen sollte.

„Mr. McCasslin?"

„Höchstpersönlich!" hatte Daniel fröhlich ins Telefon gerufen.

Ein sonniger Tag wie jener im Inselparadies Hawaii konnte einen Mann auf alle möglichen Gedanken bringen, nur nicht auf den, dass seine Frau zwischen Blechtrümmern und Glassplittern bei einem Autounfall gestorben war.

„Sind Sie allein?"

Daniel hatte den Hörer vom Ohr genommen und ihn einen Moment lang verwundert und erheitert angeschaut. Dann hatte er gelacht. „Ja, ich bin allein, wenn man von meinem Sohn absieht. Aber warum fragen Sie? Haben Sie etwa vor, mir etwas Obszönes zu erzählen?" Er hatte einen Scherz machen wollen; wie hätte er auch ahnen können, mit was für einer schrecklichen Nachricht er konfrontiert werden sollte?

„Mr. McCasslin, ich bin Lieutenant Scott von der Polizei in Honolulu. Es hat einen Autounfall gegeben ..."

Von dem, was dann kam, hatte Daniel nicht viel behalten.

Daniel nahm den Ball auf und hielt ihn in der Hand, als wollte er ihn wiegen. Dabei versuchte er, die Erinnerung zu verjagen, die in seinem Innersten schmerzte. Unwillkürlich richtete er den Blick auf die Frau, die noch immer an dem Tisch auf der Terrasse saß. Sie hatte den Arm aufgestützt und die Wange in die Hand gelegt. Offensichtlich schaute sie ins Leere und schien nichts um sich herum wahrzunehmen. War sie denn nicht ein bisschen neugierig auf Daniel McCasslin?

Anscheinend nicht. Bis jetzt hatte sie kaum einmal zum Tennisplatz geschaut. Ihre Gleichgültigkeit ärgerte Daniel, was absolut unangebracht war; seit Ellies Tod, der jetzt knapp ein Jahr zurücklag, hatte er schließlich nichts mehr gewünscht, als in Ruhe gelassen zu werden.

„He, Daniel!" rief eines der Mädchen am Zaun. „Wenn du keine Lust mehr hast, Tennis zu spielen, dann spiel doch mal mit mir!"

Heißer Zorn packte Daniel bei so viel Unverschämtheit. Wütend hob er den Arm und vollzog seinen Aufschlag mit einer solchen Kraft, dass der Ball wie ein undeutlicher Strich durch die Luft zischte. Während des gesamten Satzes spielte er mit der sprichwörtlichen Wut im Bauch, und am Ende konnte Gary nur zwei Punkte für sich verbuchen.

Wenig später schlang sich Gary ein Handtuch um den Hals. Er war völlig außer Atem. „Wenn ich gewusst hätte, dass du nichts weiter als ein paar schmutzige Angebote von deinen Groupies brauchst, um zu solch großer Form aufzulaufen, dann hätte ich die Mädchen längst stundenweise für dich gemietet."

Daniel packte seine Sporttasche und verstaute den Schläger im Außenfach. Dann wandte er sich den Treppenstufen zu, die zur Terrasse führten. „Die meisten von denen da kann man wohl tatsächlich stundenweise mieten", meinte er.

„Nun rede mal nicht so schlecht von ihnen. Schließlich sind das deine Fans."

„Mir wäre es lieber, ich hätte ein paar Fans unter den Sportjournalisten. Aber da fehlt's. Die Leute erzählen der Welt nur immer, ich sei weg vom Fenster. Erledigt. Ewig betrunken."

„Du warst ewig betrunken."

Daniel blieb auf der Stufe stehen und drehte sich ärgerlich zu Gary um. Sein Freund schaute ihn offen, ehrlich und völlig arglos an. Was er gesagt hatte, entsprach ja den Tatsachen. Daniels Ärger verflog.

„Du hast Recht", gab er fast verlegen zu.

„Vergiss es. Das ist jetzt vorbei. Heute warst du ganz der alte Daniel. Wenn ich bloß an deine Aufschläge denke! Einfach mörderisch!" Gary verdrehte die Augen, und Daniel musste lachen. „Und dann deine wohl überlegte Taktik, immer auf meine schwache Linke zu spielen ..."

Daniel schmunzelte. „Ich dachte, das hättest du nicht gemerkt."

„Na, hör mal!"

Schnell stiegen sie die letzten Stufen zur Terrasse hoch.

Daniel sah, dass die Frau noch immer da war. Schreibpapier lag über ihrem Tisch verstreut. Ein Glas Mineralwasser stand griffbereit neben ihrer rechten Hand. Sie schrieb jetzt wieder etwas auf ihren Block. Der Weg zu den Umkleideräumen führte an dem Tisch vorbei. Soll ich einen Bogen schlagen? überlegte Daniel. Nein, das würde auffallen.

Als die beiden Männer bei ihrem Tisch waren, schaute die dunkelhaarige Frau auf. Das war offenbar eine reine Reflexreaktion; sie fühlte sich in ihren Gedankengängen gestört und blickte unwillkürlich hoch, um die Ursache der Störung zu ergründen. Zufällig sah sie dabei Daniel direkt in die Augen.

Die Frau schaute sofort wieder auf ihren Schreibblock hinunter, aber Daniel würde ihre unglaublich grünen Augen so schnell nicht vergessen.

Jäh entschloss er sich, sie bei seiner Rückkehr aus den Umkleideräumen anzusprechen – wenn sie dann noch immer hier saß. Wenn nicht, auch gut. Ihm lag schließlich nichts daran, die Bekanntschaft einer Frau zu machen. Diese hier interessierte ihn allerdings. Natürlich war er nur deshalb auf sie neugierig, weil sie ihn offenbar so gar nicht interessant fand.

Also gut, er wollte es dem Schicksal überlassen. Hielt sie sich nachher noch hier auf, würde er Kontakt mit ihr aufnehmen. Das war ja wohl nichts Schlimmes.

Aber nicht extra lange unter der Dusche trödeln! ermahnte er sich selbst.

Angela Gentrys Herz hämmerte wie wild.

Fünf Minuten waren schon verstrichen, seit Daniel McCasslin so dicht an ihr vorbeigegangen war, dass sie ihn hätte berühren können, und noch immer konnte sich ihr Herz nicht beruhigen. Zum ersten Mal hatte sie ihn ganz nahe vor sich gesehen. Sie wischte sich die feuchten Hände an der Serviette ab, die sie zerknüllt in ihrer Faust gehalten hatte, und trank einen Schluck Mineralwasser. Ihre Finger zitterten dabei so, dass die Eiswürfel im Glas klirrten.

Er hatte sie direkt angesehen. Ihre Blicke hatten sich nur eine winzige Sekunde lang gekreuzt. Trotzdem traf es sie wie ein Blitzschlag, diesem Mann zum ersten Mal in die Augen zu blicken und dabei an das zu denken, was sie beide miteinander verband. Jeder war dem anderen völlig fremd, und dennoch hatten sie beide ein Geheimnis, das sie ihr ganzes Leben lang miteinander teilen würden.

Angela schaute auf den Platz hinunter, wo er eben so hervorragend gespielt hatte. Noch vor wenigen Monaten hatte sie von diesem Sport, insbesondere vom professionellen Tennis, so gut wie keine Ahnung gehabt. Inzwischen aber besaß sie so viele Kenntnisse, dass sie sich fast als Expertin bezeichnen konnte. Und über die Karriere des Profis Daniel McCasslin wusste sie am besten Bescheid.

Vier Damen traten auf den Platz hinaus. Zu ihrer Tenniskleidung, offensichtlich Modellanfertigung, trugen sie extravaganten Gold- und Diamantschmuck, womit sie einigermaßen lächerlich wirkten. Angela lächelte nachsichtig zu ihnen hinunter, als sie sich daran erinnerte, wie Ronald sie dazu hatte überreden wollen, der Tennisabteilung ihres Country Clubs in Los Angeles beizutreten.

„Das ist nichts für mich, Ronald", hatte sie abgelehnt.

„Stattdessen sitzt du lieber zu Hause und schreibst deine kleinen Verse, die du dann versteckst, damit sie niemand zu lesen bekommt. Du musst ja nicht gut spielen, Angela. Mir ist völlig egal, ob du von Tennis etwas verstehst oder nicht. Aber deine Mitgliedschaft wäre gut für mein berufliches Ansehen, von den nützlichen Kontakten einmal ganz abgesehen, die du als aktives Mitglied knüpfen könntest. Du kämst mit den Frauen anderer Ärzte zusammen."

Angela blieb hart, und Ronald war dann schließlich auch mit Bridge einverstanden. Sie brachte es darin zwar nie zur Meisterschaft, aber sie spielte gut genug, um zu allen Turnieren, die der Country Club veranstaltete, eingeladen zu werden. Auf diese Weise befriedigte sie Ronalds Wunsch nach einem Umgang, der ihm für die Gattin eines prominenten Arztes angemessen schien.

Dann kam Joey auf die Welt und bot ihr einen unwiderlegbaren Grund, ihre gesellschaftlichen Aktivitäten etwas einzuschränken. Außerdem konnte sie Joey als Entschuldigung für verschiedene andere Dinge anführen, von denen sie heute einige am liebsten vergessen würde. Ob ihr geliebter, unschuldiger Sohn ihre Entscheidung verstanden hätte, die ihr ganzes Leben verändert hatte? Könnte er ihr verzeihen, was sie sich selbst kaum zu verzeihen vermochte?

An dem Tag, als sein kleiner Sarg in die Erde gesenkt wurde, hatte Angela im Stillen um Joeys Vergebung gefleht, und sie hatte auch Gott um Vergebung gebeten dafür, dass es sie immer mit Bitterkeit erfüllte, mit anzusehen, wie ein intelligentes, hübsches Kind in einem Krankenbett dahinsiechte, während andere Kinder fröhlich herumtollten und Unsinn anstellten.

Angela versuchte, ihre trüben Erinnerungen beiseite zu schieben. Sie hob ihr Glas an die Lippen und trank sich selber zu, weil sie sich Daniel McCasslin gegenüber richtig verhalten hatte. Jedermann wusste, dass er Interviews und jede andere Art von Publicity rundweg ablehnte, seit er völlig zurückgezogen auf seinem abgeschirmten Anwesen hier auf der Hawaii-Insel Maui lebte.

Tagelang hatte sich Angela überlegt, wie sie am besten an ihn herankommen könne. Selbst noch auf dem Flug von Los Angeles hierher waren immer wieder neue Pläne von ihr entwickelt und dann verworfen worden.

Unternommen hatte sie bisher nichts Handfestes, außer sich ein Zimmer in der Ferienanlage zu mieten, auf deren Tennisplatz Daniel trainierte. Die Geschäftsleitung hatte ihm hier strengste Diskretion zugesichert.

Angela war nichts weiter übrig geblieben, als unauffällig vorzugehen. Also ließ sie sich einfach nur sehen und wartete ab, was geschehen würde. Ganz bewusst tat sie so, als nehme sie Daniel gar nicht zur Kenntnis, denn sie hatte deutlich gemerkt, wie ihn seine weniger zurückhaltenden Bewunderinnen verstimmten.

Heute also hat er mir endlich Beachtung geschenkt, ich habe es sofort gespürt, dachte sie zufrieden. Obwohl sie weiterhin vorgegeben hatte, sich nicht im Mindesten für ihn zu interessieren, hatte sie ihn keine Sekunde aus den Augen gelassen. Ein paar Mal hatte er zu ihr heraufgeschaut, vor allem nach besonders guten Schlägen. Stets war es ihr gelungen, noch rechtzeitig auf ihren Schreibblock zu gucken, so dass Daniel ihrem Blick nie begegnete.

Eine Berühmtheit wie er war es natürlich nicht gewöhnt, nicht beachtet zu werden, und in seinem Fall war eine gewisse Eitelkeit auch durchaus verständlich. Er trug sein blondes Haar ein wenig zu lang, aber es stand ihm ausgezeichnet. Seinem durchtrainierten Körper sah man den Alkoholmissbrauch der vergangenen Monate nicht an. Die tropische Sonne hatte Daniel tief gebräunt, und er bewegte sich geschmeidig. Sein Oberkörper war etwas massiger als bei den meisten Tennisspielern, doch diesen kleinen Schönheitsfehler vergaß man sofort, wenn man das Spiel seiner Muskeln unter seinem weißen T-Shirt beobachtete.

Offensichtlich berührte es ihn seit dem tragischen Tod seiner Frau unangenehm, wenn seine Bewunderinnen seine Anziehungskraft allzu deutlich zur Kenntnis nahmen.

Ja, ich habe es schon richtig angefangen, gratulierte sich

Angela. Heute hatte Daniel sie zum ersten Mal beachtet, und morgen würde er vielleicht ...

„Sie müssen sehr viele Freunde und Verwandte haben."

Beim Klang der Männerstimme hinter ihr zuckte Angela zusammen. Sie drehte sich um, und ihr Blick fiel zunächst einmal auf bemerkenswert gut sitzende weiße Shorts, die auf der Stelle ihre Fantasie in Gang setzten.

Angela errötete ein wenig und schaute langsam an Daniel McCasslin hoch. Seine blaue Windbluse, deren Reißverschluss nur zur Hälfte geschlossen war, gab den Blick auf seine braune Brust mit dem goldschimmernden Haar darauf frei. Er lächelte strahlend, seine weißen Zähne blitzten, und seine Augen waren tatsächlich von dem so oft beschriebenen umwerfenden Blau.

„Wie meinen Sie, bitte?" Angela konnte nur hoffen, dass ihre Stimme ihm ihre Nervosität nicht verriet.

„Sie schreiben so furchtbar viel. Ich dachte, es wären lauter Ansichtskarten. Ihr Lieben daheim, mir geht es gut. Schade, dass Ihr nicht auch hier seid und so weiter."

Angela lächelte, fiel dabei aber keineswegs aus ihrer nonchalanten Rolle. „Nein, ich schreibe keine Postkarten. Es gibt daheim niemanden, der sie erwarten würde."

„Dann gibt es also auch niemanden, der etwas dagegen hätte, dass ich mich zu Ihnen setze."

„Ich selbst könnte etwas dagegen haben."

„Und? Haben Sie?"

Angela war entzückt, zeigte es aber natürlich nicht. Sie machte eine winzige Kunstpause und antwortete dann: „Nein, ich glaube nicht.“

Daniel schob seine Sporttasche unter den Stuhl ihr gegenüber, setzte sich und streckte Angela über den papierübersäten Tisch hinweg die Hand hin. „Daniel McCasslin.“

Sie nahm seine ausgestreckte Rechte. „Angela Gentry.“ Sie berührte ihn! Ihre Hand lag tatsächlich auf seiner! Dies war der erste körperliche Kontakt mit diesem Mann, und, dabei ...

„Machen Sie hier Ferien?“ erkundigte er sich höflich.

Angela ließ seine Hand los, lehnte sich auf ihrem Stuhl zurück und versuchte, einen klaren Kopf zu behalten. „Teils, teils. Eine Mischung aus Arbeit und Vergnügen.“

Daniel winkte dem Kellner, der hinter der Freiluft-Bar stand. „Möchten Sie noch etwas trinken?“ fragte er Angela.

„Ja, aber diesmal Ananassaft.“

„Natürlich, Sie sind nicht von hier. Sonst hätten Sie das Zeug längst über.“

Warum muss er nur so hinreißend lächeln? dachte Angela. Bei seinem Charme würde sie noch vergessen, weshalb sie ihn eigentlich kennen lernen, sein Vertrauen und wenn möglich auch seine Freundschaft gewinnen wollte.

„Die Dame wünscht Ananassaft, und ich möchte drei oder vier Gläser Wasser“, sagte er zu dem Kellner.

„Sehr wohl, Mr. McCasslin. Sie haben heute ausgezeichnet gespielt, Sir.“

„Vielen Dank. Machen Sie schnell mit dem Wasser. Ich bin völlig ausgetrocknet."

„Sehr wohl, Sir."

„Sie haben wirklich ausgezeichnet gespielt", bemerkte Angela, nachdem der Kellner sich entfernt hatte.

Daniel schaute sie eine Weile nachdenklich an, ehe er antwortete: „Ich dachte, Sie hätten das Match überhaupt nicht zur Kenntnis genommen."

„Dann hätte ich taub und blind sein müssen. Ich verstehe zwar nicht viel von Tennis, aber ich kann beurteilen, dass Sie jetzt entschieden besser spielen als vor ein paar Monaten."

„Dann kennen Sie mich also?"

„Ja. Ich habe Sie ein paar Mal im Fernsehen gesehen." Weil Daniel darauf ein jungenhaft enttäuschtes Gesicht machte, fuhr sie lächelnd fort: „Sie sind eine Berühmtheit, Mr. McCasslin. Ihr Name ist weltweit ein Begriff."

„Richtig, und darum werde ich normalerweise auch weltweit angestarrt", gab er etwas herausfordernd zurück.

„Von Leuten wie Ihre Hurra-Riege da unten?" Angela deutete mit dem Kopf zum Zaun hinunter, hinter dem sich die jetzt verschwundenen Groupies gedrängt hatten.

Daniel seufzte. „Nehmen Sie es mir ab, wenn ich Ihnen versichere, dass ich nur deswegen hier trainiere, weil man mir Anonymität und Ruhe garantiert hatte? Außerdem sind das hier die besten Tennisplätze auf Maui. Was ich aber nicht bedachte, ist die Tatsache, dass die Gäste der Ferienanlage

Zutritt zu den Sportplätzen haben. Als sich herumsprach, dass ich hier trainiere ..." Er zuckte resigniert die Schultern. „Nun, Sie haben das Ergebnis ja gesehen."

„Die meisten Menschen würden sich von solcher Begeisterung geschmeichelt fühlen."

Daniel quittierte das mit einem spöttischen Blick und wechselte dann rasch das Thema. „Also, was schreiben Sie hier nun andauernd?" fragte er und deutete auf die über den Tisch verstreuten Blätter.

„Das sind Notizen. Ich bin freiberufliche Journalistin."

Obwohl Daniel sich nicht bewegte, nahm Angela deutlich wahr, dass er sich vor ihr zurückzog. Sein Gesichtsausdruck wurde undurchdringlich. Er presste die Lippen zusammen und packte das Glas Wasser fester, das der Kellner gerade gebracht hatte.

„Ich verstehe", sagte er kühl.

Angela senkte den Blick und zupfte an dem Papieruntersatz ihres Glases. „Den Eindruck habe ich nicht. Ich bin zwar Journalistin, aber keine Reporterin und keineswegs auf ein Interview mit Ihnen aus. Sie haben dieses Gespräch begonnen, Mr. McCasslin, nicht ich."

Als er darauf nicht antwortete, hob sie die Lider und schaute ihn an. Er machte wieder das gleiche Gesicht wie zuvor, und sein Lächeln war durchaus freundlich, wenn auch ein bisschen zurückhaltender.

„Nennen Sie mich bitte Daniel", bat er.

Er wollte das Gespräch also nicht abbrechen. Angela verspürte Erleichterung. „Gut, Daniel. Und ich bin Angela."

„Sie schreiben für Zeitschriften. Was denn? Romane etwa?"

Angela lachte. „Noch nicht. Eines Tages vielleicht einmal. Im Moment versuche ich mich auf jedem möglichen Gebiet, bis ich mein eigenes Fach gefunden habe. Wissen Sie, ich hatte schon lange vor, einmal auf die Hawaii-Inseln zu kommen, habe es jedoch nie geschafft. Nun verpflichtete ich mich für ein paar Artikel, um so meine Reise zu finanzieren. Auf diese Weise kann ich jetzt länger hier bleiben, ohne befürchten zu müssen, dass das Minus auf meinem Bankkonto allzu groß wird."

Daniel gefiel der Klang ihrer Stimme und die Art, wie sie ihren Kopf beim Sprechen ein wenig zur Seite neigte, wobei ihr dunkles Haar über eine Schulter fiel. Der Wind blies ihr ein paar Strähnen ins Gesicht, die in der hellen Sonne ein bisschen rötlich schimmerten. Offensichtlich war sie schon lange genug auf der Insel, um eine leichte Bräune erworben zu haben. Angela Gentry besaß eine Haut, die man gern berühren wollte. Und das galt auch für ihr Haar. Und erst recht für ihre Lippen.

Daniel räusperte sich. „Was sind das für Artikel?"

Angela erzählte ihm, dass sie für den Reiseteil der „Los Angeles Times" und für ein Modemagazin schrieb. Demnächst würde sie einen bekannten Botaniker interviewen und dann einen Artikel für eine Gartenzeitschrift verfassen.

Daniel hörte ihr kaum zu. Zum ersten Mal seit Ellies Tod interessierte er sich wieder für eine Frau. Das verblüffte ihn selbst, denn er hatte nie gedacht, dass ihm jemals daran liegen würde, sich noch einmal auf irgendwelche tieferen Beziehungen einzulassen.

Dieses Zusammentreffen hier würde selbstverständlich über einen gemeinsamen Drink oder eine kleine Unterhaltung nicht hinausgehen; dennoch gab ihm die Bekanntschaft mit Angela Gentry das Gefühl, dass er eines Tages über Ellies Tod hinwegkommen und sich wieder ernsthaft um weibliche Gesellschaft bemühen würde.

Fraglos entgingen ihm Angelas Reize nicht; da hätte er ja blind sein müssen. Sie war eine schöne Frau, und sie hatte so etwas Gelassenes an sich, das ihn ansprach. Daniel versuchte, sich auf ihre Ausstrahlung und auf ihre angenehme Stimme zu konzentrieren und alle anderen Aspekte außer Acht zu lassen.

Seit er sich an ihren Tisch gesetzt hatte, kostete es ihn Mühe, nicht immerzu auf ihre Brüste zu starren. Waren sie wohl von Natur so schön geformt, oder trug Angela einen trägerlosen BH unter ihrem grünen Strandkleid?

Na, versuch doch, es herauszufinden! munterte er sich selbst auf.

Da das natürlich hier nicht ging, musste er sich auf sein Urteilsvermögen beschränken, und das sagte ihm, dass Angela keine formenden Kleidungsstücke nötig hatte. Als guter

Beobachter, der Daniel nun einmal war, sah er, dass sich ihre Brustspitzen unter dem leichten Stoff ihres Kleides abzeichneten. In ihm regte sich ein Verlangen, das er seit Ellies Tod verloren zu haben glaubte. Jetzt wusste er nicht, ob er sich über dieses Gefühl freuen oder schämen sollte.

Was würde wohl passieren, schoss es ihm plötzlich durch den Kopf, wenn ich mich jetzt zu ihr hinüberbeugte und ihr sagte: „Angela, nehmen Sie es mir nicht übel, aber zum ersten Mal seit dem Tod meiner Frau reagiert mein Körper wieder richtig auf ein weibliches Wesen."

Natürlich hatte es in den vergangenen Monaten Frauen für ihn gegeben. Diese Damen waren ihm von wohlmeinenden Freunden zugeführt worden, die glaubten, in Liebesdingen geschickte Hände und verführerische Lippen seien das Allheilmittel gegen jeden Kummer. Während Daniel jetzt an diese im Alkoholnebel erlebten Begegnungen zurückdachte, verachtete er sich aus tiefster Seele.

Nach einem Match in Paris, das ihm so ziemlich die größte Blamage seines Lebens bescherte, hatte er sich sogar selbst eine Frau ausgesucht, ein Callgirl. Später, als er wieder nüchtern war, hatte er dieses Erlebnis als eine Art selbst auferlegter Strafe betrachtet, und dies war der Wendepunkt für ihn gewesen.

Wenn jemand den Untergang des Daniel McCasslin aufhalten konnte, dann nur er selber. Und der Untergang musste unbedingt aufgehalten werden. Schließlich gab es ja Richy.

„Wie lange leben Sie schon auf den Hawaii-Inseln?“ erkundigte sich Angela.

Ihre Frage holte Daniel in die inzwischen nicht mehr ganz so düstere Gegenwart zurück.

„Seit ich erwachsen bin“, antwortete er. „Nachdem ich als Vertragsspieler Siege errang und damit Geld verdiente, schien mir Hawaii als Adresse für einen Junggesellen sehr passend. Ich wohnte in Honolulu auf Oahu, als ich Ellie kennen lernte. Sie ...“ Daniel unterbrach sich. „Entschuldigen Sie bitte.“ Er schaute in sein Wasserglas und nahm unmerklich eine gewisse Abwehrhaltung ein.

„Mir ist bekannt, was Ihrer Frau zugestoßen ist, Daniel“, sagte Angela leise. „Sie brauchen sich nicht dafür zu entschuldigen, dass Sie sie erwähnt haben.“

Daniel blickte in Angelas Augen und sah darin ein Mitgefühl, das nichts mit der Neugier früherer Gesprächspartner zu tun hatte. Das bewegte ihn weiterzusprechen.

„Ihr Vater war Marineoffizier und in Pearl Harbor stationiert. Eleanor Elizabeth Davidson – ich erklärte ihr, dass sie einfach zu klein sei – sie war wirklich ein zierliches Persönchen –, um den Namen einer Präsidentengattin, Eleanor Roosevelt, und den einer englischen Königin zu tragen.“

„Also haben Sie sie kurzerhand zu Ihrer ‚Ellie‘ ernannt, ja?“ Angela lächelte aufmunternd.

Daniel nickte. „Ja, und zwar sehr zum Missfallen ihrer Eltern.“ Er trank einen Schluck Wasser und malte Kringel in den feuchten Niederschlag auf seinem kalten Glas. „Wie dem auch sei, nach ihrem Tod brauchte ich einen Tapetenwechsel und zog von Oahu hierher nach Maui, wo man viel ruhiger leben kann. Ich wollte mich vor der Öffentlichkeit zurückziehen und Richy vor den vielen Blicken abschirmen."

Angela erstarrte. „Richy?"

„Mein Sohn." Daniel strahlte.

Angelas Hals war wie zugeschnürt. Sie schluckte. „Ach ja", brachte sie heraus. „Ich habe von ihm gelesen."

„Er ist einfach umwerfend. Der klügste und süßeste kleine Junge auf der ganzen Welt. Heute Morgen hat er ..." Daniel brach ab. „Entschuldigen Sie. Wenn ich von ihm rede, kenne ich meist kein Halten mehr."

„Sie langweilen mich damit keineswegs", versicherte Angela rasch.

„Na, ich glaube, auf die Dauer doch. Lassen Sie mich nur so viel sagen: Richy ist in meinem augenblicklichen Leben das Einzige, worauf ich stolz sein kann. Wir wohnen direkt am Strand. Es gefällt uns dort."

Angela hatte Mühe, Haltung zu bewahren. Sie schaute auf den Ozean hinaus. Schaumgekrönte Wellen rollten auf den Strand und zogen sich dann wieder ins Meer zurück.

„Ich verstehe, weshalb Sie gern auf Maui leben. Es ist wunderschön hier."

„Ja, das ist es", bestätigte Daniel. „Ich fühle mich hier inzwischen wie in einem Sanatorium, in dem sich Körper und Seele erholen können."

Insgeheim fragte er sich, weshalb er so offen mit dieser Frau redete. Gleich darauf fand er die Antwort: Sie wirkte verständnisvoll und flößte einem irgendwie Vertrauen ein.

Dann kam ihm etwas anderes in den Sinn. „Sie sagten vorhin, es gäbe bei Ihnen daheim niemanden, der Ihre Postkarten erwartet. Sind Sie nicht verheiratet?"

„Ich war es. Ich bin geschieden."

„Und Kinder?"

„Einen Sohn, Joey." Angela sah Daniel direkt ins Gesicht. „Er ist gestorben."

Er murmelte ein an sich selbst gerichtetes Schimpfwort, seufzte und sagte dann: „Verzeihen Sie bitte. Ich weiß, wie schmerzlich es manchmal ist, wenn man an etwas erinnert wird."

„Ich bin Ihnen nicht böse. Im Gegenteil. Wissen Sie, ich nehme es meinen Freunden und Bekannten geradezu übel, dass sie dieses Thema so gründlich vermeiden, als hätte es Joey nie gegeben."

„Das kann ich nachfühlen. Alle Leute umgehen es, Ellie zu erwähnen. Vermutlich haben sie Angst, ich werde in Tränen ausbrechen und sie damit in Verlegenheit bringen."

„Ja", sagte Angela, „und dabei möchte ich Joeys Andenken bewahren. Er war ein so intelligentes, hübsches und fröhliches Kind."

„Was ist passiert? Ein Unfall?"

„Nein. Im Alter von vier Monaten zog er sich eine Hirnhautentzündung zu. Das hat seine Nieren zerstört. Von da an musste er sich regelmäßig einer Blutwäsche unterziehen. Ich dachte, dass er dennoch ein einigermaßen normales Leben würde führen können, aber ..."

Angela sprach nicht weiter, und für eine Weile herrschte Schweigen. Auch alle anderen Laute schienen erstorben zu sein – das Gelächter an dem Tisch am anderen Ende der Terrasse, das Geschepper des Mixbechers, den der Kellner hinter der Bar schüttelte, und das Gekreische der vier Damen auf dem Tennisplatz unter ihnen.

„Es ging ihm immer schlechter", fuhr Angela schließlich fort. „Komplikationen traten ein, und ehe eine passende Niere für eine Transplantation zur Verfügung stand, starb Joey."

„Und Ihr Mann?" fragte Daniel leise.

Wann hatte er eigentlich ihre Hand ergriffen? Angela hätte es nicht sagen können, aber plötzlich war sie sich dessen bewusst und fühlte, wie er mit dem Daumen über ihre Fingerknöchel streichelte.

„Wir wurden vor Joeys Tod geschieden. Er hat unseren Sohn mehr oder weniger meiner Fürsorge überlassen."

„Mr. Gentry scheint ein ziemlicher Schuft zu sein."

Angela lächelte. Der Name ihres geschiedenen Mannes lautete zwar nicht Gentry, aber ansonsten musste sie Daniel Recht geben. „Stimmt genau. Er ist ein Schuft."

Daniel erwiderte unwillkürlich Angelas Lächeln, und eine Weile blinzelten die beiden einander wie zwei Vertraute zu. Schließlich wurden sie sich dessen bewusst, was sie prompt verlegen machte.

Daniel ließ Angelas Hand los und angelte unter seinem Stuhl nach seiner Sporttasche.

„Ich habe Sie lange genug von Ihrer Arbeit abgehalten", sagte er. „Außerdem habe ich mich für heute Nachmittag als Babysitter verpflichtet, weil meine Haushälterin einkaufen gehen möchte."

„Sie haben eine Haushälterin, die sich um Richy kümmert? Kann sie ... ich meine, ist sie gut zu ihm?" Vor Aufregung versagte Angela fast die Stimme.

„Ich wüsste nicht, was ich ohne sie täte. Mrs. Laani war schon vor ... vor Richys Geburt bei uns. Nach Ellies Tod zog sie mit mir nach Maui, übernahm den Haushalt und die Pflege Richys. Sie genießt mein volles Vertrauen."

Angela atmete erleichtert auf. „Welch ein Glück, dass Sie mit Richy nicht ganz allein dastehen."

Daniel erhob sich und streckte ihr die Rechte hin. „Ich freue mich sehr, Sie kennen gelernt zu haben, Angela."

Sie schüttelte seine Hand. „Ganz meinerseits."

Er schien ihre nicht wieder loslassen zu wollen, und als er es endlich doch tat, strich er dabei mit den Fingerspitzen über ihren Handteller. Er wünschte, er könne auf gleiche Weise auch ihre Wangen, ihre Schultern und die Unterseite ihrer Arme berühren. Wie gern hätte er auch ihr Haar und ihren Nacken gestreichelt!

„Ich hoffe, Sie verleben hier weiterhin schöne Tage, Angela."

Ihr Herz schlug schneller. „Oh, ganz bestimmt."

„Dann also – auf Wiedersehen."

„Auf Wiedersehen, Daniel."

Nach drei Schritten blieb Daniel stehen. Offensichtlich kämpfte er mit sich. Sollte er jetzt etwas tun, was er nicht mehr getan hatte, seit Ellie Davidson in sein Leben getreten war, sollte er Angela um ein Rendezvous bitten?

Er wandte sich zu Angela um. „Ich – äh – sind Sie morgen auch wieder hier?" fragte er.

„Das weiß ich noch nicht", antwortete sie freundlich, aber kühl. Insgeheim hielt sie den Atem an und schickte ein Stoßgebet zum Himmel. „Warum?"

„Nun, Gary und ich spielen morgen wieder zusammen." Er nestelte am Reißverschluss seiner Windjacke. „Ich dachte, vielleicht möchten Sie zuschauen. Anschließend könnten wir – könnten wir irgendwo zusammen zu Mittag essen."

Angela senkte die Lider. Am liebsten hätte sie vor Freude laut gejubelt.

„Wenn Sie nicht ...", begann Daniel erneut.

„Nein, nein", unterbrach sie ihn. „Ich meine, ja. Okay, danke, gern."

„Fein!" rief er aus. Sein Selbstvertrauen kehrte zurück. Wieso lag ihm eigentlich so viel daran, dass sie einwilligte? Er konnte doch jederzeit jede Frau bekommen, die er haben wollte. Und nicht nur zum Mittagessen. Aber ihm war es ungeheuer wichtig, dass Angela Ja sagte.

„Dann also bis morgen Mittag“, sagte er und versuchte unauffällig, einen Blick auf Angelas Beine unter dem Tisch zu erhaschen. Vielleicht waren sie unförmig.

„Gut, ich werde hier sein.“

Ihre Beine waren wunderschön. „Wiedersehen.“ Er lächelte Angela hinreißend an.

„Wiedersehen.“ Sie gab das Lächeln ebenso strahlend zurück. Dabei hoffte sie, dass ihre Lippen nicht allzu sichtbar zitterten. Dann schaute sie Daniel nach, der mit elastischen Schritten die Terrasse überquerte und verschwand.

Sie mochte ihn, und das machte sie froh. Daniel war ein netter Mann, ein ungewöhnlicher noch dazu. Wenn sie jetzt an ihn dachte, war er kein großes Fragezeichen mehr für sie, sondern ein Mensch mit einer Identität und einer Persönlichkeit, jemand, der Liebe und Schmerz kennen gelernt hatte.

Sie hatte sein Vertrauen gewonnen, und deswegen fühlte Angela sich plötzlich fast schuldig. Hätte er sie wohl zum Mittagessen eingeladen, hätte sie ihr Geheimnis gelüftet? Wäre er so darauf bedacht, sie wieder zu sehen, wenn er wüsste, dass sie die Frau war, die man künstlich mit seinem Samen befruchtet hatte? Hätte er so offen mit ihr gesprochen, wenn sie ihm schlicht und einfach erklärt hätte: „Ich bin die Ersatzmutter, die Sie und Ellie mieteten. Ich habe Ihren Sohn geboren.“

2. KAPITEL

In Angelas Abwesenheit hatte das Zimmermädchen sauber gemacht und die Klimaanlage voll aufgedreht. Angela legte ihre Handtasche und den Schreibblock auf den Tisch und schaltete erst einmal den Kühlthermostaten herunter. Dann schob sie die große Glastür auf, die auf den riesigen Balkon hinausführte. Das Hotelzimmer war unwahrscheinlich teuer, aber der großartige Blick auf den Ozean war den Preis wert.

Angela holte tief Luft.

„Daniel McCasslin", sagte sie leise vor sich hin. Endlich hatte sie Kontakt zu ihm und mit ihm reden können. Aus seinem Mund hatte sie den Namen ihres Sohnes gehört: Richy.

Sie zog das Strandkleid aus und schlüpfte in den Bademantel. Danach ging sie auf den sonnenüberfluteten Balkon und setzte sich in einen der großen Korbsessel. Sie zog die Füße auf den Sitz, stützte ihr Kinn auf die Knie und schaute aufs Meer hinaus.

Daniel hatte angenommen, ihr geschiedener Mann hieße Gentry. Er konnte natürlich nicht wissen, dass sie dessen wirklichen Namen sofort nach der Scheidung wie ein altes, hässliches Kleid abgelegt und wieder ihren Mädchennamen angenommen hatte. Mit Ronald Lowery sollte sie nichts mehr verbinden. Erinnerungen aber ließen sich nicht so einfach streichen wie ein Name ...

Würde Angela jemals den Abend vergessen, an dem Ronald das Thema zum ersten Mal zur Sprache gebracht hatte?

Sie war in der Küche mit der Zubereitung des Abendessens beschäftigt. Ihr Mann hatte sie am Nachmittag angerufen und ihr gesagt, dass er ausnahmsweise einmal pünktlich aus der Klinik heimkommen werde, weil heute weder Babys noch Komplikationen bei seinen Patientinnen zu erwarten seien.

In dieser Ehe, die sich für Angela sehr bald als enttäuschend herausgestellt hatte, war ein gemeinsames Abendessen mit ihrem Mann schon ein außergewöhnliches Ereignis. Wenn Ronald ihre Beziehung zueinander jetzt bessern wollte, würde sie, Angela, ihren Teil dazu beitragen.

„Gibt's einen besonderen Anlass dafür?" fragte sie, als Ronald mit einer Flasche guten Weins heimkam.

Er drückte ihr einen Kuss auf die Wange. „Eine kleine Feier", wich er aus.

Angela kannte Ronalds Angewohnheit, manche Dinge eine Zeit lang wie ein Geheimnis zu hüten. Er tat es nicht etwa, um später irgendjemanden mit einer Überraschung zu erfreuen, sondern deswegen, weil er sich dabei ungeheuer überlegen vorkam. Angela hatte es längst aufgegeben, in solchen Fällen Fragen zu stellen. Im Übrigen waren die meisten seiner geheimnisvollen Überraschungen von der unangenehmen Sorte.

„Das Essen steht in ein paar Minuten auf dem Tisch",

sagte sie. „Schau doch inzwischen zu Joey hinein. Er sieht sich gerade ‚Sesamstraße' an."

„Lass mich damit zufrieden, Angela. Ich bin doch nun gerade erst nach Hause gekommen, und nach Joeys Geschwätz sehne ich mich jetzt am wenigsten. Gib mir was zu trinken."

Angela gehorchte – wie immer.

„Joey ist dein Sohn", sagte sie, als sie Ronald ein Glas Whisky reichte. „Er verehrt dich sehr, aber ihr beide unternehmt so wenig gemeinsam."

„Normale Dinge kann man mit ihm ja auch nicht unternehmen."

Angela sah angewidert zu, wie ihr Mann den Whisky in einem Zug hinunterkippte. Dann setzte sie zu einer Antwort an. „Richtig, Ronald, und deshalb solltest du unbedingt ..."

Er unterbrach sie. „Himmel! Ich komme mit einer guten Nachricht heim, und du verdirbst alles mit deinen ewigen Nörgeleien. Aber das hätte ich mir ja denken können. Ruf mich, wenn das Essen fertig ist. Ich möchte dir etwas Wichtiges erzählen, also sieh zu, dass Joey schon vor uns isst und dann ins Bett kommt."

Damit drehte er sich um und verließ das Zimmer. Angela schaute hinter ihm her und stellte wieder einmal fest, wie sehr er sich verändert hatte. Keine Spur mehr von der athletischen Figur, auf die er in Studententagen so stolz gewesen war. Nach zu vielen Cocktailpartys war nichts davon übrig geblieben, und sein früher so freundliches und heiteres Wesen hatte er auch verloren. Er wusste es, aber ihm machte es nichts aus. Für ihn zählte nur noch die Frauenklinik, der er alles andere opferte, sogar ihre Liebe.

Angela versuchte, sich an jenem Abend möglichst nett und anziehend zu geben. Nachdem sie Joey zu Bett gebracht hatte, trug sie das exquisite Abendessen auf – Kochen war damals zu ihrer Leidenschaft geworden – und rief Ronald dann zu Tisch.

„Also?“ fragte sie lächelnd nach dem Hauptgang und sah zu, wie ihr Mann eine Riesenportion Nachtisch verdrückte. „Erfahre ich jetzt, was wir heute feiern?“

„Das Ende aller unserer Probleme“, erklärte er großartig.

Das Ende aller Probleme hätte darin bestanden, Joey gesund und munter das Leben eines normalen Dreijährigen führen zu sehen, fand Angela. Höflich erkundigte sie sich: „Welche Probleme hast du? Die Klinik geht doch gut, oder?“

„Nun ja, aber ...“ Ronald seufzte. „Weißt du, Angela, ich brauche schon seit langem etwas Entspannung, ein bisschen Spaß. Das Einzige, was ich tagaus, tagein höre, ist das Gejammer und das Geschrei von Frauen, die Krämpfe haben oder in den Wehen liegen.“

Angela unterdrückte die harte Zurechtweisung, die ihr auf der Zunge lag. Ihr Vater, der diese Klinik aufgebaut und zu einer der besten in Los Angeles gemacht hatte, hätte nie so gesprochen.

„Ich habe ein bisschen gespielt – gewettet. Tja, und da ...“

Ronald zuckte die Schultern und grinste Angela auf eine Art an, die er wohl für jungenhaft hielt. „Also, ich bin pleite. Ich stecke bis zum Hals in Schulden.“

Angela benötigte eine Weile, um zu verarbeiten, was sie eben gehört hatte, und dann brauchte sie noch länger, um die in ihr aufsteigende Panik zu unterdrücken. Ihr erster Gedanke galt Joey. Seine medizinische Versorgung kostete ungeheuer viel Geld.

„Wie – wie hoch sind deine Schulden, Ronald?“

„So hoch, dass ich wahrscheinlich die Klinik verkaufen oder Kredite aufnehmen müsste, die ich dann nie zurückzahlen kann, egal, wie viel Gören ich auf die Welt hole.“

Angela kämpfte gegen ihre Übelkeit. „Vaters Klinik!“

„Verdammt noch mal!“ brüllte Ronald und schlug mit der Faust auf den Tisch, so dass das Geschirr klapperte. „Das ist nicht seine, sondern meine Klinik! Meine, hast du verstanden? Er war im Grunde ein altmodischer Landarzt, und ich habe alles erst auf den neuesten Stand gebracht.“

„Ja, du hast die Klinik wie eine Fabrik organisiert, und du arbeitest ohne Anteilnahme und Mitgefühl für die Frauen, die du behandelst.“

„Ich helfe ihnen!“

„Oh, mir ist durchaus klar, dass du einer der besten Mediziner bist, die es gibt. Aber für dich sind deine Patientinnen keine Menschen. Du siehst nur ihre Scheckbücher.“

„Dir hat unser Leben bisher doch gefallen – großes Haus, Mitglied im angesehensten Country Club ..."

„Du wolltest das alles. Ich nicht."

„Wenn eine Frau meine Praxis verlässt, fühlt sie sich großartig", verteidigte sich Ronald weiter.

„Du verstehst es ja auch hervorragend, die Menschen einzuwickeln. Mit deinem gespielten Charme kannst du jeden davon überzeugen, dass er dir wirklich etwas bedeutet. Leider ist das alles nur Schau."

„Sprichst du da aus Erfahrung?" fragte er gedehnt.

Angela blickte auf ihren Teller. Ziemlich bald nach ihrer Hochzeit hatte sie gemerkt, dass Ronald mit seinen Schmeicheleien weniger eine Ehefrau als eine gut eingeführte, einträgliche Klinik hatte gewinnen wollen.

„Jawohl! Ich weiß, warum du mich geheiratet hast, Ronald. Du wolltest Vaters Klinik. Wahrscheinlich bist du sogar schuld daran, dass er einen Schlaganfall bekam und starb. Und jetzt sagst du mir ins Gesicht, dass du die Klinik verlieren wirst, weil du Spielschulden hast."

„Du ziehst, wie üblich, voreilige Schlüsse und hörst nicht zu, wenn man dir etwas erzählt." Ronald schenkte sich sein Weinglas voll und leerte es dann mit einem Zug. „Mir wurde die Möglichkeit geboten, sehr viel Geld zu verdienen."

„Womit? Mit Drogen?"

Ronald warf Angela einen verächtlichen Blick zu, sprach dann aber weiter, ohne auf ihre Worte einzugehen. „Erinnerst du dich, dass ich vor ungefähr einem Jahr einem Ehepaar zu einem Adoptivbaby verholfen habe? Die Leute wollten damals keine großen Umstände, keine Bürokratie, sondern nur ein Baby mit rechtsgültigen Papieren."

„Ich erinnere mich", bestätigte Angela vorsichtig. Was hatte Ronald vor? Einen schwarzen Markt für Babys aufzuziehen? Das wäre ihm durchaus zuzutrauen. Ihr schauderte.

„Heute habe ich mich mit Freunden dieser Leute getroffen, einem Ehepaar. Es war ein absolut vertrauliches Gespräch. Sehr geheim und so. Es sind nämlich Berühmtheiten."

Ronald machte eine Pause. Angela wusste, dass er erwartete, sie würde ihn fragen, um wen es sich handelte. Später bedauerte sie, dass sie es nicht getan hatte.

„Dieses Ehepaar sehnt sich geradezu verzweifelt nach einem Kind. Die beiden haben schon alles Mögliche versucht, aber die Frau wird nicht schwanger. Mit dem Mann ist alles in Ordnung. Ein Prachtkerl, kann ich dir sagen", fügte er zweideutig und mit entsprechendem Unterton hinzu.

Angela verzog keine Miene.

„Ich habe ihnen gesagt, ich würde versuchen, ihnen unter der Hand ein Baby zur Adoption zu verschaffen", fuhr Ronald fort. „Die Frau lehnte das ab. Das käme nicht in Frage, erklärte sie. Sie wolle ein Baby von ihrem Mann."

„Ich glaube, ich kann dir nicht ganz folgen."

„Das Kind soll die Frucht seiner Lenden sein", formulierte Ronald theatralisch. „Sie haben mich beauftragt, eine passende Leihmutter aufzutreiben und diese dann mit seinem Samen zu befruchten. Ruckzuck – und schon kriegen sie ihr Kind."

„Von Leihmüttern habe ich in letzter Zeit viel gehört. Was hältst du davon? Funktioniert das? Tust du so etwas für diese Leute?"

Ronald lachte. „Klar doch. Besonders für den Geldbetrag, von dem die Rede ist. Hunderttausend Dollar. Fünfzigtausend für die Leihmutter, fünfzigtausend für mich."

Angela schnappte nach Luft. „Hunderttausend – das müssen aber reiche Berühmtheiten sein!"

„Sind es, sind es. Und alles, was sie verlangen, ist ein gesundes Baby und absolute Verschwiegenheit. Angela, Verschwiegenheit! Steuerfreies Geld! Sie haben mir Barzahlung zugesichert."

Das war doch unsittlich, wenn nicht gar ungesetzlich! Angela konnte sich nicht vorstellen, dass sich irgendeine Frau auf so etwas einlassen würde. „Meinst du, du findest eine Frau, die bereit ist, ein Kind zu bekommen, nur um es gleich wieder fortzugeben?"

Ronalds Blick ließ Angela schaudern. Eine Weile lang starrten sie einander über den Tisch hinweg an.

„Ich glaube, ich muss nicht lange suchen", sagte Ronald dann.

Alle Farbe war aus Angelas Gesicht gewichen. Ronald konnte doch nicht sie gemeint haben! Seine eigene Frau! „Ronald, du willst mir doch wohl nicht vorschlagen, dass ich als Leihmutter ...

„Doch."

Angela sprang auf und machte Anstalten, aus dem Zimmer zu laufen, aber schon war Ronald hinter ihr her, packte sie am Arm und drehte sie zu sich herum.

„Denk mal nach, Angela", forderte er. „Wenn du mir diesen Gefallen tust, bekommen wir das ganze Geld. Ich – wir müssen es nicht mit jemandem teilen."

„Ich werde versuchen, dieses Gespräch zu vergessen, Ronald. Bitte, lass meinen Arm los. Du tust mir weh."

„Dir wird noch viel mehr wehtun, wenn du eines Tages mit einem Fußtritt aus diesem schönen Haus hinausfliegst. Und was ist mit Joey? Seine Behandlungskosten fressen uns auf. Und dann die Hinterlassenschaft deines geliebten Vaters. Willst du, dass die Klinik flöten geht, bloß weil du so edle Prinzipien vertrittst?"

Angela befreite ihren Arm mit einem Ruck. Was Ronald eben gesagt hatte, machte sie trotz seines wahnsinnigen Vorschlags nachdenklich. Joey – was würde mit ihm geschehen, wenn sie die Kosten für seine Behandlung nicht mehr aufbringen konnten?

„Diese – diese Eheleute dachten doch bestimmt bei ihrem Wunsch nicht an die Frau ihres Arztes."

„Sie erfahren es auch nicht. Sie wollen nicht wissen, wer die Mutter ist, und die Mutter soll nicht wissen, wer sie sind. Das Kind möchten sie als ihr eigenes ausgeben. Alles, was sie verlangen, ist eine gesunde Frau, die ein gesundes Kind austrägt. Eine Gebärmaschine."

„Das bin ich also für dich, Ronald? Eine Maschine, mit der du Geld verdienen kannst, um aus dem Schlamassel herauszukommen?"

„Nun hör mal zu! Für Sex benutzt du das da sowieso nicht." Ronald deutete mit dem Kopf verächtlich auf Angelas Unterkörper. „Also kannst du doch wenigstens ein Kind damit kriegen."

Diese Beleidigung wirkte auf Angela wie ein körperlicher Schlag. Aber es stimmte schon, ehelichen Verkehr gab es zwischen ihr und Ronald nur noch ganz selten, was ein ständiger Streitpunkt war. Nicht, dass Angela eine Abneigung gegen körperliche Liebe gehabt hätte, sie fühlte nur heftigen Abscheu vor dem, was Ronald darunter verstand. Ohne Vorspiel, ohne Zärtlichkeit und ohne Liebe nahm er sich, was er wollte. Jahrelang hatte sich Angela gefügt, aber schließlich konnte sie es nicht mehr ertragen und erfand ständig neue Ausflüchte.

Angela wusste, wozu es führen würde, wenn sie jetzt anfinge, mit Ronald über seine Bemerkung zu debattieren. Also erklärte sie nur: „Ich will kein Baby von einem fremden Mann. Ich muss an Joey denken. Er nimmt mich voll in Anspruch. Ich könnte so eine Schwangerschaft weder körperlich noch seelisch aushalten."

„Wenn du dir mal richtig vor Augen führst, dass wir für Joeys Behandlung viel Geld brauchen, wirst du zu dem Schluss kommen, dass du sie sehr wohl aushalten kannst. Und dann hör auf mit dem dummen Gerede von dem Kind eines fremden Mannes! Kinderkriegen ist nichts als ein biologischer Prozess."

Angela wandte sich angewidert ab. Wie konnte Ronald nur so gefühllos über ein Wunder reden, das er jeden Tag neu in seiner Klinik erlebte? Warum führte sie dieses scheußliche Gespräch mit ihm überhaupt noch weiter? Weil sie hoffte, einen Ausweg für sich zu finden?

„Was sollten wir denn den Leuten sagen? Ich meine, wenn ich ohne Kind aus dem Krankenhaus nach Hause käme."

„Wir sagen, es war eine Totgeburt, über die wir so verzweifelt sind, dass wir weder eine Totenfeier noch einen Grabstein wollen."

„Aber das Krankenhauspersonal! Und wie willst du es anstellen, dass eine Frau, die nicht schwanger war, mit meinem Baby aus der Klinik kommt?"

„Mach dir mal keine Sorgen über die Einzelheiten." Ronald wurde immer ungeduldiger. „Darum kümmere ich mich schon. Geld bringt die Leute zum Schweigen. Die Schwestern im Kreißsaal sind mir treu ergeben. Die tun, was ich ihnen sage."

Anscheinend verfügte Ronald bereits über ausreichende Erfahrungen in solchen Dingen.

Angelas Mut sank mehr und mehr. „Nie soll ich – wie willst du es machen, dass ich ..."

Da Ronald jetzt meinte, Angela sei bereit, sich auf seinen Plan einzulassen, besserte sich seine Stimmung zusehends.

„Als Erstes müssen wir uns vergewissern, dass du nicht schwanger bist.“ Er grinste hässlich. „Aber das ist ja so gut wie ausgeschlossen, nicht? Ich zeige den Leuten deinen Gesundheitsbericht. Der ist makellos. Deine erste Geburt verlief völlig reibungslos. Dann unterschreiben wir einen Vertrag, und anschließend nehme ich die Behandlung in meiner Klinik vor.“

„Und wenn ich nicht empfange?“

„Du wirst empfangen. Dafür sorge ich.“

Angela schauderte es. „Ich muss darüber nachdenken, Ronald.“

„Was gibt es da noch nachzudenken?“ brauste er auf, mäßigte sich jedoch sofort, als er Angelas eisigen Blick auffing. Er setzte seinen altbewährten Charme ein. „Natürlich, ich verstehe schon. Lass dir ruhig ein paar Tage Zeit. Aber Ende der Woche wollen die Leute eine Antwort haben.“

Angela teilte Ronald ihre Entscheidung schon am nächsten Morgen mit. Ronald war begeistert – bis er ihre Bedingungen hörte.

„Du – was hast du gesagt?“ fuhr er auf.

„Ich sagte, ich will meine fünfzigtausend Dollar nach der Entbindung haben, und zwar zusammen mit kompletten, rechtsgültigen Scheidungspapieren. In Zukunft wird es zwischen uns keinerlei Intimitäten mehr geben. Und sobald ich die Klinik mit meinem Geld und den Papieren verlassen habe, werden sich unsere Wege nicht mehr kreuzen.“

„Du wirst mich nicht verlassen, Schatz. Es würde dem Ruf der Klinik schaden, wenn du mir wegliefst, und das kannst du doch nicht wollen. Dazu liebst du sie zu sehr."

„Das war einmal. Jetzt habe ich keinen Grund mehr, stolz auf sie zu sein. Du hast mich dazu benutzt, sie zu bekommen. Mach mit ihr, was dir beliebt." Angela richtete sich gerade auf. „Ich werde dieses Kind austragen, weil ich mich und Joey mit dem Geld von dir befreien kann. Du hast mich zum letzten Mal ausgenutzt."

Ronald erfüllte Angelas Bedingungen dann vollständig. Offenbar waren ihm seine Gläubiger tatsächlich hart auf den Fersen. Als Angela die Klinik verließ, fühlte sie sich zwar erniedrigt und beschmutzt, aber frei, und sie bereute ihre Entscheidung nicht. Das Geld für die Leihmutterschaft gestattete ihr, Joey eine noch bessere Behandlung zukommen zu lassen.

Doch jetzt, zwei Jahre später, waren ihre Gefühle gespalten. Sie hatte den McCasslins den ersehnten Sohn geboren, der das Leben der beiden erfüllte und zum Rettungsanker für Daniel wurde, als dessen Welt einzustürzen drohte. Sollte nicht schon das allein sie von allen Schuldgefühlen befreien?

Warum aber machte sie sich dann Vorwürfe? Die Geschichte ließ sich ohnehin nicht mehr ändern.

Angela erhob sich aus ihrem Sessel und streckte sich. Während die Ereignisse der Vergangenheit an ihr vorübergezogen waren, hatte sie regungslos dagesessen. Jetzt fragte sie sich, wann sie es schaffen würde, Daniel McCasslin zu sagen, wer sie war, und ihn darum zu bitten, ihr ihren Sohn zu zeigen.

„Hallo!“ Daniel lief zum Spielfeldrand und schaute zu Angela hoch, die auf ihrem Stammplatz auf der Terrasse saß. „Sie sehen so frisch und kühl aus.“

„Was man von Ihnen nicht direkt sagen kann.“

Daniel lachte. „Gewiss nicht. Gary jagt mich für mein Geld ganz schön herum.“

„Der Erfolg ist aber unübersehbar.“ Angela hatte das anstrengende Match aufmerksam verfolgt und den Eindruck gewonnen, dass sich Daniel fast wieder in der hervorragenden Form befand wie vor den unglücklichen Monaten des im Alkohol ertränkten Kummers.

Daniel freute sich offensichtlich über ihr Urteil. „Nun ja, mir sind ein paar recht ordentliche Schläge gelungen“, meinte er bescheiden. „Außerdem habe ich von der Hetzerei schon einen mächtigen Appetit aufs Mittagessen bekommen.“

„Der wird sich bestimmt noch steigern.“

„Hm – das glaube ich auch.“ Daniel lief aufs Spielfeld zurück und rief dem recht erschöpft aussehenden Gary zu, dass die Pause vorbei sei.

Das nächste Spiel gewann Daniel ohne Gegenpunkte. Nach Garys Aufschlag revanchierte sich der Club-Profi dann allerdings. Die folgenden Spiele endeten mit Einstand, bis Daniel dann zwei hintereinander gewann und damit den Matchsieg für sich verbuchen konnte.

Das Freudengeheul der Mädchen, die sich wieder beim Zaun eingefunden hatten, nahm er nicht zur Kenntnis. Er tat, als könne er sich keinen Moment länger auf den Beinen halten, wankte lachend zur Terrassenmauer und blickte zu Angela hoch.

„Würden Sie mir bitte vier Gläser Wasser bestellen?" rief Daniel. „Ich bin gleich bei Ihnen." Er winkte ihr noch einmal zu und verschwand dann durch die Tür, die vom Tennisplatz direkt zu den Umkleideräumen führte.

Ob er wohl jemals über die Frau nachgedacht hat, die die Mutter seines Sohnes ist? fragte sich Angela. Hat er versucht, sich vorzustellen, wie das ist, wenn man das Kind eines Mannes zur Welt bringt, mit dem man niemals intim war?

Angela schüttelte sich unmerklich, als sie an die entwürdigenden Umstände ihrer künstlichen Befruchtung dachte. Sie konnte nur hoffen und beten, dass sie gleich beim ersten Versuch empfangen würde. Eine Wiederholung dieser Prozedur im nächsten Monat hätte sie nicht überstanden.

Ihre Gebete wurden erhört. Ronald informierte das Ehepaar, dass ihre Leihmutter schwanger war.

Die beiden seien außer sich vor Freude, erzählte er danach Angela.

„Pass jetzt verdammt gut auf dich auf" befahl er ihr. „Ich will nicht, dass etwas schief geht."

„Ich auch nicht", erwiderte sie und schlug ihm die Schlafzimmertür vor der Nase zu.

Während der nächsten Wochen versuchte sie, nicht daran zu denken, dass ein menschliches Wesen, eine eigene Persönlichkeit, in ihr heranwuchs. Sie betrachtete die Schwangerschaft nur als Mittel zum Zweck, Joey und sich selbst außer Reichweite ihres selbstsüchtigen Ehemannes zu bringen.

An dem Tag jedoch, an dem sie die ersten Bewegungen des Ungeborenen spürte, durchströmte sie plötzlich eine unglaubliche Freude. Sie unterdrückte dieses Gefühl zwar, musste aber während der nächsten Zeit immer öfter über das Baby nachdenken. Würde es ein Junge oder ein Mädchen werden? Würde es vielleicht sogar ihre grünen Augen erben?

Und dann hatte Angela auch begonnen, über den Vater ihres Kindes nachzugrübeln. Was war er für ein Mensch? Würde er gut zu dem Kind sein? Liebte er seine Frau? Natürlich tat er das, denn sie liebte ihn ihrerseits ja so sehr, dass sie eine fremde Frau sein Kind auf die Welt bringen ließ.

„So tief in Gedanken?"

Angela schrak heftig zusammen und fuhr herum. Daniel stand hinter ihrem Stuhl. Seine Hand lag auf der Lehne, nur einen Fingerbreit von ihrer nackten Schulter entfernt.

„Es tut mir Leid", sagte er aufrichtig zerknirscht. „Ich wollte Sie nicht erschrecken."

„Oh, schon gut." Das Blut war ihr in die Wangen geschossen, und sie wusste, dass sie nicht gerade das geistreichste Gesicht machte. „Ich war eben ein paar Millionen Lichtjahre von hier entfernt ..."

„Da kann ich nur hoffen, dass Ihr Tagtraum die weite Reise wert war."

Daniels unglaublich strahlend blaue Augen bildeten einen reizvollen Kontrast zu der tiefen Bräune seines schönen Gesichts. Er duftete nach Seife und einem angenehmen Eau de Cologne. Sein Haar war noch nass vom Duschen. Er trug eine helle Hose und ein dunkelblaues Polohemd. Zweifellos war er ein sehr attraktiver Mann. Angela konnte den Gedanken an das, was sie miteinander verband, nicht verdrängen. Nervös strich sie mit der Zunge über ihre plötzlich ganz trockenen Lippen und schaute zur Seite.

„Es handelte sich um keinen Tagtraum", sagte sie so unbeschwert wie möglich. „Ich habe nur ein bisschen vor mich hin gesonnen. Die Umgebung hier hypnotisiert einen irgendwie. Die Brandung und der leise Wind lullen einen ein ... Sie wissen schon."

Daniel setzte sich ihr gegenüber. Er trank einen tiefen Schluck aus einem seiner Wassergläser. „Manchmal, besonders abends, kann ich stundenlang am Strand vor meinem Haus sitzen, ohne zu merken, dass die Zeit vergeht. Es ist, als schliefe ich, obwohl ich wach bin."

„Ich glaube, der Verstand besitzt die Fähigkeit, einfach abzuschalten, wenn wir uns innerlich irgendwohin flüchten wollen."

„Aha, das war es also! Sie wollten eben vor mir flüchten."

Angela lachte. Welche Frau würde schon vor einem Mann wie Daniel flüchten, besonders wenn er so lächelte wie jetzt! „Keineswegs“, widersprach sie. „Jedenfalls nicht vor dem versprochenen Mittagessen.“

„Das hätte Richy sagen können. Der verlangt immer erst die Belohnung, ehe er sich zu einer Umarmung oder einem Kuss bereit findet.“ Als Daniel Angelas erschrecktes Gesicht sah, schalt er sich innerlich einen Trottel. „Angela, ich ... das war nicht so gemeint, wie es sich anhörte. Wirklich nicht. Das Mittagessen soll Sie zu nichts verpflichten. Also, ich meinte ...“

„Ich weiß schon, was Sie meinten.“ Angela hatte sich wieder gefasst.

Daniel betrachtete ihren Mund und zeigte deutlich, dass ihm gefiel, was er sah. „Das bringt einen natürlich zum Nachdenken“, sagte er. „Übers Küssen.“

Angela schwieg.

Am Morgen hatte sie lange Zeit gebraucht, um zu entscheiden, was sie zu dieser Verabredung anziehen sollte. Jetzt wünschte sie, sie hätte sich etwas weniger gewagt gekleidet.

In den Monaten nach Joeys Tod war Angela ganz in ihrem Kummer versunken und dadurch ein bisschen nachlässig geworden. Bevor sie aber diese Reise hierher unternahm, hatte sie sich selbst wieder in Form gebracht. Sie hatte Gymnastik getrieben, Fingernägel und Haut sorgfältig gepflegt, vernünftig gegessen und sich die Haare hübsch frisieren lassen. Dann hatte sie sich neue Garderobe zugelegt, deren Teile untereinander kombiniert werden konnten.

Das Resultat ihrer Bemühungen überraschte sie selbst. Sie sah besser aus denn je zuvor.

Heute trug sie ein schwarzes, schmales, trägerloses Oberteil, das sich eng über ihren Brüsten spannte, und dazu einen ebenfalls eng geschnittenen weißen Rock mit einer Knopfleiste, die auf der linken Seite vom Bund bis zum Saum reichte. Die Knöpfe bis zwei Handbreit über dem Knie hatte sie offen gelassen. Ihre Beine wirkten gegen den weißen Stoff besonders braun und zart. Ihre Füße steckten in Riemchensandalen aus schwarzem Lackleder. Als Schmuck trug sie nur einen weißen Armreifen und dazu passende große Ohrringe.

Heute Morgen vor ihrem Ankleidespiegel hatte sie sich einfach nur schick gefunden. Warum beschlich sie jetzt das Gefühl, sich auffällig und verführerisch angezogen zu haben?

Es lag wohl an Daniels Blick, der bewundernd auf ihr ruhte. Sie wusste genau, dass Daniel ihre Brustspitzen unter dem schwarzen Stoff erkennen konnte, und obwohl sie sich nie für eine besonders sinnliche Frau gehalten hatte, merkte sie jetzt, wie sehr sie dieser Blick erregte.

„Vielleicht sollten wir erst einmal mit dem Mittagessen anfangen und dann weitersehen“, schlug Daniel vor, als er ihr endlich wieder in die Augen sah.

„Einverstanden.“

3. KAPITEL

Daniel führte Angela in eines der Restaurants der Hotelanlage. Mit einer Unterwürfigkeit, die offensichtlich nur für besonders wichtige Persönlichkeiten reserviert war, geleitete der Empfangskellner sie an einen Tisch mit Meeresblick. Obwohl die meisten Gäste ungezwungen gekleidet waren, lag über dem Speisesaal ein Hauch von Eleganz. Wahrscheinlich trugen die Dekoration in Mintgrün und Apricot, die schwarz lackierten Tische und Stühle und die überall verteilten Vasen mit frischen Blumen dazu bei.

„Aperitifs, Sir?" fragte der Kellner.

„Angela?"

„Bitte einen gewürzten Tomatensaft."

„Für mich Mineralwasser mit Limonensaft", bestellte Daniel.

Der Kellner nickte und ging.

Daniel nahm ein kleines Baguette aus dem Korb, zerbrach es in zwei Teile und gab Angela die Hälfte. „Haben Sie das meinetwegen bestellt?" fragte er etwas schroff.

„Was?" Sein Ton missfiel Angela. „Den Drink?

„Der Drink ist kein Drink." Daniel wirkte plötzlich sehr angespannt. „Befürchten Sie, ich könnte Ihnen ein Glas mit einem alkoholischen Getränk aus der Hand reißen und den Inhalt hinunterstürzen? Keine Angst, das Stadium der Schüttelkrämpfe habe ich überstanden." Er begann umständlich, sein Brot mit Butter zu bestreichen.

Angela legte ihre Hälfte auf den Teller und faltete die Hände im Schoß. „Ich bestelle, was mir gefällt, Mr. McCasslin." Sie sagte das so eisig, dass Daniel verdutzt aufschaute. „Wer Sie kennt, weiß auch, dass Sie Probleme mit dem Alkohol hatten. Aber reden Sie bitte nicht mit mir, als wäre ich eine Missionarin, die sich vorgenommen hat, Ihnen den Teufel Schnaps auszutreiben. Wenn ich nicht der Ansicht wäre, dass Sie das ‚Stadium der Schüttelkrämpfe' überstanden haben, säße ich jetzt nicht hier."

„Nun habe ich Sie verärgert."

„Jawohl. Und ich wäre Ihnen dankbar, wenn Sie mir in Zukunft nicht noch einmal das Denken abnähmen."

Der Kellner brachte die Getränke und die Speisekarten. Angela sah Daniel über den Tisch hinweg kühl an. Sie war verstimmt und machte kein Hehl daraus.

„Es tut mir Leid", entschuldigte er sich, nachdem der Kellner sich zurückgezogen hatte. „Ich bin so empfindlich gegen Kritik, obwohl sie ja in der letzten Zeit durchaus angebracht war. Inzwischen leide ich schon fast unter Verfolgungswahn. Ich sehe erhobene Zeigefinger, wo gar keine sind."

Angela betrachtete das Muster der Tischdecke und ärgerte sich über ihre eigene Reaktion. Wollte sie nun Daniels Freundschaft erringen oder ihn vertreiben? Als sie den Kopf hob, war ihr Blick wieder wärmer.

„Ich muss mich wohl auch entschuldigen", sagte sie. „Jahrelang habe ich meinen Mann für mich denken und reden lassen, und so etwas bleibt nicht ohne Auswirkung auf eine Frau. Ich glaube, wir beide haben eben gleichzeitig ein paar wunde Punkte berührt." Sie hob ihr Glas. „Im Übrigen mag ich Tomatensaft tatsächlich."

Daniel entspannte sich. Er stieß mit seinem Glas leicht gegen ihres. „Auf die reizendste Lady dieser Insel. Von jetzt an werde ich in Ihre Worte und Taten nichts mehr hineindeuten."

Dieser Trinkspruch war zwar nicht ganz der, den Angela sich gewünscht hätte, dennoch lächelte sie.

„Was möchten Sie essen?" Daniel klappte die Speisekarte auf.

„Schlagen Sie etwas vor."

„Leber."

Angela brach in Gelächter aus. „Das ist genau das, was ich in keiner Form und Weise essen würde."

Daniel machte ein spitzbübisches Gesicht. „Prima. Ich kann das Zeug nämlich auch nicht ausstehen. Ich glaube, wir zwei haben uns gesucht und gefunden."

Während Angela die Speisekarte durchsah, dachte sie, dass Richy vermutlich mit einer Abneigung gegen Leber aufwachsen würde. Sie bestellte sich Krabbensalat, der in einer ausgehöhlten, mit Avocadoscheiben und kleinen Orchideenblüten garnierten Ananas serviert wurde. Das Ganze war fast zu hübsch, um aufgegessen zu werden. Daniel hatte ein Filetsteak mit gemischtem Salat gewählt.

Während des Essens machten sie sich etwas näher miteinander bekannt. Angela erzählte Daniel, dass sie an der Universität von Los Angeles kreatives Schreiben studiert habe, ihre Mutter während dieser Studienzeit gestorben sei und ihr Vater, ein Arzt, ein paar Jahre später einen Herzschlag erlitten habe. Einzelheiten, insbesondere über die Frauenklinik ihres Vaters, erwähnte sie nicht.

Daniel war im Staat Oregon aufgewachsen. Seine Mutter lebte noch dort. Sein Vater war tot. Daniel hatte schon in der Schule mit dem Tennissport angefangen.

„Und zwar noch zu der Zeit, in der nur wenige Oberschulen eigene Tennismannschaften aufstellten", erläuterte er. „Der Trainer erkannte mein Talent für diesen Sport und wollte, dass ich dem gerade erst zusammengestellten Tennisteam beitrat. Ich hätte ja viel lieber Baseball gespielt, aber weil er mich so drängte, willigte ich schließlich ein. Dann packte mich der Ehrgeiz, und bald war ich bei den Lokalturnieren unter den Gewinnern."

„Studiert haben Sie auch, nicht wahr?"

„Ja, sehr zum Kummer meines Managers Hank Davis, weil Studium und Sport sich manchmal ins Gehege kamen. Ich sagte mir jedoch, dass ich nicht bis an mein seliges Ende von Tennis würde leben können, und so wollte ich auf den Tag vorbereitet sein, an dem es mit dem Sport einmal vorbei wäre."

„Sie haben jedenfalls beides zusammen geschafft und waren später bei den großen Veranstaltungen immer unter den

Gewinnern.“ Angela hatte inzwischen ihr Obstdessert aufgegessen und nippte an ihrem Kaffee.

„Ja, es lief eine Zeit lang recht gut“, erwiderte Daniel bescheiden. „Ich hatte ein paar Jahre Vorsprung vor den anderen und führte nicht ein so ausschweifendes Leben, wie es die meisten Spieler tun, wenn sie zum ersten Mal auf Tour gehen.“

Er trank seinen Kaffee. „Das System in diesem Sport ist irgendwie verdreht“, fuhr er dann nachdenklich fort. „Einen Neuling kommt die Spielerei wahnsinnig teuer. Reisekosten, Unterbringung, Verpflegung – alles zu eigenen Lasten. Wenn man dann oben ist, Preisgelder kassiert und einem Werbeverträge angeboten werden, kriegt man alles bezahlt.“

Er lachte ein wenig unfroh. „Ich verlor ein paar von diesen Werbeverträgen, nachdem mich selbst die besten Tennisschuhe mit meinem Namenszug darauf nicht mehr davor bewahren konnten, nach einer Sauftour nur noch auf dem Platz herumzutorkeln.“

„Sie werden neue Verträge bekommen.“

Daniel blickte Angela in die Augen. „Das sagt Hank auch immer. Ist das Ihre ehrliche Meinung?“

War ihm ihre Meinung so wichtig, oder brauchte er nur eine Ermutigung?

„Ja. Sobald man Sie so wie eben spielen sieht und nachdem Sie wieder ein paar Turniere gewonnen haben, werden Sie wieder ganz oben stehen.“

„Inzwischen sind aber eine Menge jüngere Leute nachgewachsen."

„Die können Ihnen nicht das Wasser reichen", erklärte Angela mit einer wegwerfenden Handbewegung.

„Ich wünschte, ich hätte ihr Vertrauen in mich."

„Bitte, Mr. McCasslin, verzeihen Sie die Störung, aber ..." Daniels Gesicht verfinsterte sich. Er drehte sich zu dem Paar um, das hinter ihm stand. Der Mann und die Frau trugen bunt gemusterte Hawaii-Hemden, die sie unverkennbar als Touristen auswiesen.

„Ja, bitte?"

„Wir ... äh ..." Die Frau musste sich erst einen Ruck geben. „Wir wollten Sie fragen, ob Sie uns vielleicht ein Autogramm geben könnten. Es ist für unseren Sohn. Wir kommen aus Albuquerque. Er fängt jetzt gerade mit Tennis an und meint, Sie sind der Größte."

„Er hat ein Poster von Ihnen in seinem Zimmer", ergänzte der Mann, „und er ..."

„Ich habe keine Autogrammkarten bei mir", wehrte Daniel ab und drehte den beiden reichlich unhöflich den Rücken zu.

„Ich weiß eine Lösung", sagte Angela, die den verlegenen Gesichtsausdruck der Eheleute sah. Sie holte den Tennisball aus der Handtasche, den Daniel ihr nach dem Match zugeworfen hatte. „Setzen Sie doch Ihr Autogramm hierauf, Daniel." Sie reichte ihm freundlich lächelnd den Ball.

Er machte ein Gesicht, als wolle er sie auffordern, ihre Nase nicht in anderer Leute Angelegenheiten zu stecken. Aber ihr mild tadelnder Blick stimmte ihn dann um. Er nahm den Kugelschreiber, den die Touristin aus ihrer Tasche gezogen hatte, und kritzelte seine Unterschrift auf die raue Oberfläche des Balls.

„Vielen, vielen Dank, Mr. McCasslin." Die Frau strahlte. „Ich kann Ihnen gar nicht sagen, was dieses Souvenir für unseren Sohn bedeutet. Er ..."

„Komm, Lisa, wir wollen Mr. McCasslin nicht länger belästigen. Entschuldigen Sie nochmals die Störung, Sir. Ich möchte Ihnen nur noch sagen, dass wir es kaum erwarten können, Sie wieder auf internationalen Tennisturnieren spielen zu sehen. Alles Gute!"

Daniel erhob sich und schüttelte dem Mann die Hand. Die Frau bedachte er mit einem Handkuss, was fast deren Ohnmacht zur Folge hatte, jedenfalls ihren plötzlich geschlossenen Lidern nach zu urteilen. „Alles Gute auch für Ihren Sohn. Und weiterhin schöne Ferien für Sie."

Wie auf Wolken schwebten die beiden davon, betrachteten immer wieder ihr kostbares Souvenir und versicherten sich gegenseitig, dass dieser McCasslin doch reizend sei und alle Reporter logen, die das Gegenteil behaupteten.

Daniel blickte Angela an. Sie machte sich auf eine Zurechtweisung gefasst.

„Können wir jetzt aufbrechen?" fragte er aber nur mit einer etwas rauen Stimme.

Angela nickte. Daraufhin legte Daniel die Hand unter ihren Ellbogen und half ihr beim Aufstehen. Schweigend verließen sie das Restaurant. Bis sie auf einem der hübsch angelegten Spazierwege angelangt waren, die die einzelnen Gebäude der Ferienanlage miteinander verbanden, fiel kein Wort.

„Danke“, sagte Daniel dann.

Angela blieb stehen. „Wofür?“

„Sie haben mich sehr dezent davor gewarnt, mich wie ein Flegel zu benehmen.“

Sie vermochte seinem Blick nicht standzuhalten, also schaute sie auf Daniels dritten Hemdknopf von oben, was sie jedoch auch nicht rettete, denn hier lenkte sie das darüber hervorlugende krause blonde Haar auf seiner breiten Brust ab.

„Ich hätte mich nicht einmischen dürfen“, antwortete sie ziemlich lahm.

„Ich bin froh, dass Sie es getan haben. Sehen Sie, das war wieder etwas, wogegen ich überempfindlich bin. Nach Ellies Tod bestürmten mich Reporter, die einen ‚Kommentar‘ von mir hören wollten, sobald ich auch nur die Nase zur Tür hinaussteckte. Mit der Zeit entwickelte ich eine Mordswut auf jeden, der mich in der Öffentlichkeit erkannte und ansprach.“

„Ich kann mir gut vorstellen, dass ein so hoher Bekanntheitsgrad seine Schattenseiten hat.“ Wie mochten sich die krausen Haare dort wohl an ihren Handflächen anfühlen?

„Schattenseiten? Das ist milde ausgedrückt! Manchmal ist es die Hölle. Während meiner schlechtesten Zeiten haben die Zuschauer mich ausgebuht und mich mit Gegenständen beworfen, weil ich so miserabel spielte. Meine Fans ließen mich im Stich, weil ich trank, und ich trank, weil meine Fans mich im Stich ließen – ein Teufelskreis. Und jetzt gehe ich noch immer in Abwehrstellung, wenn mich jemand anspricht, da ich unbewusst fürchte, er könnte mir Beleidigungen an den Kopf werfen."

„Die Szene im Restaurant kam eher einer Heldenverehrung nahe."

Angela löste den Blick von Daniels Brust und verscheuchte die erotischen Gedanken, die sich eingeschlichen hatten. Sie schaute ihm in die Augen.

„Sie haben noch Tausende von Anhängern, die nur darauf warten, Sie auf den großen Veranstaltungen spielen und siegen zu sehen."

Daniel betrachtete ihr offenes, ehrliches Gesicht und verspürte den Wunsch, es zu berühren. Er hob die Hand und wollte eine Haarsträhne von Angelas Wange streichen, tat es dann aber nicht. „Dass ich Sie kennen gelernt habe, Angela, gehört zu den schönsten Dingen, die mir seit langem widerfahren sind."

„Das freut mich", erwiderte sie, und sie meinte es aufrichtig.

„Ich bringe Sie zu Ihrem Zimmer."

Daniel und Angela gingen durch die Halle des Hauptgebäudes. Beim Fahrstuhl bat er: „Warten Sie einen Moment. Ich bin gleich wieder da."

Ehe sie ihn fragen konnte, was er vorhatte, war er verschwunden. Sie ließ zwei Lifts fahren, erst dann kam Daniel wieder angelaufen. Er trug ein leichtes, in Papier eingeschlagenes Paket. „Entschuldigung!" rief er ein wenig atemlos. „Welches Stockwerk?"

Zusammen fuhren sie nach oben, und Angela konnte ihre Neugierde kaum zügeln. Was mochte in dem Paket sein?

„Was ...", begann sie – und verstummte. Daniels Augen strahlten so fröhlich, dass sie ihm die Überraschung nicht durch ihre Fragen verderben wollte. Vor ihrer Zimmertür reichte sie ihm die Hand. „Vielen Dank für die Einladung."

Daniel ergriff die ausgestreckte Hand nicht. Er öffnete das Paket und förderte einen großen Lei, den hawaiischen Blütenkranz, aus Plumerien und Orchideen zu Tage. Das Einwickelpapier ließ er achtlos fallen. Vorsichtig hielt er den Lei über Angelas Kopf.

„Wahrscheinlich haben Sie seit Ihrer Ankunft hier schon ein paar Dutzend von diesen Dingern bekommen, aber ich wollte Ihnen auch einen schenken."

Der schwere Duft der Blüten und Daniels Nähe raubten Angela fast den Atem. Ihre Gedanken und Gefühle gerieten durcheinander, trotzdem brachte sie eine einigermaßen vernünftige Antwort zu Stande. „Nein, ich habe bisher noch keinen Lei bekommen. Recht vielen Dank, Daniel. Die Blumen sind herrlich."

„Sie werden durch Sie noch schöner."

Behutsam legte er den Blumenkranz auf ihre nackten Schultern. Die zarten, taufrischen Blütenblätter fühlten sich kühl auf der Haut an. Daniel zog die Hände nicht gleich zurück, sondern ließ sie leicht auf Angelas Schultern ruhen. Benommen von ihren Emotionen, senkte sie den Kopf.

Dieser Mann überwältigte sie. In ihrem Kopf und in ihrem Herzen existierte nur noch er. Daniel versetzte ihren Körper in eine gewisse Trägheit, die rätselhaft und wunderbar war. Am liebsten hätte sie sich jetzt einfach an seine Brust geschmiegt. Der Lei hob und senkte sich unter ihren unregelmäßigen Atemzügen. Wie im Traum strich sie über die Blüten.

Trotz ihrer Versunkenheit nahm sie wahr, dass Daniel die Hand hob. Sanft streichelte er ihr Handgelenk und verflocht seine Finger dann mit ihren. Angela hob den Kopf. Ihre Augen glänzten wie der Tau auf den Blüten.

„Aloha", flüsterte er den hawaiischen Gruß, der so sehr viel bedeuten konnte. Er beugte sich zu Angela hinunter und küsste sie auf die Wange. Danach glitten seine Lippen bis zu ihrem Mundwinkel. „Angela ..."

Mit dem Daumen strich er über ihren Hals. Sie fühlte seinen Atem an ihrer Schläfe. „Angela, nachdem wir nun gemeinsam zu Mittag gegessen haben ..."

Sie stöhnte innerlich auf. Jetzt kommt das zweifelhafte Angebot, dachte sie.

Daniel gab sie unwillig frei und trat einen Schritt zurück. „... könnten wir uns vielleicht auch fürs Abendessen verabreden“, beendete er seinen Satz.

Während sich Angela für den Abend ankleidete, schalt sie sich, dass sie Daniels Einladung zugestimmt hatte. Es wäre so einfach und einsehbar gewesen, wenn sie gesagt hätte: Vielen Dank, aber es geht leider nicht. Ich muss heute Abend noch einen Artikel zu Ende schreiben.

„Sehr gern, Daniel“, hatte sie stattdessen geantwortet.

Er hatte gelächelt und war dann zum Fahrstuhl gegangen. Eingehüllt in ihre romantische Stimmung, war Angela in ihr Zimmer geschwebt. Aber bald hatte sie sich wieder daran erinnert, warum sie ursprünglich Daniels Bekanntschaft machen wollte.

Ein paar Minuten lang, während seine Hand auf ihrer lag und sie seinen Atem fühlen konnte, hatte sie ihren Sohn vergessen. In diesen Momenten war Daniel für sie nicht der Vater ihres Kindes, sondern einfach nur ein Mann, der auf sie eine gefährliche Anziehungskraft ausübte.

Nach ihrer enttäuschenden und in jeder Beziehung abstoßenden Ehe mit Ronald hatte sie geglaubt, nie wieder das Bedürfnis nach einer Beziehung zu einem Mann zu verspüren. Wie ein Schlag traf sie jetzt die Erkenntnis, dass sie die kommenden Stunden in Daniels Gesellschaft kaum erwarten konnte. Und das aus Gründen, die nie vorgesehen waren.

Es hätte ihr Vorhaben sehr erleichtert, wenn Daniel sie körperlich nicht so anzöge, wenn er nicht verwitwet und einsam wäre. Wäre es nicht viel einfacher, wenn die Eltern ihres Kindes beide noch lebten und der Vater ein fröhlicher, unbeschwerter Mann wäre? Als Angela sich zu der Suche entschloss, war ihr weder über die Identität noch über das Äußere des Ehepaars etwas Spezielles bekannt, und außerdem wollte sie nichts weiter als das Kind finden, das sie geboren, aber nie gesehen hatte. Ob es Joey wohl ähnelte?

Joey ...

Jedes Mal wenn Angela an jenen grauen, regnerischen Tag dachte, an dem Joey zu Grabe getragen worden war, schmerzte die alte Wunde aufs Neue. Selbst nach dem Tod ihrer Eltern hatte sie sich nicht so allein gefühlt.

Nach ihrer Scheidung hatte sie sich nur noch Joey gewidmet. Die letzten Monate seines Lebens musste er im Krankenhaus verbringen, und sie musste zusehen, wie er von Tag zu Tag mehr verfiel.

Insgeheim betete sie um den Tod eines anderen Kindes, dessen Niere dann Joey eingepflanzt werden konnte. Selbstverständlich erwartete sie nicht, dass Gott ein solches Gebet erhören würde.

Joey starb so still, wie er gelebt hatte. Noch Stunden nach seinem letzten Atemzug hielt Angela seine kleine Hand in ihrer und schaute sein liebes Gesichtchen an. Sie würde es nie in ihrem Leben vergessen.

Auf der Beerdigung hatte Ronald perfekt gespielte Trauer zur Schau getragen. So viel Heuchelei ekelte Angela an, besonders wenn sie daran dachte, wie tapfer Joey immer seine Enttäuschung verborgen hatte, wenn sein Vater wieder einmal das Versprechen nicht einhielt, ihn im Krankenhaus zu besuchen.

Nach der Beerdigung hatte Ronald Angela aufgehalten. „Ist noch etwas von dem Geld übrig, das du mir aus der Tasche gezogen hast?“ wollte er wissen.

„Das geht dich nichts an. Dieses Geld habe ich verdient.“

„Ach, hör doch auf! Ich brauche es.“ Er machte ein wehleidiges Gesicht.

Angela verspürte nicht das geringste Mitleid. „Das ist dein Problem.“

„Angela, du musst mir helfen. Nur noch dieses eine Mal. Ich verspreche ...“

Sie schlug die Autotür vor seiner Nase zu und forderte den Chauffeur auf, sofort loszufahren. Selbst bei der Beerdigung seines Sohnes dachte Ronald nur an sich.

Während der folgenden Monate war Angela so in ihrem Kummer versunken, dass ihr ein Tag wie der andere erschien. Nur auf dem Papier konnte sie ihre Verzweiflung zum Ausdruck bringen.

Ein Essay, den sie über den Tod eines Kindes schrieb, wurde in einem Frauenmagazin abgedruckt und erregte große Aufmerksamkeit. Man bat sie, noch weitere Aufsätze zu verfassen, aber sie hatte keinerlei Ehrgeiz dazu. Angela wollte nur noch die Zeit bis zu ihrem eigenen Tod überstehen, sonst nichts, denn es gab ja nichts, wofür es sich zu leben lohnte.

Mit Ausnahme des anderen Kindes.

Der Gedanke war ihr ganz plötzlich gekommen. Es gab einen Grund zu leben. Irgendwo auf der Welt hatte sie noch ein zweites Kind.

Angela entschloss sich, es zu suchen. Sie hatte nicht die Absicht, in das Leben dieses Kindes einzugreifen; diese Grausamkeit konnte sie weder ihm noch seinen Eltern zufügen, die so viel getan hatten, um es zu bekommen. Angela wollte das Kind nur sehen, seinen Namen erfahren und wissen, ob es ein Junge oder ein Mädchen war. Sie hatte Ronald damals gebeten, sie kurz vor der Entbindung zu narkotisieren, damit sie sich weder an die Vorgänge bei der Geburt noch an das Baby würde erinnern können.

„Was soll das heißen – es gibt keine Akte?" hatte Angela ärgerlich gefragt, als sie zum ersten Mal Informationen über das Kind einholen wollte.

Die Angestellte in der Verwaltung der Klinik war nicht zu erschüttern. „Das soll heißen, dass Ihre Akte wahrscheinlich falsch abgelegt wurde und nicht auffindbar ist. In einem Krankenhaus dieser Größe passiert so etwas schon einmal, Mrs. Lowery."

„Besonders wenn ein einflussreicher Arzt jemanden beauftragt, sie falsch abzulegen, und denjenigen dafür vielleicht auch noch bezahlt. Im Übrigen heiße ich Gentry."

Es erstaunte Angela später nicht, dass es auch im behördlichen Geburtenregister keine Aufzeichnungen gab. Den Rechtsanwalt, der seinerzeit für Ronald die Papiere für das Kind ausgefertigt hatte, suchte sie erst gar nicht auf, er war ohnehin ein gekaufter Mann.

Die Hebamme, die ihr während der Wehen beigestanden hatte, war Angelas letzte Möglichkeit. Sie arbeitete jetzt in einer anderen Frauenklinik.

Eines Nachmittags wartete Angela vor dem Krankenhaus auf sie. Die Frau erschrak bei ihrem Anblick.

„Erinnern Sie sich an mich?" fragte Angela ohne Umschweife.

Die Hebamme schaute nervös um sich, als suche sie einen Fluchtweg. „Ja", flüsterte sie.

„Sie wissen, was mit meinem Baby geschehen ist?"

„Nein!" rief die Frau nachdrücklich, aber Angela merkte genau, dass sie log.

„Mrs. Hancock, bitte sagen Sie mir, was Sie wissen. Oder nur einen Namen. Mehr will ich nicht von Ihnen. Nur einen Namen!"

„Das kann ich nicht. Er ... er lässt mich nicht aus den Augen. Er hat gedroht, wenn ich Ihnen je etwas verrate, dann sagt er den Leuten alles über mich."

„Wer lässt Sie nicht aus den Augen? Mein geschiedener Mann?“ Die Frau nickte heftig.

„Und womit erpresst er Sie? Sie brauchen keine Angst vor ihm zu haben. Ich werde Ihnen helfen. Wir könnten ihn der Polizei ausliefern.“

„Nein! Um Himmels willen, nein!“ Mrs. Hancock unterdrückte ein Schluchzen. „Sie verstehen ja nicht ... ich war früher ... ich hatte ein kleines Drogenproblem. Er hat es gemerkt und mich unter Druck gesetzt. Später hat er mich hinausgeworfen, mir aber diese Stellung hier verschafft. Und ...“ Ihre schmalen Schultern bebten. „Und er hat gesagt, wenn ich Ihnen jemals etwas erzähle, zeigt er mich an.“

„Sie sind doch jetzt sauber, oder? Wenn Sie ...“ Als Angela das schuldgequälte Gesicht der Frau sah, konnte sie nicht weiterreden.

„Es handelt sich ja nicht nur um mich“, schluchzte Mrs. Hancock. „Mein Mann würde sterben ohne ... ohne seine Medizin. Ich muss sie ihm beschaffen.“

Angela gab auf. Wieder versank sie in Selbstmitleid und Verzweiflung. Die Tage flossen ereignislos dahin.

Eines Samstagabends saß sie wie so oft vor dem Fernsehschirm, ohne eigentlich zu wissen, was sie sich anschaute. Plötzlich erregte etwas ihre Aufmerksamkeit. Ein Gesicht. Ein bekanntes Gesicht, das die Kamera in Großaufnahme zeigte.

Angela war mit einem Mal hellwach. Sie drehte den Ton lauter. Bei dem Programm handelte es sich um eine Sportsendung. Das herausragendste Ereignis des Tages war eine Tennisveranstaltung gewesen, ein Herreneinzel.

Dieses Gesicht kannte sie doch! Aber woher? Wann hatte sie ...? Im Krankenhaus! Jawohl, und zwar an jenem Tag, an dem sie mit nichts außer einer Tasche voll Geld die Klinik verlassen hatte. Draußen auf der Freitreppe hatten Reporter mit Mikrofonen und Kameras gestanden. Fernsehteams drängten sich auf der Suche nach den besten Plätzen.

Alle wollten das schöne Paar sehen, das gerade mit einem Säugling die Klinik verließ. Der große blonde Mann hatte einen Arm um die Schultern seiner zierlichen, ebenfalls blonden Frau gelegt, die ein dick eingepacktes Bündel trug.

Angela erinnerte sich noch genau an die offensichtliche Freude der beiden und daran, dass es sie selbst mit Neid und Trauer erfüllt hatte, wie liebevoll der Mann auf seine Frau und sein Kind heruntergelächelt hatte. Mit Tränen in den Augen war Angela zu ihrem Taxi gelaufen.

An diese Szene hatte sie bis jetzt nicht mehr gedacht, aber es handelte sich um den Mann. Angela hörte zu, was der Reporter sagte, während der Tennisspieler seinen Aufschlag machte.

„Daniel McCasslin scheint sich heute zu einer heldenhaften Anstrengung aufzuraffen, nachdem er vergangene Woche in Memphis so deutlich versagt hat. Leider mussten wir während der vergangenen Monate bei ihm einen ständig größer werdenden Leistungsabfall registrieren."

„Das hängt gewiss mit dem privaten Unglück zusammen, das er dieses Jahr erlitten hat", fügte eine andere Reporterstimme hinzu.

Daniel McCasslin verlor den Punkt. Angela las von seinen Lippen ein übles Schimpfwort ab, das besser nicht über den Sender gegangen wäre. Der Regisseur des Programms war offenbar derselben Meinung. Er ließ auf eine Kamera umschalten, die den Spieler aus einem anderen Blickwinkel zeigte.

Der nächste Aufschlag McCasslins sah brillant aus, aber der Ball wurde für aus erklärt. McCasslin warf seinen Schläger auf den Boden, stürmte wütend zu dem Hochsitz des Schiedsrichters und stieß Flüche und Beleidigungen aus. Klugerweise blendete der Sender sofort einen Werbespot ein. Nachdem das Loblied auf eine amerikanische Automarke beendet war, wurde wieder zum Match zurückgeschaltet.

Angela ließ sich kein Wort des Reporters entgehen, der McCasslins Benehmen zu erklären versuchte, indem er sich geradezu genüsslich über das schon erwähnte private Unglück verbreitete. Er erzählte, dass die Frau des Tennisprofis bei einem schrecklichen Autounfall in Honolulu, wo das Paar mit dem kleinen Sohn gelebt hatte, ums Leben gekommen sei. Der Witwer könne diesen Verlust anscheinend nicht verwinden. Unterdessen spielte McCasslin verbissen weiter – und verlor das Match.

Als Angela an jenem Tag erschöpft und deprimiert im Bett lag, dachte sie darüber nach, weshalb dieser Tennisspieler sie eigentlich so sehr interessierte. Sie hatte ihn doch nur ein einziges Mal persönlich gesehen ...

Mitten in der Nacht wachte sie plötzlich auf mit der absoluten Sicherheit, dass sie ihn in Wirklichkeit mehr als einmal gesehen hatte. Kerzengerade saß sie in ihrem Bett. Ihr Herz hämmerte, und in ihrem Kopf drehte sich alles. Sie konnte ihre Gedanken nicht einfangen.

Angela warf die Bettdecke zurück, stand auf und ging im Zimmer auf und ab. Nimm dich zusammen, befahl sie sich, konzentriere dich. Im Moment war ihr nur eines klar: Sie musste sich unter allen Umständen erinnern.

Nach und nach formte sich ein Bild. Sie hatte Schmerzen gehabt ... Lichter gesehen, die sich über sie hinbewegten ...

Das war es! Sie war auf einer fahrbaren Trage einen Korridor entlanggeschoben worden, und die sich scheinbar bewegenden Lichter waren die Deckenlampen über ihr gewesen. Man brachte sie in den Kreißsaal. Bald würde alles vorüber sein. Ja, sie musste nur noch entbinden, und dann würde sie frei sein, frei von Ronald.

Angela hatte das Ehepaar verschwommen wahrgenommen, während sie über den matt beleuchteten Flur gerollt wurde. Die goldblonden Haare der beiden waren ihr aufgefallen. Sie schaute zu dem Paar hinüber. Weder der Mann noch die Frau beachtete sie. Die beiden lächelten sich glücklich an und flüsterten einander zärtliche Worte zu. Trotzdem schien mit ihnen irgendetwas nicht zu stimmen. Irgendetwas an dem Bild war falsch, nur was?

„Erinnere dich, Angela“, sagte sie laut zu sich selbst. Sie ließ sich auf die Bettkante sinken und stützte den Kopf in die Hände. „Die beiden waren so glücklich wie jedes junge Ehepaar, dem ein Baby geschenkt wird. Sie ...“

Alles schien zum Stillstand zu kommen – Angelas Atem, ihr Herzschlag, ihre wirbelnden Gedanken. Und dann traf sie die Erkenntnis wie ein Blitz. Die Frau war nicht schwanger gewesen! Sie hatte mit ihrem Mann im Flur gestanden und mit ihm geflüstert, wie Kinder es tun, wenn sie etwas Tolles aushecken.

Die McCasslins waren reiche, weltbekannte Leute. Der Mann sah gut aus – ein Prachtkerl laut Ronald. Das Paar hatte später das Krankenhaus mit einem Baby an dem Tag verlassen, an dem auch sie, Angela, es verließ.

Die beiden mussten die Klinik mit ihrem Kind verlassen haben!

Angela schlang die Arme um ihren Oberkörper und wiegte sich auf dem Bett hin und her. Sie wusste intuitiv, dass ihre Vermutung stimmte. Alle Teile des Puzzles passten zusammen.

Die Ernüchterung kam, als ihr wieder einfiel, was sie bei der Sportsendung gehört hatte. Mrs. McCasslin habe einen kleinen Sohn – wuchs ohne die liebende Hand einer Mutter und bei einem seelisch und körperlich angeschlagenen Vater auf.

Von da an war Angela von Daniel McCasslin wie besessen. Sie las alles über ihn, was sie auftreiben konnte. Stundenlang saß sie in der öffentlichen Bibliothek und studierte auf Mikrofilm aufgenommene Sportzeitschriften mit Artikeln über seinen Werdegang und seine Glanzzeiten. Sie kaufte sich aktuelle Magazine und erfuhr täglich Neues über seinen Abstieg.

So vergingen ein paar Monate. Eines Tages las sie, dass Daniel McCasslin beabsichtigte, sich vorläufig aus dem großen Tennisgeschehen zurückzuziehen. Den Worten seines Managers zufolge wollte er die Konsequenzen aus seinen Niederlagen ziehen und sich fürs Erste darauf konzentrieren, seine alte Form wieder herzustellen. Im Übrigen habe er vor, mehr Zeit mit seinem kleinen Sohn zu verbringen, mit dem er jetzt in seinem Haus auf der Insel Maui lebte.

An jenem Tag hatte Angela sich entschlossen, nach Hawaii zu fliegen und Daniel McCasslins Bekanntschaft zu machen.

So, nun hast du Daniel McCasslin getroffen – und jetzt? fragte Angela ihr Spiegelbild. Sie hatte nicht damit gerechnet, dass sein Charme und seine Ausstrahlung sie so sehr beeindrucken würden. „Vergiss nicht, wer du bist, Angela. Bleib sachlich!“ befahl sie sich. Die Frau im Spiegel wirkte aber nicht so, als läge ihr etwas daran, sachlich zu bleiben.

Das enge, schulterfreie Kleid aus jadegrüner Seide brachte Angelas gute Figur voll zur Geltung. Der breite, farblich passende Gürtel betonte ihre schmale Taille und lenkte die Aufmerksamkeit auf die Rundungen darüber und darunter. Das Jäckchen weckte die Neugier auf die verborgenen nackten Schultern. Statt Juwelen hatte sich Angela den Lei umgelegt. Die Blüten waren von der gleichen Farbe wie der Gürtel. Das Haar hatte sie im Nacken zusammengefasst und die Strenge der Frisur durch ein paar herausgezogene Strähnchen gemildert.

Die Frau im Spiegel sah eher so aus, als hätte sie sich für ein aufregendes Lebensabenteuer zurechtgemacht.

Angela drückte die kalten, zitternden Finger gegen die Schläfen. „Ich muss aufhören, in solchen Zusammenhängen an ihn zu denken. Ich verderbe mir noch alles. Und er darf mich nicht als ... als Frau sehen."

Wenn sie das wollte, musste sie ihn gründlich entmutigen. Daniel hatte seine Frau geliebt, vermutlich liebte er sie noch immer. Aber der Instinkt sagte Angela, dass er nicht für den Rest seines Lebens ohne Partnerin würde auskommen können.

Dass ein Funke zwischen ihm und ihr übergesprungen war, ließ sich nicht leugnen. Das machte die Durchführung ihres Plans schwierig. Sie hatte ihn kennen lernen und ihm versichern wollen, dass es nicht ihre Absicht sei, sich in die Beziehung zu seinem Sohn einzumischen. Wenn sie ihn davon überzeugt hatte, wollte sie ihn bitten, ihr zu gestatten, den kleinen Jungen hin und wieder zu besuchen.

„Vergiss das nicht!" ermahnte sie sich. Genau in diesem

Moment klopfte es. Angela schwor sich, keine anderen Gedanken, soweit sie Daniel McCasslin betrafen, zuzulassen.

Der Schwur war schon gebrochen, als sie Daniel vor sich stehen sah. Er sah einfach zu gut aus in seiner maßgeschneiderten dunkelblauen Hose, dem sandfarbenen Blazer und dem hellblauen Oberhemd, das fast dieselbe Farbe wie seine Augen hatte.

Und diese Augen blickten Angela bewundernd an. Daniel betrachtete sie ausgiebig vom Scheitel bis zur Sohle. Schließlich verweilte sein Blick auf dem Lei. Angela hatte den unbestimmten Eindruck, dass es nicht unbedingt die Blüten waren, die Daniel dort so interessierten, sondern vielmehr die Brüste, über denen sie lagen.

„So wirken die Blumen erst wahrhaft schön", bemerkte er und bestätigte damit Angelas Vermutung.

„Vielen Dank."

„Gern geschehen." Erst jetzt schaute er ihr in die Augen und lächelte. „Fertig?"

4. KAPITEL

Die diesem Tag folgenden drei Abende verbrachten Angela und Daniel ebenfalls zusammen. Das machte Angelas Vorhaben immer unmöglicher, sie brachte es jedoch nicht fertig, seine Einladungen abzulehnen. Daniel und sie kamen sich näher und näher, nur nicht so, wie sie es geplant hatte.

Am vierten Abend schließlich entschuldigte sich Angela

mit der Ausrede, dass sie unbedingt den Artikel fertig stellen müsse. Es handelte sich um einen Bericht über die Aufzucht tropischer Pflanzen in nichttropischen Breiten, und der Artikel war längst geschrieben und abgeschickt.

„Gehe ich zu forsch vor? Nehme ich zu viel von Ihrer Zeit in Anspruch? Bin ich auf fremdes Territorium geraten?" wollte Daniel wissen. Zwar stellte er die Fragen lachend, aber Angela merkte, dass er sie ernst meinte.

„Nichts von alldem. Ich deutete ja schon am ersten Tag an, dass ich niemandem Rechenschaft schuldig bin. Nein, Daniel, ich muss tatsächlich heute Abend arbeiten."

Daniel schien nicht ganz überzeugt, doch er akzeptierte ihre Ablehnung.

Immer wenn Daniel nicht bei ihr war, schien ihr die Zeit endlos und leer. Er hatte sie nie geküsst, wenn man von dem traditionellen Kuss anlässlich der Übergabe des Lei einmal absah. Seine Berührungen waren nie über das gesellschaftliche Maß hinausgegangen. Trotzdem fühlte sich Angela in seiner Gegenwart jung und schön und sehr beschwingt – alles typische Anzeichen des Verliebtseins. Und das durfte nicht sein. Sie war nach Maui gekommen, um ihren Sohn zu sehen. Eine Romanze mit Daniel McCasslin kam nicht in Frage. Dennoch ...

Am nächsten Morgen wanderte Angela die Spazierwege der Hotelanlage entlang und nahm sich vor, keinesfalls zu den

Tennisplätzen zu gehen. Vielleicht spielte Daniel heute ja auch gar nicht.

Er trank gerade einen Schluck Mineralwasser, als er sie entdeckte. Rasch drückte er Gary die Flasche in die Hand und eilte Angela entgegen.

„Hallo! Ich hätte Sie nachher angerufen. Essen wir heute Abend wieder zusammen? Bitte!“

„Ja.“

Daniels hervorgesprudelte Einladung und Angelas prompte Antwort erheiterten beide.

„Ich hole Sie um halb acht ab.“

„Gut.“

„Schauen Sie zu, während ich spiele?“

„Ein bisschen. Dann muss ich wieder an die Arbeit gehen.“

„Und ich habe Richy versprochen, heute mit ihm am Strand zu spielen.“

Immer wenn Daniel den Namen seines Sohnes erwähnte, schlug Angelas Herz schneller. „Ich halte Sie doch nicht etwa zu oft davon ab, mit ihm zusammen zu sein?“

„Abends gehe ich nicht aus dem Haus, ehe er im Bett ist. Dann vermisst er mich nicht mehr. Morgens pflegt er sicherzustellen, dass ich als Zweiter im Haus aufwache.“

Angela lächelte. „Genau wie Joey früher. Er kam immer in mein Schlafzimmer und wollte mir die Augen aufklappen, um zu sehen, ob ich wach bin.“

„Und ich dachte, Richy sei der Einzige, der diesen Trick

kennt.“ Wieder lachten sie zusammen. „Ich muss aufs Spielfeld zurück“, sagte Daniel dann. „Sonst verliere ich den Schwung. Bis heute Abend!“

„Spielen Sie gut!“

„Ich werde es versuchen.“

„Sie werden es tun“, erwiderte Angela.

Als Daniel am Abend an die Tür klopfte, war Angela noch nicht ganz fertig. Obwohl er ständig in ihrem Unterbewusstsein herumspukte, hatten Inspiration und Arbeitswut sie gepackt. Sie hatte so eifrig an einem Artikel geschrieben, dass ihr kaum Zeit für ein Bad und fürs Haarwaschen geblieben war.

Sie zerrte an dem Rückenreißverschluss ihres Kleides, während sie zur Tür lief. „Entschuldigen Sie“, bat sie atemlos, weil sie Daniel gut eine Minute draußen hatte warten lassen.

Er lehnte ganz lässig am Türrahmen. Amüsiert betrachtete er Angelas gerötete Wangen und ihre unbeschuhten Füße. „Auf Sie warte ich gern.“

„Kommen Sie herein. Ich brauche nur noch in meine Schuhe zu schlüpfen und ein bisschen Schmuck anzulegen, dann bin ich fertig. Haben Sie einen Tisch bestellt? Ich hoffe, wir kommen nicht zu spät ...“

„Angela“, sagte er, schloss die Tür hinter sich und fasste sie bei den Schultern. „Machen Sie sich deswegen keine Sorgen. Wir haben viel Zeit.“

„Gut.“ Angela atmete auf. „Dann brauche ich ja nicht zu hetzen.“

„Gewiss nicht.“ Daniel lachte und ließ sie los. Er blickte sich kurz im Zimmer um, dann beobachtete er Angela, die sich gerade ihre hochhackigen Sandaletten anzog. Sie stützte sich mit einer Hand an der Wand ab und hob dann ihren schlanken Fuß, um das Riemchen zu befestigen. Ihre Bewegungen waren anmutig, sehr feminin und unbewusst aufreizend.

Daniel schaute an ihrem schlanken Bein hinauf und entdeckte ein kleines Stückchen der zarten Spitze, die ihren Unterrock säumte. Er musste über dieses so ausgesprochen weibliche Kleidungsstück lächeln. Als Angela sich nach vorn beugte, sah er, wie sich ihre Brüste gegen das schmale Oberteil ihres Kleides drückten. Im Geist presste er die Lippen auf die weichen Hügel, und die Vorstellung erregte ihn so, dass er rasch den Blick abwandte und sicherheitshalber etwas Harmloseres anschaute.

„So“, sagte Angela und ging zu dem Schreibtisch gegenüber dem großen Bett.

Daniel erlaubte sich nicht, sich vorzustellen, wie wohl Angelas unbekleideter Körper auf diesem Bett aussehen würde.

„Jetzt noch der Schmuck.“ Sie suchte in einer kleinen, mit Seide ausgeschlagenen Schatulle herum. Das ärmellose Kleid schmiegte sich eng an Angelas runde, aber keinesfalls zu breite Hüften.

Alles, was sie trägt, sieht an ihr ungeheuer schick aus, fand Daniel. Selbst in Jeans und T-Shirt würde sie vermutlich noch wie aus einem Haute-Couture-Salon entsprungen aussehen. Und unbekleidet wahrscheinlich noch viel, viel besser. Herrgott, jetzt dachte er ja doch an Dinge, an die er nicht hatte denken wollen!

Er beobachtete, wie sie goldene Clips an ihren Ohrläppchen befestigte, und wünschte, er könne sie dort jetzt mit der Zunge berühren. Sein Herz hämmerte, als sie ihre Halskette im Nacken schließen wollte und ihre Brüste sich dabei hoben.

„Kommen Sie", sagte er. „Lassen Sie mich das machen." Er trat hinter sie. Einen Moment lang schauten sie sich im Spiegel in die Augen. Angela hatte die Arme noch erhoben, und ihre Brüste schienen sich aus dem tiefen Ausschnitt drängen zu wollen. In dieser Haltung wirkte sie sowohl aufreizend als auch wehrlos.

Langsam senkte sie die Arme, nachdem er ihr die Enden der Kette aus den Händen genommen hatte, und neigte den Kopf, damit Daniel besser mit dem Verschluss hantieren konnte. Als er fertig war, trat sie sofort zur Seite.

„Augenblick." Er hielt sie sanft fest. „In Ihrem Reißverschluss hat sich ein Stückchen Stoff verklemmt."

„Oh ..." Sie hielt den Atem an.

Langsam zog Daniel den Reißverschluss hinunter, vorsichtig nestelte er an dem eingeklemmten Stoff. Angela fühlte einen kühlen Luftstrom an ihrem Rücken. Regungslos stand sie da, unfähig, den erotischen Bann zu brechen, der sie umgab.

Daniel strich nun leicht über ihre Wirbelsäule und stellte fest, dass Angela keinen Büstenhalter trug. „Angela ..."

Wieder schauten sie einander im Spiegel an. In Daniels Augen brannte ein tiefblaues Feuer, das verriet, was er empfand, wie sehr er sie begehrte.

Angela riss sich zusammen. Sie wusste, was geschehen würde, wenn sie sich ein paar Millimeter weiter nach hinten gegen Daniels Körper lehnte. Zum Abendessen würden sie dann gewiss nicht gehen. Die Entscheidung lag ganz allein bei ihr.

Mit Daniel das Bett teilen ... nein, das kam nicht in Frage. Das wäre in ihrem Fall der helle Wahnsinn. Oder fürchtete sie sich vielleicht nur davor, weil Ronald ihr Minderwertigkeitskomplexe eingeredet hatte?

Wie auch immer, das Klügste wäre wirklich, diese Beziehung auf freundschaftlicher Grundlage fortzusetzen. Es musste doch möglich sein, dass ein Mann und eine Frau nichts als gute Freunde blieben!

Angela blickte zu Boden und schüttelte fast unmerklich den Kopf.

Daniel verstand sofort und zog den Reißverschluss wieder hoch. „So, okay. Alles in Ordnung."

„Vielen Dank", sagte sie und wollte weggehen.

Aber so leicht sollte sie nicht davonkommen.

„Angela?"

Sie griff nach ihrer Handtasche. „Ja?“

„Es ist schon lange her, dass ich einer Frau, an der mir lag, beim Ankleiden zugesehen habe. Ich wusste bis heute nicht, wie sehr mir das Zusammenleben mit einer Frau fehlt.“

Angela starrte zum Fenster hinaus und betrachtete die Palmen, die sich als schwarze Silhouetten gegen den dunkelblauen Himmel abhoben. „Wenn man als Frau allein lebt, hat das auch seine Nachteile.“

Daniel kam näher. „Welche zum Beispiel?“ fragte er leise und drängend.

Nein, so durfte das nicht weitergehen! Sie musste dieses Gespräch beenden.

Angela drehte sich zu Daniel um, lächelte und zwang sich dazu, ihm möglichst spitzbübisch zuzublinzeln. „Zum Beispiel hat man niemanden zur Hand, wenn ein Reißverschluss klemmt.“

Dass Daniel über diese Antwort enttäuscht war, erkannte sie daran, wie er die Schultern sinken ließ. Er schickte sich aber in die Lage und brachte ebenfalls ein Lächeln zu Stande.

„Ich sag's ja – was würden nur all die emanzipierten Frauen ohne uns Männer machen?“

In fröhlicher Stimmung fuhren Daniel und Angela wenig später über die verhältnismäßig schmale Schnellstraße der Insel. Das Gebiet um den Kaanapali Beach herum war eine der wenigen für den Tourismus entwickelten Gegenden

Mauis. Hier gab es viele elegante Hotels, Restaurants und Clubs. Daniel parkte vor einem Luxus-Hotel.

„Waren Sie schon mal hier?“ erkundigte er sich, nachdem sie ausgestiegen waren.

„Nein, aber ich wollte es vor meiner Heimreise noch kennen lernen.“

„Machen Sie sich auf etwas Überwältigendes gefasst. Dieses Hotel ist einmalig.“

Davon konnte sich Angela umgehend überzeugen. Die Hotelhalle wurde von einer Glaskuppel gekrönt. Man sah den Sternenhimmel. Im Übrigen war sie so dekoriert, dass man den Eindruck hatte, sich in einem Regenwald mit tropischen Bäumen und blühenden Pflanzen zu befinden.

Daniel und Angela durchquerten die riesige Halle. Angela blieb viel zu wenig Zeit, in die eleganten Boutiquen und Galerien zu schauen, denn Daniel führte sie sofort die geschwungene Treppe hinunter zum Schwanenhof.

„Ich komme mir vor wie eine Landpomeranze auf ihrem ersten Ausflug in die Stadt. Steht eigentlich mein Mund offen?“

„Ich mag Landpomeranzen“, sagte Daniel und gab ihr einen freundlichen kleinen Rippenstoß. „Und Ihr Mund sieht heute Abend ganz besonders entzückend aus. Genau wie alles andere an Ihnen.“

Angela war froh, dass in diesem Moment der Empfangschef auf sie zukam und sie zu einem von einer Kerze beleuchteten Tisch an dem Teich führte, auf dem Schwäne majestätisch dahinglitten. Auch das Restaurant befand sich unter freiem Himmel. Es bot den Ausblick auf einen See samt Lavafelsen und Wasserfall.

Die Gäste trugen Abendgarderobe, und Angela beglückwünschte sich, dass sie ihr schickes Kleid angezogen hatte.

Daniel schien ihre Gedanken zu erraten. „Lassen Sie sich nicht allzu sehr beeindrucken“, sagte er leise. „Morgens schwirren die Leute hier in Badeanzügen und Strandsandalen herum und drängeln sich am Frühstücksbuffet.“ Er winkte den Kellner heran. „Wein zum Essen, Angela?“

Sie hielt Daniels herausforderndem Blick stand. „Ja, gern.“

Er bestellte eine Flasche teuren Weißweins. Angela zeigte ihr Erstaunen nicht. Sooft sie bisher zusammen gewesen waren, hatte er nie Alkoholisches getrunken.

„Gelegentlich genehmige ich mir ein Glas Wein zum Abendessen“, erläuterte er.

„Ich habe Sie nicht gefragt.“

„Nein, aber Sie haben sich gefragt, ob ich mir das leisten darf.“

„Ich sage Ihnen noch einmal, dass Sie meine Gedanken mir selbst überlassen sollten. Im Übrigen sind Sie erwachsen und werden wissen, wo Ihre Grenzen liegen.“

„Sie befürchten nicht, dass ich mich betrinke und dann aus der Rolle falle?“

Angela beugte sich zu ihm hinüber. „Vielleicht möchte ich ja, dass Sie ein bisschen aus der Rolle fallen.“ Dass es die

Motten auch immer zum Licht zog, wo sie sich dann doch nur die Flügel verbrannten!

Daniel schloss die Augen halb. „Dazu brauchte ich keinen einzigen Tropfen."

Angela machte einen Rückzieher. Nein, sie wollte sich die Flügel nicht verbrennen. „Aber ich vertraue darauf, dass Sie es nicht tun."

Daniel gestattete Angela den Rückzug. Als er wieder sprach, deutete seine Tonlage das an.

„Eigentlich hätten Sie allen Grund, besorgt zu sein. Im vergangenen Jahr war ich mehr betrunken als nüchtern und fiel pausenlos aus der Rolle. Ich weiß nicht, ob ich je darüber hinwegkommen werde." Er biss die Zähne zusammen und ballte eine Hand zur Faust. „Ich gäbe viel darum, einiges von dem, was ich angestellt habe, ungeschehen machen zu können."

Angela vermochte ihm die Selbstvorwürfe nachzufühlen. „Wir machen alle Fehler, die wir später am liebsten nicht mehr wahrhaben wollen, Daniel. Dennoch müssen wir mit dem leben, was wir getan haben." Ihre Stimme klang gequält, als sie leise hinzusetzte: „Und manchmal bis zum Ende unserer Tage."

Daniel musterte sie nachdenklich. „Das klingt hoffnungslos. Meinen Sie nicht, dass wir manchmal eine Chance bekommen, einiges wieder in Ordnung zu bringen?"

„Doch, ja. Gott sei Dank. Ich glaube allerdings, für diese Chance haben wir selber zu sorgen. Entweder wir versuchen, unsere Fehler wieder gutzumachen, oder wir sollten uns mit ihnen abfinden."

„Sich damit abfinden würde nur ein Verlierer."

„Und Sie sind ein Gewinner."

„Ich konnte nicht in den Trümmern meines Lebens wohnen. Ich musste etwas tun, um es wieder aufzubauen."

„Wie bitte?"

War jetzt der richtige Augenblick gekommen, ihm die Wahrheit zu sagen? Gerade hatte er zum Ausdruck gebracht, dass man etwas gegen seine Fehler unternehmen müsse. Würde er da nicht verstehen, dass sie genau das versuchte? Nur ... was, wenn er sie nicht verstand? Wenn er ihr auf der Stelle den Rücken kehrte?

Dann würde sie Richy nie zu Gesicht bekommen.

Nein, sie wollte lieber warten, bis sie ihren Sohn wenigstens einmal gesehen hatte. Danach würde sie Daniel erzählen, wer die Mutter seines Sohnes war. Danach, nicht früher.

Angela setzte sich gerade auf und schenkte Daniel ein strahlendes Lächeln. „Warum unterhalten wir uns eigentlich über so etwas Trübsinniges? Da kommt der Wein. Lassen Sie uns für heute die Fehler unserer Vergangenheit vergessen."

Das Essen schmeckte köstlich, und als Angela und Daniel es nach immerhin zwei Stunden beendeten, war die Weinflasche noch halb voll. Angela war angenehm satt, fühlte sich aber dennoch leicht wie eine Feder. Sie schien die Treppe geradezu hinaufzuschweben. Nicht das bisschen Wein hatte sie trunken gemacht, es lag an der romantischen Atmosphäre und der Ausstrahlung des Mannes an ihrer Seite.

In der Cocktail-Bar spielte ein Pianist Liebeslieder auf einem weißen Flügel. Der leichte Seewind wehte durch die Halle, bewegte die Blätter an den Bäumen und trug den süßen Duft tropischer Blumen mit sich.

Unter einer gedämpft leuchtenden Lampe blieben sie stehen. Daniel nahm Angelas Hände in seine. „Hat es Ihnen im Schwanenhof gefallen?"

„Ja, sehr." Sie betrachtete sein Haar. Wie mochte es sich wohl anfühlen, wenn sie mit der Hand hindurchstreichen oder in leidenschaftlicher Ekstase ihre Finger darin vergraben würde? Dann blickte sie auf Daniels Mund. Die erotischste Szene, die sie jemals in einem Film gesehen hatte, war die Großaufnahme des Mundes eines Mannes an einer weiblichen Brust. Die Zunge strich über die dunkle Knospe, bis die Lippen sie ganz umschlossen. An diese Liebkosung musste Angela jetzt denken, und ihre Fantasie ließ ihr Herz heftiger schlagen.

Ronald hatte sich nie die Zeit für ein solches Vorspiel genommen. Nie hatte er gefragt, was ihr gefiel. Vermutlich hätte sie dergleichen zusammen mit Ronald auch gar nicht gemocht. Doch bei Daniel würde es ihr sicher gefallen.

„Was?"

„Wie bitte?"

„Sagten Sie etwas?" fragte Daniel. Er sah Angela freundlich, aber prüfend an.

„Nein“, antwortete sie leise. „Ich habe nichts gesagt.“

„Oh, ich dachte.“ Jetzt schaute er ihr auf den Mund. Hatte ihr Herz bei ihren eigenen Fantastereien schneller geschlagen, so wäre sie jetzt vor Verlegenheit im Boden versunken, hätte sie gewusst, wo Daniel sich gerade ihren Mund vorstellte. Schnell zog er im Geist einen Vorhang vor dieses erotische Bild, ehe ihm noch das klare Denken abhanden kam. „Was möchten Sie jetzt tun?“ erkundigte er sich.

„Tun? Ich weiß nicht. Und Sie?“

Himmel, frag mich das lieber nicht! „Wie wäre es mit Tanzen?“

Irgendetwas mussten sie unternehmen. Wenn sie noch länger hier standen, würden sie wohl buchstäblich ineinander versinken.

„Unten ist ein Club. Ich war noch nicht dort. Wir können ihn uns ja mal anschauen.“

„Gut.“

Daniel führte Angela eine andere Treppe hinunter, die ein Messinggeländer im Stil der Jahrhundertwende besaß. Er stieß eine ledergepolsterte Tür auf. Grelle Diskomusik, lautes Stimmengewirr, Gelächter und Tabakwolken überfielen sie.

Daniel drehte sich zu Angela um und sah sie fragend an. In ihren Augen las er die gleiche Frage. Beide machten im selben Augenblick kehrt und stiegen die Treppe hoch. Wieder in der Halle, lachten sie los.

„Ich glaube, wir werden alt", meinte Daniel. „Die Musik des einsamen Pianisten gefiel mir besser."

„Mir auch."

„Ich schreie auch nicht gern, wenn ich mich unterhalten will." Er beugte sich zu Angela hinunter und flüsterte: „Vielleicht möchte ich manchmal etwas sagen, was nicht für fremde Ohren bestimmt ist."

Als er sich wieder aufrichtete, sah Angela in seinen Augen, was er damit meinte. Ein leichtes Zittern durchlief sie.

„Möchten Sie noch etwas trinken?" erkundigte sich Daniel.

Angela schüttelte den Kopf. „Machen wir doch einen Spaziergang zum See", schlug sie vor.

„Gut." Daniel griff nach ihrer Hand und verflocht seine Finger mit ihren.

Hand in Hand wanderten Angela und Daniel die Pfade entlang, die durch einen wahrhaften Garten Eden führten. In größeren Abständen aufgestellte Fackeln, deren Flammen im Wind flackerten, erleuchteten die Wege. Die Swimmingpools, die terrassenförmig in eine Grotte aus Lavagestein hineingebaut waren, stellten ein architektonisches Meisterwerk dar.

Angela äußerte sich zwar anerkennend zu allem, was Daniel ihr zeigte, aber eigentlich war es ihr gleichgültig, was er sagte und was sie sah. Es war so wunderbar, seine Stimme zu hören und seinen starken Körper neben sich zu fühlen, wenn er sie sanft in diese oder jene Richtung lenkte. Ihr Herzschlag schien das Geräusch der nahen Brandung zu übertönen.

Liebespärchen versteckten sich in den Schatten. Hin und wieder hörte man zärtliches Flüstern. Niemand jedoch würde den anderen stören, denn jeder wusste, dass alle, die zu dieser nächtlichen Stunde durch diesen Garten gingen, für sich bleiben wollten. Daniel zog Angela hinter einen kleinen, von Kletterpflanzen bedeckten Felsvorsprung, und sie wehrte sich nicht.

„Darf ich Sie um diesen Tanz bitten?“ fragte er gespielt förmlich.

Angela spielte mit. „Sie dürfen“, erwiderte sie ernsthaft. Sie trat dicht an ihn heran und erfuhr dann zum ersten Mal, wie es war, von Daniel umarmt zu werden.

Sie konnten sich nicht viel bewegen, ohne ihr Versteck zu verlassen, aber beide wussten ohnehin, dass die Aufforderung zum Tanz nichts als ein Vorwand dafür gewesen war, einander umschlungen zu halten. Also wiegten sie sich nur leicht im Takt der leisen Klaviermusik hin und her, die aus der Bar zu ihnen herüberklang.

Die Minuten vergingen, ein Lied löste das andere ab. Während der ganzen Zeit verharrten sie in der Pose und schauten sich in die Augen. Ihre äußerlich fast unbewegten Körper bebten und sehnten sich nach innigeren Berührungen. Irgendwann waren sie sich so nah, dass Angelas Brüste Daniels Oberkörper berührten.

Daniel seufzte leise und schloss einen Moment die Augen. Als er sie wieder öffnete, sah er, dass auch Angela die Lider geschlossen hatte. Wie gern hätte er sie jetzt geküsst! Er ließ seine Rechte von ihrer Taille zu ihrem Rücken hinaufgleiten und verstärkte den Druck, bis er Angelas Brüste ganz deutlich spürte.

„Daniel ..."

Spontan schlang sie den linken Arm um seinen Nacken und grub ihre Finger in das blonde Haar, das Daniel bis über den Kragen reichte. Er gab ihre Hand frei, griff aber sofort wieder danach und führte sie an seine Lippen. Zärtlich liebkoste er die schmalen Knöchel. Dann legte er ihren rechten Arm ebenfalls um seinen Nacken und zog Angela fester an sich.

„Weißt du, wie schwer es mir gefallen ist, die Hände von dir zu lassen?"

„Ja", antwortete sie mit sanfter Stimme und schmiegte sich an ihn.

„Ich habe mich so sehr nach einer Umarmung gesehnt, Angela."

„Ich auch", flüsterte sie.

„Du hättest es nur zu sagen brauchen." Daniel barg das Gesicht in ihrem Haar. „Du duftest so gut, und du fühlst dich wundervoll an. Deine Haut ist so schön. Wie oft habe ich mir das alles schon ausgemalt! Ich wollte dich berühren, schmecken."

Angela seufzte tief auf und legte den Kopf an seine Schulter. Daniel umfasste ihre Hüften, schob dabei sein Knie zwischen ihre Schenkel und rieb sich dann gegen ihren Körper. Überdeutlich spürte Angela jetzt seine Erregung, und ihr entrang sich ein kleiner Aufschrei.

„Sei nicht böse, Angela. Ich will nicht grob sein, aber es ist so gut ..."

„Daniel ..."

„Soll ich aufhören?"

„Daniel!" Sie legte den Kopf in den Nacken und schaute ihm in die Augen. „Nein." Sie zitterte. „Nein." Ihre Stimme klang ein wenig hysterisch. Und dann bat sie ihn so drängend, dass es fast schon verzweifelt klang: „Küss mich!"

Im nächsten Augenblick legte Daniel seine Lippen auf ihren Mund. Es wurde ein recht unsanfter, heftiger Kuss. Alle aufgestauten Sehnsüchte und Gefühle lagen darin, und plötzlich fühlte sich Angela wie ein märchenhafter Schmetterling, der aus seiner engen, dunklen Puppe schlüpft und zum ersten Mal das Licht des Lebens sieht.

Daniel hob den Kopf. Sein Atem kam in rauen, unregelmäßigen Zügen. Angela ging es nicht anders. Sie presste ihre Hüften an seine, und was sie durch den Stoff hindurch spürte, erhitzte ihr Blut noch mehr.

Mit großer Mühe beherrschte Daniel sein heißes Verlangen. Sanft legte er die Hand unter Angelas Kinn und streichelte mit dem Daumen ihre angeschwollene Unterlippe. Sein Blick bat um Verzeihung. Angela lächelte.

Als er sie wieder küsste, berührte sein Mund ihren nur

leicht. Behutsam strichen seine Lippen über ihre, und diese sanfte Liebkosung bedeutete für Angela eine süße Qual.

„Daniel ..." Sie sprach seinen Namen wie eine flehentliche Bitte aus.

„Ich habe dir vorhin wehgetan. Das wollte ich nicht."

„Ich weiß."

„Du machst mich ganz verrückt vor Verlangen nach dir."

„Nimm dir alles, was du willst."

Daniel stöhnte auf. Er neigte den Kopf. Seine Zunge glitt zärtlich über Angelas heiße Lippen, und dann lag sein Mund erneut auf ihrem. Einen Moment lang verharrten sie so regungslos, erwartungsvoll. Dann drang seine Zunge tief ein, zog sich zurück ... Wieder und wieder wiederholte Daniel das Spiel, bis Angela es nicht länger zu ertragen glaubte. Sie fühlte, dass ihr Körper zur Liebe bereit war, und sie wusste nicht, ob sie noch länger zu warten vermochte.

Daniel lockte, liebkoste und tastete mit einer solchen Hingabe, dass Angela sich schließlich nur hilflos an Daniel klammern konnte. Mit den Händen strich er über ihren Rücken und berührte dann die Seiten ihrer Brüste. Mit sanftem Druck presste er sie zusammen, bis sie fast aus dem tiefen Ausschnitt ihres Kleides quollen, und drückte heiße Küsse auf die duftende Haut. Mit der Zunge erforschte er das Tal zwischen den Hügeln.

Nach solchen Liebkosungen hatte sich Angela gesehnt, seit sie eine erwachsene Frau war. Sie hatte sich einen Mann gewünscht, der ihr zeigte, dass sie begehrt und geliebt wurde. Ehe sie Daniel kennen lernte, hatte sie sich nie für attraktiv gehalten, aber von Anfang an hatte er ihr mit jedem Blick und jeder Geste unverhohlen gezeigt, dass er sie außerordentlich anziehend und begehrenswert fand. Daniel war immer aufrichtig gewesen ...

Doch sie nicht:

Wenn sie ihm erst einmal gestanden hatte, dass sie Richys Mutter war, würde er ihr dann noch abnehmen, dass ihre Gefühle für ihn aufrichtig waren? Würde er ihr nicht vorwerfen, sie hätte ihre Weiblichkeit als Mittel zum Zweck eingesetzt?

Dieser Gedanke erschien ihr unerträglich. Sie musste rückgängig machen, was bisher zwischen ihnen geschehen war, oder sie würde sich unweigerlich seinem ewigen Hass gegenübersehen ...

„Daniel!“ flüsterte Angela an seinem Mund, der wieder über ihre Lippen strich.

„Hm?“ Daniel war in das Liebesspiel versunken.

„Daniel!“ wiederholte sie eindringlicher und bog den Oberkörper zurück. „Nicht!“

Er wollte gerade die Träger ihres Kleides herunterstreifen. Die Furcht packte Angela. Wenn sie ihm jetzt nicht Einhalt gebot, würde sie es nie mehr können. Ihr blieb nichts übrig, als ihn böse zu machen. Vernünftigen Worten war er nicht mehr zugänglich.

„Hör auf!“ Sie schlug seine Hand zur Seite und befreite sich aus seiner Umarmung.

Verwirrung spiegelte sich auf Daniels Gesicht wider. Er musste ein paar Mal blinzeln, ehe er klar sehen konnte. Angela spürte, wie seine anfängliche Verblüffung in Ärger umschlug.

„Schon gut“, sagte er, „du musst mich nicht gleich wie ein unartiges Kind behandeln. Ich hatte allen Grund zur Annahme, dass dir meine Küsse gefallen haben.“

Angela wich seinem Blick aus. „Die Küsse, ja. Aber ich bin nicht eins von deinen Groupies, die du ...“

„Ist es das, was du denkst?“ Daniel fuhr sich mit den Fingern durchs Haar und zog dann seine Krawatte gerade. „Antworte!“

Angela hatte ihn zwar verärgern wollen, aber seine Reaktion machte sie unsicher. „Ich ... ich ...“

„Ganz wie du meinst. Was unterscheidet dich schließlich von den anderen? Du warst mehr als willig und hast keine Bedingungen gestellt. Was sonst sollte ich also von dir denken? Hältst du dich für etwas Besonderes, weil du nicht bis zum Letzten gehen willst? Kein Sex, sondern nur Streicheleinheiten für meine ach so verlorene Seele?“ Jetzt war er ernstlich wütend. „Hast du dich nur aus reiner Nächstenliebe meines Falles angenommen?“

Angela hatte Mühe, sich zu beherrschen. „Ich habe dich schon einmal darauf aufmerksam gemacht, dass du mich angesprochen hast und nicht umgekehrt. Und was deinen so genannten Fall angeht, so ist mir völlig egal, ob du zum Teufel gehst, dich zu Tode trinkst oder bei jedem Tennisspiel über deine eigenen Beine stolperst und lang hinschlägst. Ich glaube nämlich, dass du es gar nicht wert bist, dass man seine Nächstenliebe an dich verschwendet."

Daniel hörte ihr anscheinend überhaupt nicht zu. Er legte den Kopf schief und betrachtete sie, als sehe er sie in einem völlig neuen Licht. „Vielleicht bist du wirklich nicht anders als die anderen. Groupies wollen mit ihren Stars schlafen, um ihr eigenes Selbstwertgefühl zu erhöhen. Wolltest auch du mit mir schlafen, damit du dein Selbstvertrauen zurückerhältst, das dir in deiner gescheiterten Ehe abhanden gekommen ist?" Er beugte sich zu ihr vor. „Und nun? Hast du's mit der Angst gekriegt?"

Jetzt sah Angela rot. „Du eingebildetes Ekel, du! Ich bin keine frustrierte Geschiedene. Dazu war ich viel zu froh, meinen Mann loszuwerden. Ob ich je einen zweiten haben will, muss ich mir noch reiflich überlegen. Und wenn mir mein Selbstvertrauen abhanden gekommen wäre, was nicht der Fall ist, dann würde ich es bestimmt nicht wieder gewinnen, indem ich mit irgendeinem heruntergekommenen Tennisspieler schlafe. Ich bin einunddreißig Jahre lang ohne einen gewissen Daniel McCasslin ausgekommen, ich werde es mindestens noch weitere einunddreißig Jahre ohne ihn aushalten."

Angela machte auf dem Absatz kehrt und stolperte den

dunklen Pfad entlang. Daniel holte sie ein und packte sie am Arm.

„Du gehst in die falsche Richtung“, knurrte er.

Angela wollte ihm ihren Arm entziehen, aber er hielt ihn fest. Da sie kein öffentliches Tauziehen mit Daniel veranstalten mochte, ließ sie sich von ihm zum Hotel zurückführen. Feindselig schweigend warteten sie, bis Daniels Wagen vorgefahren wurde. Auf der Fahrt zur Ferienanlage, in der Angela wohnte, fiel ebenfalls kein Wort.

Dort angekommen, öffnete sie die Autotür, sobald der Wagen stand. „Ich finde meinen Weg allein“, erklärte sie und eilte davon, ohne sich noch einmal umzuschauen.

Erst nachdem sie in ihrem Zimmer durch Türenschlagen, Schubladenzuwerfen und Schimpfen etwas Dampf abgelassen hatte, erkannte sie, was sie getan hatte.

Richy!

Sie hatte sich jede Chance verdorben, ihn zu sehen. Tränen strömten ihr über die Wangen, und sie musste sich immer wieder klarmachen, dass sie nicht etwa weinte, weil sie Daniel verloren hatte, sondern ausschließlich wegen ihres Sohnes.

5. KAPITEL

Angelas Augen brannten und waren verquollen, als sie sie am nächsten Morgen öffnete. Sie drehte sich im Bett herum und vergrub das Gesicht im Kopfkissen. Es klopfte zum zweiten Mal an die Tür.

„Jetzt nicht!" rief sie.

Ein drittes Klopfen, diesmal sehr laut und ungeduldig. So ein hartnäckiges Zimmermädchen!

Langsam rappelte sie sich auf und tappte zur Tür. Als sie durch das Guckloch schaute und Daniel draußen stehen sah, zuckte sie zusammen.

Er klopfte noch einmal.

„Angela, mach die Tür auf!"

„Kommt nicht in Frage."

„Wach bist du also wenigstens."

Seinen unbekümmerten Ton konnte sie im Moment nicht recht vertragen. „Ich will dich nicht sehen, Daniel."

„Aber ich dich. Ich möchte mich entschuldigen. Nun mach schon auf, oder sollen alle Zimmergäste auf diesem Flur eine Rede hören, die sie schneller munter macht als eine Tasse starker Kaffee?"

Angela biss sich auf die Unterlippe. Gestern Abend war Daniel wirklich beleidigend geworden, und sie konnte ihm noch nicht vergeben. Außerdem – mit ihren verweinten Augen und dem zerzausten Haar mochte sie sich ihm nicht zeigen. Wenn sie ihm gegenübertrat, wollte sie ein beeindruckendes Bild bieten.

Andererseits hatte sie ihn schließlich absichtlich verärgert. Kein Mann hätte so etwas gleichmütig hingenommen. An Richy musste sie auch denken ...

Sie öffnete die Tür einen Spalt. „Ich bin nicht angezogen.“

„Das bist du doch“, meinte er mit Blick auf den Kragen und einen Ärmel ihres blau-weiß gestreiften Nachthemdes.

„Nein, nicht richtig. Treffen wir uns in einer halben Stunde in der Halle. Ich brauche ...“

„So lange kann ich nicht warten.“

Widerstrebend gab sie den Weg frei und ging ihm voran ins Zimmer zurück. Sie hörte, wie Daniel leise die Tür schloss, und wusste, dass er jetzt ihren Aufzug musterte. Das Nachthemd war wie ein Herrenoberhemd geschnitten und hatte nichts Aufreizendes an sich, aber Angela wünschte, es reichte ihr wenigstens bis an die Knie.

„Du hast Recht. Ich bin ein eingebildetes Ekel.“ Daniel schritt an Angela vorbei zum Fenster, öffnete, ohne zu fragen, die Vorhänge und schaute hinaus. Das strahlende Sonnenlicht blendete Angela. „Ich habe mich wie ein verliebter Teenager benommen, der im Dunkeln an seinem Mädchen rumfummelt. Na ja!“ seufzte er und rieb sich den Nacken, „da musstest du ja denken, ich sähe in dir nichts als eins von diesen Groupies. Und nachdem du mich dann abgewiesen hast, sind mir leider ein paar Worte herausgerutscht, die ich überhaupt nicht hatte sagen wollen. Sie stimmten auch gar nicht.“

Er blickte über die Schulter und stellte fest, dass Angela ihre Haltung nicht verändert hatte. „Das Einzige, was ich zu meiner Entschuldigung anführen kann“, fuhr er fort, „ist die

Tatsache, dass ich sofort nach Ellies Tod von Frauen umgeben war, die glaubten, sie könnten mich von meinem Kummer erlösen. Offenbar hielten sie es für angebracht, mich mit Sex zu kurieren, und wollten einen weiteren Strich auf ihre Abschussliste setzen."

Angela ließ die Arme etwas sinken und stand jetzt nicht mehr so stocksteif da. Was Daniel eben geschildert hatte, war ihr nach ihrer Scheidung widerfahren. Bekannte von Ronald, selbst verheiratete Männer, stellten ihr nach und boten ihr ihre „Hilfe" an. Angela hatte so lange abgelehnt, bis die Belästigungen aufhörten.

„Jedenfalls musste ich dich heute Morgen sofort sprechen", redete Daniel weiter. „Schon als ich gestern Abend von hier losfuhr, war mir klar, dass ich mich wie ein Narr benommen hatte. Du hättest mir einen Tritt verpassen sollen."

„Ich war drauf und dran."

Daniel lachte. „Das hätte vielleicht nicht sofort meine Ansicht geändert, es hätte dir jedoch meine Aufmerksamkeit verschafft."

Jetzt musste Angela auch lachen.

„Nachdem wir uns nun vertragen haben", sagte Daniel und drehte sich zu Angela um, „könntest du mit mir ja für ein paar Tage auf die Insel Oahu nach Honolulu fliegen."

„Aber ..."

„Moment, Moment!" Daniel hob die Hände, um ihren Einwand abzublocken. „Das verpflichtet dich zu nichts. Ich habe schon eine ganze Suite reserviert. Vielleicht kommt dir auf der Insel eine Idee zu einem neuen Artikel." Das war natürlich ein schwaches Argument, er wollte ihr die Sache jedoch so schmackhaft wie möglich machen.

„Ich kann nicht einfach hier mein Zimmer aufgeben."

„Sollst du ja gar nicht. Du packst nur ein, was du für die paar Tage brauchst, und wir sagen hier Bescheid, dass du das Zimmer behältst." Daniel trat auf Angela zu und nahm ihre Hände in seine. „Du siehst entzückend aus in diesem Nachthemd, mit deinen zerzausten Haaren und deinen roten Wangen, und du hast den süßesten Mund, den ich je geküsst habe. Ich verstehe nicht, wie ich gestern Abend so dumm sein konnte, etwas zu verderben, das so gut angefangen hatte."

„Du bist und bleibst ein unverschämter Kerl! Nach allem, was du mir gestern an den Kopf geworfen hast, besitzt du den Nerv, herzukommen und mir Komplimente zu machen, wo ich doch genau weiß, wie schrecklich ich jetzt aussehe."

Daniel lächelte über diesen Ausbruch, und das brachte sie noch mehr auf.

„Kriegst du eigentlich immer deinen Willen, Daniel McCasslin?" fuhr sie ihn an.

„Ich bin ein Kämpfer, Angela, und ich möchte siegen." Sein entschlossener Blick sagte ihr, dass sie sein nächstes Ziel war. Während sie etwas benommen dastand, sprach Daniel weiter. „Komm mit mir nach Honolulu. Dann werden wir Gelegenheit haben, uns besser kennen zu lernen."

Nichts wollte Angela lieber, aber sie wusste, dass das nur

neue Probleme bringen würde. Sie holte tief Luft und schüttelte den Kopf. „Daniel, ich glaube nicht, dass ..."

„Bitte! Außerdem kannst du dann auch Richy kennen lernen."

Etliche Sekunden verstrichen. Angela schaute Daniel sprachlos an. Alle Argumente, die sie sich zurechtgelegt hatte, brachen zusammen.

Schließlich stammelte sie: „Richy ... Richy kommt mit?"

„Ja, er ist der eigentliche Grund für die kleine Reise. Er muss zur Routineuntersuchung zu seinem Kinderarzt und braucht außerdem eine Nachimpfung. Und Mrs. Laani hat sich neulich darüber beschwert, dass er zu schnell wächst und nichts Gescheites mehr zum Anziehen hat. Sie plant einen ausgedehnten Einkaufsbummel."

In Angelas Kopf drehte sich alles. Es sollte wahr werden! Sie würde ihren Sohn sehen und sogar ein paar Tage mit ihm verbringen können. Wie lange hatte sie auf diesen Moment gewartet! Und jetzt, da er gekommen war, packte sie die kalte Angst davor.

Sie versuchte, sich herauszureden. „Das ist doch eine Familienreise. Dabei möchte ich nicht stören. Er ... Richy mag mich vielleicht nicht. Und Mrs. Laani nimmt es dir vielleicht übel, wenn du eine ... wenn du mich mitnimmst."

„Ja, es ist eine Familienreise, aber zufällig bin ich das Oberhaupt dieser Familie. Mrs. Laani hält mir Vorträge über alles Mögliche einschließlich des Fehlens einer netten – ich betone: einer netten – Dame in meinem Leben. Sie ist sehr neugierig auf dich. Und Richy ist noch keine zwei Jahre alt. Er liebt jeden, der mit ihm spielt und ihm etwas zu essen gibt."

„Daniel, ich ..." Sie verstummte.

Er nahm ihr Gesicht zwischen die Hände. „Komm mit, Angela. Wenn ich das nicht für eine gute Idee hielte, würde ich dich nicht darum bitten." Seine Stimme klang jetzt viel dunkler als vorher. „Ich möchte dich nicht missen, nicht mal für diese paar Tage."

Warum machte sie jetzt keinen Luftsprung vor Freude? Waren ihre Schuldgefühle so übermächtig, dass es für andere Empfindungen keinen Platz mehr gab? Daniel sah in ihr nur die Frau, in die er sich verliebt hatte. Wie lange konnte sie ihm noch vorenthalten, wer sie war?

„Daniel, ich halte das nicht für eine so gute Idee."

„Bist du mir noch gram wegen gestern?"

„Das nicht. Nur ..."

„Ich würde es dir nicht verdenken." Er streichelte ihre Wange. „Du hast mich völlig zu Recht ein eingebildetes Ekel und einen heruntergekommenen Tennisspieler genannt."

„Das bist du ja gar nicht. Ich habe das bloß gesagt, um dich böse zu machen. Aus keinem anderen Grund."

Daniel seufzte. „Ob ich das nun bin oder nicht, eines bin ich ganz bestimmt: ein Mann, der sich in einer Weise zu einer Frau hingezogen fühlt, wie er es nicht mehr für möglich gehalten hätte. Mach es mir nicht so schwer, Angela. Ich bemühe mich ja, mich wieder wie ein normaler Mensch und nicht mehr wie ein verwundetes Tier zu benehmen. Gestern Abend, das war ein kleiner Rückfall."

„Daniel, ich ziere mich nicht, weil ich mich bitten lassen will. Gestern Abend war es auch nicht so."

Er küsste sie zart. „Das weiß ich."

„Es gibt einen Grund, aus dem ich nicht mitkommen sollte."

„Bis jetzt hast du ihn mir nicht genannt. Es wird auch keinen geben, jedenfalls keinen, der zählt. Komm mit. Die Maschine fliegt in einer Stunde."

„Was?" Angela warf einen Blick auf die Uhr auf ihrem Nachttisch. „In einer Stunde! Daniel ... ich kann nicht ... warum hast du nicht gesagt, dass ... das schaffe ich nie ..." Sie unterbrach sich, weil sie merkte, dass sie eben praktisch zugestimmt hatte.

Als Angela aus dem Badezimmer trat, spähte sie nervös zu Daniel hinüber, der es sich in dem Sessel neben der Balkontür bequem gemacht hatte und die Morgenzeitung las.

Er trug eine Khakihose und dazu einen leichten weißen Baumwollpullover mit bis zu den Ellbogen hochgeschobenen weiten Ärmeln.

Jetzt bog er eine Ecke der Zeitung herunter und schaute Angela darüber hinweg an. Er stieß einen anerkennenden Pfiff aus. „Wie hast du denn das so schnell geschafft? Pack ein wenig Freizeitkleidung, Shorts, einen Badeanzug und etwas zum Ausgehen ein, nichts besonders Elegantes.“

Angela stopfte alles samt passenden Accessoires und Schuhen in ihre Reisetasche. Als sie ihre Unterwäsche dazulegte, bebten ihre Hände. Daniel hielt die Zeitung zwar weiterhin in den Händen, aber Angela wusste genau, dass er nicht las, sondern jede ihrer Bewegungen beobachtete, während sie ihre winzigen Slips und die halb durchsichtigen Büstenhalter einpackte.

Sie warf Daniel einen anklagenden Blick zu, woraufhin er sie strahlend und völlig unschuldig anlächelte.

„Fertig!“ verkündete sie und zog den Reißverschluss der Tasche zu.

„Erstaunlich“, lobte er mit einem Blick auf seine Uhr. „Genau rechtzeitig. Wir treffen uns mit Mrs. Laani und Richy am Flugplatz. Maurice, der mein Grundstück in Ordnung hält, fährt sie dorthin. Wir werden uns mit dem Wagen des Hotels hinbringen lassen, wenn es dir recht ist. Ich möchte mein Auto nicht für mehrere Tage am Flugplatz parken.“

„Selbstverständlich.“ Angela setzte sich einen schicken, breitkrempigen Strohhut und ihre große Sonnenbrille auf. „Vergiss nicht, bei meinem schmalen Portemonnaie bin ich weit weniger komfortables Reisen gewohnt.“

„So siehst du aber nicht aus“, meinte Daniel und trug ihre Tasche zum Fahrstuhl. Während sie auf den Lift warteten, betrachtete er sie eingehend von Kopf bis Fuß. „Kompliment“, sagte er leise.

„Danke.“

„Ich habe etwas vergessen“, fiel ihm plötzlich in der Fahrstuhlkabine ein.

„In meinem Zimmer?“

„Nein. Dies hier.“ Er knickte ein bisschen in den Knien ein, um sich kleiner zu machen, und drückte seinen Mund auf ihren.

Seine Lippen bewegten sich kaum, doch sie spürte diesen Kuss bis in die Zehenspitzen. Seine Zunge tupfte nur ganz zart gegen ihre, aber Angela war es, als liebkoste Daniel jede Stelle ihres Körpers.

Ihr wurde plötzlich sehr heiß. „Deinetwegen ist jetzt meine Sonnenbrille beschlagen“, beklagte sie sich kaum hörbar, als Daniel sich aufrichtete.

„Wie bitte?“

Angela schüttelte den Kopf. Daniel wollte sie gerade zum zweiten Mal küssen, da öffnete sich die Lifttür. „Ich muss noch die Reservierung meines Zimmers regeln“, sagte sie etwas verlegen.

„Gut, und ich kümmere mich inzwischen um den Wagen.“

Angela drängte sich zur Rezeption durch. Um diese Tageszeit herrschte wegen der abreisenden und eintreffenden Gäste immer Hochbetrieb. Rasch erklärte sie dem Angestellten, dass sie verreisen, ihr Zimmer aber auf jeden Fall behalten wolle. In drei Tagen kehre sie zurück. Sie wiederholte ihre Worte ein paar Mal, ehe sie relativ sicher war, dass der völlig überlastete Mann sie bei all dem Lärm gehört hatte. Er steckte ihre Kreditkarte in den Computer, buchte die bisherige Rechnungssumme ab, lächelte Angela an, bedankte sich und wünschte ihr eine gute Reise. Dann wandte er sich dem nächsten Kunden zu. Im selben Moment rief Daniel nach ihr.

„Angela, der Wagen wartet!"

„Ich komme!" Schnell schlängelte sie sich durch die vielen Leute.

„Alles in Ordnung?"

„Ja."

„Fein. Wir schaffen es gerade noch."

Erst als sie neben Daniel in dem großen Wagen saß und sich auf dem Weg zum Flugplatz befand, fiel Angela wieder ein, dass sie in wenigen Minuten ihren Sohn sehen würde. Ihr Herz pochte heftig, und sie atmete schwer.

„Du hast doch nicht etwa Angst vorm Fliegen?" erkundigte sich Daniel, der ihre Erregung missverstand.

„Nein, nein, obwohl ich mich natürlich in den großen Jets sicherer fühle als in diesen kleinen Inselflugzeugen."

„Und ich mag die kleinen Maschinen lieber, weil ich da mehr sehen kann. Außerdem starten sie von einem Flugfeld in der Nähe meines Hauses. Wir fliegen mit einer guten Inselfluggesellschaft. Ich kenne inzwischen sämtliche Mitarbeiter und Piloten persönlich."

Der Flugplatz von Kaanapali an der Nordwestküste war winzig gegen den Hauptflughafen auf der anderen Seite der Insel. Das Abfertigungsgebäude hatte etwa die Größe einer mittleren Tankstelle, aber es herrschte viel Betrieb hier. Wenn eines der kleinen Flugzeuge landete und seine neun Passagiere ausstiegen, startete sofort ein anderes.

Der Wagen des Hotels hielt an. Daniel hängte sich die Reisetasche über die Schulter und half Angela beim Aussteigen.

„Eigentlich müssten sie schon hier sein ... ach, da sind sie ja." Mit einer Kopfbewegung deutete er an, Angela möge hinter sich schauen. Sie holte erst tief Luft, schloss die Augen für eine Sekunde und drehte sich dann um. Sie zitterte, aber Daniel merkte es nicht. Er lief schon voraus.

„Richy!" rief er.

Und dann sah Angela ihn. Ihr Herz setzte einen Schlag aus.

Er trug ein weißes Hemdchen und knallrote Shorts mit einem kleinen Latz und über dem Rücken gekreuzten Trägern. Seine stämmigen Beinchen steckten in weißen Kniestrümpfen und weißen Turnschuhen. Er war auf der Stelle herumgehopst, aber als er Daniels Stimme hörte, blieb er sofort stehen und rannte dann mit einem Freudenschrei auf seinen Vater zu. Eine sehr korpulente ältere Frau in weißer Schwesterntracht folgte ihm.

Angela hatte nur Augen für den kleinen blonden Jungen, der vor Aufregung stolperte und beinahe hingefallen wäre.

Aber schon hatte ihn sein Vater auf die Arme und hoch über seinen Kopf gehoben.

„He, du kleiner Wirbelwind! Renn nicht so, oder du schlägst dir wieder die Knie auf", schalt Daniel lachend und schüttelte ihn ein bisschen. Der Kleine quietschte vor Vergnügen.

„Hoch, hoch!" schrie er, nachdem Daniel ihn auf seiner Armbeuge platziert hatte.

„Gleich", sagte Daniel. „Erst mal sollst du diese Dame hier kennen lernen. Das ist Angela." Er wandte sich zu der blassen, wie angewurzelt dastehenden Frau um. „Und das ist Richy."

Angela verschlang den kleinen Jungen mit Blicken. Sie suchte nach irgendwelchen Ähnlichkeiten, fand aber kaum etwas. Richy hatte das blonde Haar und die blauen Augen seines Vaters geerbt. Nur sein Kinn erinnerte sie ein wenig an ihren eigenen Vater. Von sich selbst konnte Angela an Richy nichts erkennen, dennoch wusste sie mit absoluter Gewissheit, dass dieser kleine Junge ihr eigen Fleisch und Blut war. Wie gern hätte sie das Kind jetzt an sich gedrückt!

„Guten Tag, Richy", brachte sie mühsam heraus.

Der Kleine schaute sie neugierig an. „Sag ‚Aloha', Richy", forderte Daniel ihn auf und stupste ihn liebevoll an.

„Oha", sagte Richy schüchtern, drehte sich dann um und versteckte sein Gesichtchen am Hals seines Vaters.

Daniel nahm seinen Sohn fest in den Arm und streichelte seinen Rücken. Über den blonden Lockenkopf hinweg sah er Angela an. „Die Benimm-Regeln beherrscht er noch nicht so ganz“, meinte er lächelnd.

„Mr. McCasslin, ich habe den Kleinen ein bisschen rumtoben lassen, damit er vor dem Flug seine Kräfte loswerden konnte“, keuchte Mrs. Laani, die inzwischen herangekommen war.

„Das war richtig, Mrs. Laani. Darf ich Ihnen Mrs. Gentry vorstellen? Sie ist in den nächsten Tagen unser Gast.“

„Aloha, Mrs. Laani“, grüßte Angela. Sie vermochte den Blick kaum von ihrem Sohn abzuwenden.

Die Polynesierin musterte sie mit unverhohlener Neugier. Anscheinend war sie mit Angelas Äußerem einverstanden, denn langsam breitete sich ein herzliches Lächeln auf ihrem runden, faltenlosen Gesicht aus.

„Aloha, Mrs. Gentry. Ich freue mich, dass Sie uns begleiten. Manchmal werden mir zwei Männer auf einmal ein bisschen zu viel.“

„Na fein“, erklärte Daniel. „Sie übernehmen Richy, und Angela wird mich übernehmen.“

Angela errötete, und Mrs. Laani lachte fröhlich. Angela mochte sie auf Anhieb gut leiden. Trotz ihres Körperumfangs sah die Frau tadellos und sehr gepflegt aus. Ihre weiße Schwesternuniform war sorgfältig gestärkt, und ihr von Silberfäden durchzogenes schwarzes Haar trug sie kurz geschnitten und dauergewellt.

Ein Angestellter der Inselfluggesellschaft trat zu der kleinen Gruppe. „Mr. McCasslin, Ihre Maschine ist abflugbereit."

„Haben Sie das Gepäck schon an Bord gebracht?" erkundigte sich Daniel.

„Natürlich, Sir."

„Dann fügen Sie dies hier noch dazu." Er übergab dem Mann Angelas Tasche.

„Die kann ich doch mit in die Kabine nehmen", meinte Angela.

„Leider nein", erklärte der Angestellte höflich. „Dazu sind die Sitze zu schmal. Das gesamte Gepäck muss im Laderaum verstaut werden."

Ein Mann in Hemdsärmeln, den Angela für den Piloten hielt, klopfte Daniel auf den Rücken. „Wann genehmigst du mir ein Match? Ich habe mich endlich von dem letzten erholt."

Plaudernd gingen die beiden über die Rollbahn zum wartenden Flugzeug. Richy ritt auf Daniels Schultern. Angela beobachtete ihn unentwegt. Glücklicherweise bemerkte das bei dem Durcheinander vor dem Start niemand.

Mrs. Laani hatte Mühe, ihre Körpermassen durch den engen Einstieg in die Maschine zu zwängen. Sie ließ sich auf den nächsten Sitz fallen, damit sie sich nicht auch noch durch den kleinen Gang drücken musste.

„Hast du etwas dagegen, auf dem Co-Pilotensessel zu reisen?" fragte der Pilot Daniel.

„Du weißt genau, dass das mein Lieblingsplatz ist!" Daniel wandte sich an Angela. „Macht es dir etwas aus, neben Richy zu sitzen?“

Angela schüttelte den Kopf. Zu sprechen wagte sie nicht. Sie nahm den Platz hinter dem Piloten ein, damit Richy am Gang hinter seinem Vater sitzen konnte.

Daniel schnallte seinen Sohn an. „Los geht's, großer Held. Du kannst uns sagen, wo wir langfliegen sollen. Okay?“

Richy lachte und zeigte dabei seine acht Zähnchen. Als der Pilot die geräuschvollen Motoren anließ, richtete sich der Kleine steil auf, seine Augen wurden immer größer, und seine Unterlippe begann zu zittern. Angela legte die Hand auf seine Knie, und als er ängstlich zu ihr aufschaute, lächelte sie ihn an. Daniel drehte sich zu ihm um, blinzelte ihm zu und streichelte ihm über den Kopf. Richy verharrte regungslos, bis die Maschine an Höhe gewonnen hatte und er der Überzeugung war, dass ihm keine unmittelbare Gefahr drohte.

Mit ihnen zusammen befand sich nur noch ein fremder Passagier an Bord. Er und Mrs. Laani schliefen ein. Richy wurde unruhig und zerrte an seinem Sicherheitsgurt. Nach kurzer Rücksprache mit dem Piloten und Daniel schnallte Angela ihn los.

„Lass ihn nur nicht zu viel hier herumkrabbeln“, bat Daniel. „Wenn er zu quirlig wird, gib ihn mir nach vorn.“

„Wir werden schon miteinander auskommen.“

Daniel unterhielt sich weiter mit dem Piloten, und Angela widmete Richy ihre ganze Aufmerksamkeit. Wie alle kleinen Kinder konnte er einfach nicht stillsitzen. Er turnte auf seinem Sessel herum, versuchte aufzustehen und plumpste prompt zurück auf die Sitzfläche. Alles musste er untersuchen, was sich in seiner Reichweite befand.

Angela beobachtete glücklich jede seiner Bewegungen. Sie würde sich an alles ganz genau erinnern können, wenn sie den Kleinen verlassen musste. Der Tag würde mit Sicherheit kommen, denn sie durfte nicht in Richys Leben eingreifen. Das durfte sie seinem Vater nicht antun, und es wäre auch nicht gut für den Jungen.

Als sie auf ihren Schoß klopfte, zögerte Richy nur einen Moment, dann kletterte er zu ihr. Er schaute ihr ernst ins Gesicht und betastete dann mit seinen feuchten Fingerchen ihre Brillengläser.

„Vielen Dank!“ Angela lachte und nahm die Sonnenbrille ab, um die beschmierten Gläser zu putzen. „Wenn ich mit dir und deinem Papi zusammen bin, sollte ich die Brille vielleicht gar nicht erst aufsetzen.“

Richy grinste und zeigte auf Daniels Hinterkopf: „Daddy.“

„Richtig“, bestätigte Angela und streichelte zärtlich sein rundes Bäckchen. Wie weich seine Haut war! Ebenso weich wie sein Haar, das sich um ihre Finger ringelte. Noch war es weißblond, aber mit den Jahren würde es sicher nachdunkeln und dann so goldblond wie Daniels werden.

Liebevoll strich sie über Richys mollige Ärmchen. Er umklammerte ihren Zeigefinger. Angela kitzelte seine Handinnenfläche, bis er kicherte, und sagte dabei einen alten, unsinnigen Kinderreim auf: „Hier hast 'nen Taler, kauf dir 'ne Kuh, Kälbchen dazu, Kälbchen hat ein Schwänzchen, killekille, Gänschen."

Richy wollte, dass sie damit weitermachte, aber als Angela ihn in die Arme schloss, protestierte er nicht. Sie drückte ihn so fest an sich, wie er es erlaubte. Er duftete nach Babyseife und Sonnenschein. Mrs. Laani sorgte offensichtlich sehr gut für ihn.

Angela fand es herrlich, dass er ein so stämmiger kleiner Kerl war. Sie dachte an Joeys Zerbrechlichkeit. Wenn sie Richy verlassen musste, wusste sie wenigstens, dass er ein gesundes, normales Kind war.

Und wie jeder gesunde, normale kleine Junge wehrte er sich jetzt doch gegen zu viel Zärtlichkeit. Er entwand sich Angelas Armen und riss ihr dabei den Hut herunter. Sie stülpte ihn aus Spaß auf Richys Kopf. Der kleine Bursche verschwand fast ganz darunter.

Eine Weile spielten sie Versteck miteinander, indem Angela die breite Krempe des Huts herunterklappte und fragte: „Wo ist denn nur der Richy?", worauf er die Krempe wieder hochklappte und stolz: „Hier!" rief.

Schließlich setzte sie ihm auch noch ihre Sonnenbrille auf die Nase. Richy musste seinen Kopf stillhalten, damit sie nicht hinunterrutschte. Angela holte ihre Puderdose aus der

Handtasche und hielt ihm den Spiegel hin. Richy schaute hinein und jauchzte entzückt.

„Daddy, Daddy!“ schrie er, stellte sich in Angelas Schoß auf die Füße und patschte Daniel auf die Schulter. Dass dabei Hut und Brille verrutschten, merkte er nicht.

Daniel drehte sich um und brach bei dem komischen Anblick in schallendes Gelächter aus. „Du siehst ja ulkiger aus als E. T. im Hochzeitskleid!“

Richy hopste begeistert auf und nieder, bis er ein wenig zu wild wurde und beruhigt werden musste. Hut und Brille wurden ihm dann auch bald langweilig. Angela nahm ihm beides ab und drückte ihn wieder auf ihren Schoß.

Das monotone Brummen der Motoren und Angelas sanftes Streicheln machten ihn schläfrig, und bald ruhte sein Köpfchen still an ihrer Brust. Einen so wunderbaren Augenblick hätte sie sich nie zu erhoffen gewagt. Ihr Sohn mochte sie und vertraute ihr so sehr, dass er in ihren Armen einschlief. Ein ungeahntes Glücksgefühl durchströmte sie.

Daniel blickte sich zufällig um und musste zwei Mal hinschauen, als er sah, mit welcher Hingabe sich Angela seinem Sohn widmete. Sie hielt Richys Händchen und streichelte sanft mit einem Finger über die winzigen Knöchel. Plötzlich fühlte sie, dass sie beobachtet wurde, und hob den Kopf. Daniel stellte zu seiner weiteren Verblüffung fest, dass sie Tränen in den Augen hatte. Sie lächelte ihn unsicher an und senkte dann gleich wieder den Blick zu dem schlafenden Kind.

Der Pilot vollführte eine erstklassige Landung und ließ die Maschine vor dem Flugplatzgebäude ausrollen. Sobald sie stand, kletterte er hinaus und half Mrs. Laani beim Aussteigen. Der andere Passagier suchte unter dem Sitz nach seiner Aktentasche und verließ dann ebenfalls die Maschine.

Daniel hockte sich auf die Kante des Sessels neben Angela. Er schaute sie eine Weile nachdenklich an, ehe er sprach. „Ich sehe, ihr beide mögt euch."

„Ich hoffe es. Er ist so lieb, Daniel. Wirklich lieb. Ein wundervoller kleiner Junge."

„Das finde ich auch."

Angela strich leicht über die blonden Locken. „Wie war er denn als Baby?"

„Ellie und ich hatten keine Vergleichsmöglichkeiten, aber er hat uns keinen Kummer gemacht. Es war nicht einfach, ihn zu bekommen. Wir hätten uns auch nicht beklagt, wenn er die ganze Zeit geschrien hätte."

Als Angela sich zu ihrer nächsten Frage entschloss, hatte sie den Eindruck, mitten ins Feuer zu springen. „Hatte Ellie eine komplizierte Schwangerschaft?"

Bezeichnenderweise antwortete Daniel nicht gleich. Angela blickte mit angehaltenem Atem auf das schlafende Kind hinunter und betrachtete seine dunklen Wimpern, die auf den rosigen Wangen lagen.

„Das nicht", antwortete Daniel schließlich langsam. „Sie hatte nur Schwierigkeiten, ihn zu empfangen."

Irgendwie erleichterte es Angela, dass Daniel es vorzog

zu lügen. Wie weit konnte sie noch gehen, ehe er Verdacht schöpfte? „Sieht er seiner Mutter ähnlich?"

„Ellie war auch blond", lautete seine nichts sagende Antwort. „Ich glaube, er kommt mehr nach mir."

Jetzt schaute Angela zu ihm hoch und lächelte. „Als stolzer Vater bist du voreingenommen."

„Sicherlich", erwiderte er in einer Tonlage, als mache er sich über sich selbst lustig. „Aber ich kann wirklich nicht sagen, wie weit er seiner ... seiner Mutter ähnlich sieht."

Angela blickte schnell zur Seite, damit er nicht ihr unglückliches Gesicht sah, dennoch bemerkte er die Träne, die über ihre Wange rollte. Zart wischte er sie mit der Fingerspitze fort.

„Ist es wegen deines Sohnes, den du verloren hast?" fragte er so liebevoll und mitfühlend, dass es neue Emotionen in ihr weckte, die sie fast ängstigten.

Jetzt! sagte sie zu sich selbst. Dies war eine Gelegenheit, Daniel zu gestehen, dass sie dieses Kind, das Daniel so liebte, geboren hatte.

Aber die Worte kamen ihr nicht über die Lippen. Daniel könnte ihr Richy auf Nimmerwiedersehen entreißen und ihr vorwerfen, ihn getäuscht und ausgenutzt zu haben, um an den Jungen heranzukommen.

Und hatte sie das nicht auch getan?

Nein, nein! Inzwischen lag ihr an dem Vater genauso viel wie an dem Kind. Sie wollte Daniel nicht wehtun, schon gar nicht jetzt, da er auf dem besten Weg war, sein Leben wieder in geordnete Bahnen zu lenken. Irgendwann später würde sie es ihm sagen, wenn der richtige Zeitpunkt dafür gekommen war.

„Ja“, antwortete sie, „es ist wegen des Sohns, den ich verloren habe.“

Daniel nickte verständnisvoll. Richy atmete durch seine halb geöffneten Lippen, und ein bisschen Speichel tropfte heraus.

„Er macht deine Bluse ganz nass“, flüsterte Daniel. In diesem Moment wusste er nicht, was ihm besser gefiel, das süße Gesichtchen seines Sohnes oder der Platz, an dem es ruhte. Daniel sehnte sich danach, sie zu berühren und zu streicheln.

„Das macht nichts.“ Und wenn Richy jedes einzelne ihrer Kleidungsstücke restlos verderben würde, wäre das Angela egal gewesen, solange sie ihn nur im Arm halten durfte.

Angela sah, wie Daniels Zeigefinger sanft über Richys Wange und dann zu seinem offenen Mündchen glitt, wo er die Speicheltropfen aufnahm. Dann wanderte der Finger weiter zu dem nassen Fleck auf Angelas Brust. Daniel berührte sie, aber hätte Angela es nicht gesehen, hätte sie es nicht gemerkt, so leicht war diese Berührung. Jetzt schob Daniels Hand sich hinter Richys Kopf und lag dann mit der Rückseite an Angelas Brust.

Ein leichtes Zittern durchlief Angela. Sie schluchzte leise auf. Ihre Augen waren tränenblind. Daniel hob den Blick.

„Angela, nicht mehr weinen, nein?“ Ohne seine Haltung

zu verändern, wandte er ihr den Kopf zu und küsste sie. Dies war kein so flüchtiger Kuss wie am Morgen im Fahrstuhl. In diesem Kuss lagen Gefühle, die unter anderen Umständen alle Schranken durchbrochen hätten.

Angela legte einen Arm um Daniels Nacken. Jetzt hielt sie beide umschlungen, den Vater und den Sohn. Ein Traum war wahr geworden.

Daniel stöhnte. Mit der Zunge liebkoste er Angelas Mund, und mit dem Finger streichelte er dabei über Richys Kopf und dann über Angelas Brust.

Seine Leidenschaft übertrug sich auf sie und setzte ihren Körper in Brand. Jetzt konnte sie sich vorstellen, wie es gewesen wäre, wenn sie Richy auf natürliche Weise empfangen hätte. Dass sie dieses Wunder nicht wirklich erlebt hatte, gab ihr das Gefühl, um das Schönste auf der Welt betrogen worden zu sein.

„Angela", seufzte Daniel, nachdem er sich aufgerichtet und ihr den noch immer schlafenden Richy abgenommen hatte. „Wenn du mich weiter so küsst, fange ich auch noch zu weinen an. Aber aus einem völlig anderen Grund."

Sie stiegen aus. Zusammen traten sie in den warmen Sonnenschein hinaus. Daniel drückte den schlafenden Jungen mit einer Hand fest an sich, mit der anderen umfasste er Angelas Hand, und so gingen sie zum Flughafengebäude.

6. KAPITEL

Die Hotelsuite in Honolulu am Strand von Waikiki war sehr geräumig und bot einen herrlichen Blick auf den Ozean und auf den etwas weiter östlich an der Küste gelegenen Diamond-Head, einen längst nicht mehr tätigen Vulkan. Zwischen Daniels Zimmer, das sich Mrs. Laani und Richy teilten, befand sich ein Wohnraum. Angelas Zimmer lag gegenüber auf der anderen Seite des Korridors.

„Hier ist ein Schlüssel zu unserer Suite", sagte Daniel, während sie mit dem Lift nach oben fuhren. „Du kannst es dir jederzeit darin bequem machen." Er drückte Angela den Schlüssel in die Hand. Was er meinte, war ganz offensichtlich. Angela warf einen schnellen Blick zu Mrs. Laani hinüber. Die ältere Frau strahlte über das ganze Gesicht. Wenn Mrs. Laani und Daniel dachten, sie würde den Schlüssel benutzen, täuschten sie sich gewaltig!

Das Wichtigste wurde zuerst erledigt. Nach dem Essen und Richys abschließendem Mittagsschlaf machten sich Mrs. Laani und Daniel mit ihm auf den Weg zum Kinderarzt. Bevor sie in den Wagen stiegen, den Daniel am Flughafen gemietet hatte, drückte er schnell Angelas Hand.

„Wir sind in etwa einer Stunde zurück. Du wirst dir doch solange die Zeit allein vertreiben können?"

„Natürlich, aber ich könnte ja auch mit euch fahren."

Nichts wäre ihr lieber gewesen, als Richy zum Arzt zu begleiten, sie wollte jedoch nicht darauf drängen.

„Bleib lieber hier. Dieses Erlebnis möchte ich niemandem zumuten." Daniel lachte. „Richy ist nicht gerade der geduldigste Patient. Geh ein bisschen einkaufen, schau dir die Umgebung an, und um fünf Uhr treffen wir uns wieder im Hotel."

„Na gut", stimmte Angela mit heimlichem Bedauern zu. Daniel nickte ihr zu, und dann fuhren die drei los.

Nach ihrer Rückkehr war Richy anscheinend auf Mrs. Laani und seinen Vater nicht gut zu sprechen. Er behandelte sie wie böse Feinde, die ihm Schreckliches angetan hatten. Beim frühen Abendessen in einem der Restaurants der Hotelanlage wollte er mit ihnen absolut nichts zu tun haben. Nur Angela durfte sich um ihn kümmern.

„Du machst es nur noch schlimmer", schalt Daniel, als Angela den kleinen Jungen zum Nachtisch mit Eiscreme fütterte. „Der denkt noch, du bist seine gute Märchenfee oder so was."

Angela hätte fast den Löffel fallen lassen. Sie fasste sich aber rasch und schaute Mrs. Laani und Daniel bittend an. „Ich möchte ihn so gern ein bisschen verwöhnen. Er hatte doch einen schweren Tag heute."

Nach einer Weile wurde Richy quengelig. Daniel bestand darauf, dass er zu Bett gebracht wurde.

„Wenn er eingeschlafen ist, würde ich gern noch einmal ausgehen", sagte Mrs. Laani. „Meine Schwester hat mich eingeladen. Ich soll mir den Verlobten ihrer Nichte ansehen. Wenn Sie also nichts dagegen haben ..."

„Natürlich nicht, Mrs. Laani", erwiderte Daniel.

„Sie könnten jetzt gleich schon gehen", meinte Angela. „Es macht mir nichts aus, Richy ins Bett zu bringen."

„Weißt du, worauf du dich da einlässt?" fragte Daniel skeptisch.

„Ja." Angela wandte sich wieder an Mrs. Laani. „Gehen Sie nur. Richy und ich werden bestimmt miteinander auskommen."

Also verließ Mrs. Laani kurz darauf das Hotel. Gemeinsam schafften Daniel und Angela es, den übel gelaunten kleinen Burschen zu baden und in seinen Pyjama zu stecken. Angela bedauerte ein bisschen, dass Richy so nörgelig und müde war. Zu gern hätte sie noch ein wenig mit ihm gespielt. So aber legte sie ihn in das zusammenklappbare Kinderbett, das das Hotel zur Verfügung gestellt hatte, und streichelte ihn so lange, bis er einschlief.

Daniel hatte sich ins Wohnzimmer zurückgezogen. Angela blieb bei Richy, bis Daniel sie rief.

Daniel saß mit weit ausgestreckten Beinen lässig auf dem Sofa. Er trug jetzt Shorts und ein T-Shirt und war barfuß. Angela bewunderte insgeheim seine muskulösen Arme und Beine und die breiten Schultern.

„Komm her und setz dich." Er streckte ihr die Hand entgegen. „Ich würde ja höflichkeitshalber aufstehen, aber ich bin völlig erledigt."

Angela lachte und ließ sich neben ihm auf dem Sofa nieder. „Sag bloß, dich großen, starken Mann hat ein kleiner Junge geschafft, der noch nicht mal zwei Jahre alt ist!"

„Der Bursche erschöpft mich mehr als ein ganzes Tennismatch. Ach, dabei fällt mir ein, ich muss auch trainieren, während ich hier bin. Schaust du morgen zu?"

„Natürlich."

„Wir werden uns verdrücken, ehe Richy etwas merkt. Mrs. Laani kann mit ihm in den Park gehen oder so etwas. Im Moment bin ich eifersüchtig auf meinen Sohn, weil er deine ganze Aufmerksamkeit in Anspruch nimmt."

„Dazu besteht kein Grund", erklärte sie. „Er ist ein entzückender kleiner Bursche – eben dein Sohn, ein Teil von dir. Auch deshalb mag ich ihn."

Daniels Augen strahlten. „Ehrlich?"

„Ehrlich." Es stimmte. Angela liebte Richy, weil er ihr Sohn und weil Daniel sein Vater war, den sie ebenfalls liebte.

„Mein Herr Sohn hat dich heute zum zweiten Mal nass gemacht", stellte Daniel fest und strich mit dem Finger über die feuchten Flecken, die Richys vom Baden nasser Körper auf ihrer Bluse hinterlassen hatte.

Angela lächelte daraufhin nur.

Daniel ließ die Hand oberhalb ihrer Brüste liegen und schaute ihr in die Augen. „Ich habe dich von Anfang an nicht als leichte Beute betrachtet. Sag mir, dass du das weißt."

Sie senkte einen Moment lang die Lider. „Ja, das weiß ich." Ihr schlechtes Gewissen meldete sich, aber sie hörte nicht darauf. Dazu begehrte sie Daniel zu sehr. „Gestern Abend, da hatte ich Angst."

„Vor mir?"

„Vor ... vor allem."

„Und jetzt?"

Sie schüttelte lediglich den Kopf. Daniels Gefühle spiegelten sich deutlich auf seinem Gesicht wider. Er umfasste eine ihrer Brüste und liebkoste sie. Angela fand die Freude, die aus Daniels Augen leuchtete, ebenso beglückend wie die Berührung.

Angela schlang die Arme um seinen Nacken und öffnete die Lippen. Seine Zunge drang tief ein und begann mit einem Spiel, das eine noch intimere Bewegung imitierte.

Irgendwann hielt er inne. „Du bist so begehrenswert", sagte er heiser, biss zärtlich in die weiße Haut ihres Halses und koste sie mit der Zungenspitze. Mit dem Daumen strich er über ihre Brustwarze, die sich inzwischen verhärtet hatte. Dann legte er den Mund darüber, und durch den Stoff hindurch spürte Angela seine Lippen so deutlich, dass ihre Sehnsucht nach ihm beinahe übermächtig wurde.

Sie schob die Hände unter sein T-Shirt, um es ihm abzustreifen, und gleichzeitig knöpfte er ihre Bluse auf.

„Ich möchte dich lieben. Jetzt, Ellie, jetzt."

Angela erstarrte.

Daniel setzte sich mit einem Ruck auf. Was hatte er eben gesagt?

Angelas Gesichtsausdruck gab ihm die vernichtende

Antwort. Jäh erhob er sich, schlug die Hände vors Gesicht und wandte sich ab.

Der Schock hatte Angela und Daniel versteinert. Regungslos, schweigend, fast ohne zu atmen, verharrten sie in der beinahe unnatürlichen Stille des Zimmers. Als Daniel endlich sprach, klang seine Stimme sehr müde.

„Es tut mir Leid, Angela." Hilflos zuckte er die Schultern. „Was soll ich sonst sagen? Es tut mir entsetzlich Leid."

Angela erhob sich wie eine Schlafwandlerin. Sie schwankte leicht, zog sich unbewusst ihre Bluse glatt und ging langsam auf die Tür zu.

„Angela ..." Daniel sprach ihren Namen leise und flehentlich aus, aber sie reagierte nicht. „Angela!" wiederholte er mit mehr Nachdruck.

Sie blieb nicht stehen.

„Du!" Daniel folgte ihr schnell, holte sie mit ein paar langen Schritten ein, packte sie am Arm und drehte sie zu sich herum. „Angela, hör mir zu!"

„Ich will gehen, Daniel." Sie schaute ihn nicht an. Ihre Stimme klang kalt.

„Erst musst du mich erklären lassen, warum ..."

Angela lachte bitter. „Ich glaube, die Szene eben war Erklärung genug." Sie versuchte, ihm ihren Arm zu entziehen. „Lass mich gefälligst los!" rief sie. „Ich gehöre nicht hier hin. Ich weiß nicht, warum ich überhaupt hier bin. Lass mich los!" Sie wusste, dass sie gleich hysterisch werden würde.

„Du bist hier, weil ich dich darum gebeten habe. Ich möchte, dass du hier bist, bei mir und Richy."

„Du willst Ellie, nicht mich!" schrie sie.

Daniels Züge, auf denen sich die Wut auf sich selbst und die Enttäuschung über Angelas Verständnislosigkeit abwechselnd widergespiegelt hatten, wirkten plötzlich maskenstarr. Angelas Worte hatten seinem Gesicht jeden Ausdruck genommen. Er löste seinen Griff um ihren Arm; seine Hand sank kraftlos herab.

„Ellie ist hier", flüsterte er. „Das ist ja das Problem."

Mit schleppenden Schritten kehrte Daniel zum Sofa zurück, ließ sich darauf fallen, lehnte den Kopf an die Rückenlehne und schloss die Augen.

Was hätte Angela nun darum gegeben, ihre Behauptung rückgängig machen zu können! Daniel tat ihr mit einem Mal schrecklich Leid. Am liebsten wäre sie jetzt zu ihm gegangen, um ihn zu trösten. Aber intuitiv wusste sie, dass er ihr Mitleid jetzt wohl am wenigsten ertragen hätte. Sie räusperte sich.

„Daniel?"

„Hm?"

„Ich habe etwas Unverzeihliches gesagt ..."

Er lachte ebenso bitter wie sie ein paar Minuten zuvor. „Irrtum! Was ich gesagt habe, war unverzeihlich. Ich weiß, dass du dich beleidigt fühlst. Das ist aber falsch." Er öffnete die Augen und sah sie an. „Bitte, lass mich erklären."

„Das brauchst du nicht."

„Ich möchte es aber“, beharrte er.

Angela nickte. „Na gut.“

Daniel stand auf, ging zu der breiten Glastür und öffnete sie. Das Geräusch und der Geruch des Ozeans füllten das plötzlich stickig gewordene Zimmer. „Hier in Honolulu lernten Ellie und ich uns kennen. Hier lebten wir, nachdem wir geheiratet hatten. Wenn ich hierher zurückkomme, kann ich nicht vermeiden, dass mich tausend Dinge an sie erinnern.“

„Das kenne ich. Nachdem Joey tot war, wurde manchmal die Erinnerung an ihn so übermächtig, dass ich glaubte, seine Stimme zu hören.“

Daniel ließ die Schultern hängen. „Seit unserer Ankunft hier muss ich an sie denken. Wir haben immer zusammen mit Richy den Kinderarzt aufgesucht, weißt du. Und morgen werde ich mit ihm zu ihren Eltern fahren.“

Angela ließ sich nicht anmerken, welchen Stich ihr das versetzte.

„Heute hatte ich während des ganzen Tages das Gefühl, als ob –“, er stockte kurz „– als ob ich Ellie untreu geworden wäre.“

„Meinetwegen?“

„Ja.“

Angela bedauerte ihre Äußerung von vorhin zwar noch immer, aber sie fühlte sich aufs Neue gekränkt. „Soll mich diese Erklärung etwa besänftigen?“ fragte sie spöttisch. Daniel drehte sich zu ihr um, und sie sah die Ungeduld in seinen

Augen. Das war ihr fast lieber als sein leerer Blick vor ein paar Minuten.

„Ich hoffe, du gestattest mir, dir noch ein paar Dinge zu erzählen, ehe du Schlüsse ziehst."

„Nachdem du mir das Gefühl gegeben hast, eine skrupellose Ehebrecherin zu sein?"

„Verdammt noch mal, hörst du nun endlich zu?" Daniel fuhr sich mit beiden Händen durchs Haar. „Es gab andere Frauen, Angela. Nach Ellie und vor dir."

„Ich fühle mich immer besser."

Daniel quittierte Angelas bissige Bemerkung mit einem ärgerlichen Schnauben, ehe er weitersprach. „Zu viele Frauen. Eintagsfliegen. Gesichtslose, namenlose Frauen. Hinterher war ich froh, mich nicht mehr an sie erinnern zu können." Er trat näher an Angela heran. „Sie bedeuteten mir nichts. Gar nichts. Sie haben mein körperliches Verlangen befriedigt, sonst nichts. Danach hatte ich nie das Gefühl, Ellie betrogen zu haben, denn ich war niemals emotionell daran beteiligt." Er holte tief Luft. „Du bist die erste Frau, deretwegen ich mich schuldig fühle."

„Warum?" Ihr Zorn war ein wenig abgeebbt.

„Weil ich an unserer Beziehung emotionell beteiligt bin. Mit dir wäre es mehr als nur eine ... eine Bettgeschichte." Daniel legte die Hände auf Angelas Schultern und zog sie näher zu sich heran. „Es wäre Liebe. Ja, ich liebe dich wirklich, Angela. Es überrascht mich selbst. Nein, es erschreckt mich sogar. Ich weiß noch nicht so recht, wie ich damit fertig werden soll."

Angela musste schlucken. „Du liebst Ellie noch immer."

„Ich werde sie immer lieben. Sie war ein Teil meines Lebens. Aber ich schwöre dir, dass ich sie nicht durch dich ersetzen will. Dazu seid ihr beide viel zu verschieden. Ihr ähnelt euch in nichts. Du darfst nicht meinen, ich sähe sie vor mir, wenn ich dich im Arm halte. Als ich vorhin ihren Namen ausgesprochen habe, habe ich nicht an sie gedacht. Ich war ganz und gar bei dir."

„Aber ..."

Daniel nahm Angelas Gesicht zärtlich zwischen die Hände. „Versteh doch, zum ersten Mal nach ihrem Tod geht es nicht einfach um Sex, mein Herz ist wieder dabei. Dass ich vorhin Ellies Namen nannte, war nichts als ein Reflex. Deute bitte nichts anderes hinein."

„Und meine Reaktion darauf war auch nichts weiter als ein Reflex. Mein Stolz war zutiefst getroffen. Jede andere Frau hätte ebenso empfunden."

„Angela, ich will meinen Fehler nicht abschwächen. Du sollst nur wissen, warum ich ihn gemacht habe. Sag mir, dass du mich verstehst."

So dicht bei Daniel konnte Angela nicht klar denken. Sie entfernte sich ein paar Schritte von ihm und blickte durch die offene Glastür nach draußen. Hätte er ihr das alles erzählt, wenn er wüsste, wer sie war? Würde er sie dann noch wollen? Würde sie ihn nicht verletzen und verlieren, wenn sie ihm die Wahrheit gestand?

„Ich verstehe dich, Daniel. Du und Ellie habt eine ungewöhnlich gute Ehe geführt.“ Sie hätte hinzufügen können: Sie liebte dich genug, um dein Kind von einer fremden Frau austragen zu lassen.

„Das stimmt. Und ich war Ellie immer treu.“ Er lachte leise. „Auf den Turnieren war das nicht immer einfach. Gelegenheiten gab es jeden Tag.“

Daniel kam näher und lehnte sich an den Türrahmen. „Ellie hat mich auf meinen Reisen begleitet, wenn sie konnte, aber es ging eben nicht immer. Manchmal sehnte ich mich nach einer Frau, und zwar sehr. Mir stand eine reiche Auswahl zur Verfügung. Ich wusste jedoch, wie miserabel ich mich hinterher fühlen würde. Nachdem ich erfahren hatte, wie schön körperliche Liebe ist, wenn Herz und Seele dabei sind, wollte ich nichts anderes mehr. Ich wollte Liebe nicht zu einer bloßen körperlichen Übung herabwürdigen.“

Er warf ihr einen schnellen Blick zu. „Ich bin kein Heiliger. Zuweilen war die Versuchung groß, besonders nach einem gut gespielten und gewonnenen Match. Dann hätte ich meinen Sieg am liebsten mit einer Frau gefeiert.“

Angela schaute auf die nie ruhende Brandung hinaus. „Ich kann mir gut vorstellen, dass die körperliche Anstrengung Energien freisetzt, die du dann ...“

Daniel lachte, legte die Hand unter Angelas Kinn und

drehte ihr Gesicht zu sich herum. „Ich weiß, was du jetzt denkst, Verehrteste."

„Ich denke überhaupt nichts."

„Du denkst, weil ich an dem ersten Tag unserer Bekanntschaft gerade so gut gespielt hatte, wollte ich ganz automatisch mit der verteufelt attraktiven Frau, die da allein auf der Terrasse saß, ins Bett hüpfen, um meine überschüssigen Energien loszuwerden."

Angela errötete. Dass sie so leicht zu durchschauen war!

Daniel lächelte, als er merkte, dass er richtig geraten hatte. „Ich muss zugeben, dass du mich vom ersten Moment an erregt hast. Ich habe mir vorgestellt, wie es wäre, dich zu lieben. Besonders nach unserem ersten gemeinsamen Mittagessen habe ich mir das immer wieder ausgemalt. An dem Tag wirktest du so elegant und unnahbar, und trotzdem hast du mich ganz verrückt gemacht mit deinem engen schwarzen Oberteil, das sich wie eine zweite Haut um deine Brüste spannte."

Er übersah Angelas überraschten Gesichtsausdruck und sprach gleich weiter. „Angela, mein Körper hat vom ersten Augenblick auf dich reagiert, und mein Verstand wusste, dass es für mich Zeit wurde, wieder zu lieben. Aber mein Herz hat mit sich selbst im Konflikt gelegen."

„Das geht dir nicht allein so", erwiderte Angela und trat von der Glastür fort. „Ist dir nie in den Sinn gekommen, dass ich mich auch in einer Konfliktsituation befinden könnte?" Sie drehte sich zu Daniel um. „Ich bin nicht daran gewöhnt, fremden Männern auf einem Drei-Tage-Trip Gesellschaft zu leisten." Sie senkte die Lider und fuhr leise fort: „Der einzige Mann, mit dem ich jemals geschlafen habe, war mein Ehemann. Das gilt für die Zeit vor, während und nach der Ehe. Und diese Ehe war ein Albtraum. In jeder Beziehung."

Angela merkte, dass Daniel aufmerksam zuhörte. „Er und ich haben uns nicht so geliebt wie du und Ellie", erklärte sie. „Nach der Scheidung gehörte meine ganze Liebe Joey. Als ich ihn verlor, fühlte ich mich leer und hohl wie ein Körper ohne Seele, ohne Gefühle. Bis ich ..." Sie biss sich auf die Unterlippe. Zu viel durfte sie nicht verraten. „Wie dem auch sei, ich setze mein Herz nicht leichtfertig aufs Spiel", sprach sie weiter. „Ich habe meine Eltern, meinen Ehemann und meinen Sohn verloren. Ich weiß nicht, ob ich das Risiko eingehen kann, wieder jemanden zu lieben."

„Die Aussichten für dich wären nicht sehr gut, wenn du dieses Risiko mit einem heruntergekommenen Tennisspieler und seinem mutterlosen Sohn eingingest."

„Rede nicht so!" rief sie impulsiv. „Du bist nicht heruntergekommen. Und Richy ist ..." Sie brach ab.

Daniel schmunzelte. „Jetzt hast du dich verraten, Angela. Dir liegt mehr an uns, als du zugeben möchtest."

Angela schaute zu Boden. Als sie den Blick wieder hob, standen Tränen in ihren Augen. „Ich fürchte, da hast du Recht, Daniel."

Mit einem Schritt war er bei ihr und schlang die Arme um

sie. Dann drückte er sie fest an seine Brust. „Wovor hast du Angst?“

Davor, dass du erfährst, wer ich bin, antwortete Angela insgeheim, und davor, dass du mir nicht glaubst, wie sehr ich dich inzwischen liebe. Zuerst ging es mir nur um meinen Sohn; jetzt bist du mir fast wichtiger. Und das darf nicht sein. Oder doch? Ich weiß es nicht. Wirklich nicht.

Laut sagte sie nur: „Ich fürchte mich davor, wieder zu lieben.“

Daniel schob die Hand zwischen ihre Körper und ließ sie auf Angelas Herz ruhen. „Du hast viel Liebe zu verschenken. Hier hast du sie eingesperrt, aber sie will heraus. Merkst du das nicht?“ Er küsste sie sanft auf die Stirn. „Mein Gott, Angela, es wäre für uns beide doch so leicht und so richtig, einander zu lieben.“

Leicht wäre es bestimmt. Angela konnte ja spüren, wie ihr Körper ihm entgegenfieberte. Nur ... wäre es auch richtig?

Daniels Mund näherte sich ihrem. „Nein, Daniel“, sagte sie hastig. Jetzt nicht. Wenn es jemals so weit kommen sollte, dass wir uns lieben, dann ...“

Daniels Lippen brachten sie zum Schweigen. Der Kuss verhieß ihr, dass ihre Liebe alles übertreffen würde, was sie sich jemals erträumt hatte.

Dennoch sprach sie unbeirrt weiter, nachdem Daniel ihren Mund freigegeben hatte: „... dann muss jeder von uns erst mit sich selbst ins Reine gekommen sein. Ich möchte nämlich nicht, dass du mich noch einmal für deine Schuldgefühle Ellie gegenüber verantwortlich machst."

„Das tue ich doch gar nicht", flüsterte er in ihr Haar. „Ich mache mich selbst dafür verantwortlich."

„Können wir nicht fürs Erste nur gute Freunde sein? Bitte!"

Daniel seufzte. „Das wird mir nicht leicht fallen. Wie ich schon sagte, ein Heiliger bin ich nicht."

„Dann will ich lieber verschwinden, solange du dich noch beherrschen kannst. Wann findet dein Trainingsspiel morgen statt?"

Sie beschlossen, sich zum Frühstück zu treffen und dann zusammen zu den Tennisplätzen zu fahren.

Am nächsten Morgen verhielten sich Daniel und Angela wirklich wie gute Freunde. Die Spannung des vergangenen Abends hatte sich gelöst. Daniel drückte Angela zur Begrüßung einen Kuss auf die Wange.

Auf den Tennisplätzen machte er sie mit seinem Trainingspartner bekannt. Bert Samson war ein ehemaliger Profi und fünfzehn Jahre älter als Daniel, aber seine Leistungen konnten sich noch immer sehen lassen.

Sie spielten auf dem öffentlichen Tennisplatz, was Angela wunderte. Sie stellte jedoch keine Fragen, sondern nahm auf einer der etwas verwitterten Zuschauerbänke Platz und schaute dem Match zu.

„Vielen Dank für deine Mühe, Bert", sagte Daniel zu seinem Partner, als das Trainingsspiel beendet war und sie zu dritt zum Parkplatz schlenderten.

Bert Samson wischte sich den Schweiß von der Stirn. „Ich habe dir zu danken. Du hast mich in Grund und Boden gespielt, es war jedoch herrliches Tennis.“ Er warf Angela einen Blick zu, ehe er weitersprach. „Sollten wir uns nicht morgen lieber in Waialee treffen?“ Er deutete auf die nicht übermäßig gepflegte öffentliche Anlage. „Das hier ist nicht gerade ein Platz für jemanden deines Kalibers. Und im Country Club würden sich alle freuen, dich wieder zu sehen, Daniel.“

„Danke, Bert, nein. Noch nicht.“ Er nahm Angelas Hand. „Ich habe aber volles Verständnis dafür, wenn du hier nicht mit mir spielen willst“, schloss er.

„Diese Bemerkung habe ich nicht verdient“, erwiderte Bert ruhig. „Also dann bis morgen um acht. Hier.“ Er nickte Angela zu, stieg in seinen Wagen und fuhr davon.

Sie waren schon fast wieder beim Hotel, als Angela Daniel fragte: „Du und Ellie wart Mitglieder des Waialee Country Clubs, nicht wahr?“

„Ja. Weshalb?“ Er schaute sie kurz an, konzentrierte sich dann wieder auf den starken Straßenverkehr.

„Oh, nichts weiter. Es war nur so eine Frage.“

Bei der nächsten roten Ampel wandte Daniel sich ihr zu. „Dass ich da nicht spielen will, hat weder etwas mit Ellie noch mit dir, noch mit meinen Freunden zu tun, die uns beide zusammen sehen könnten. Ich bin sicher, sie wären von dir begeistert. Ich will dort nicht auftreten, weil ich mich beim letzten Mal unsterblich blamiert habe. Ich brauche noch etwas Zeit, ehe ich den hohen Herrschaften dort wieder gegenübertreten kann. Klar?"

„Nichts ist klar. Du solltest hingehen und hoch erhobenen Hauptes dort spielen. Rede mit deinen alten Freunden. Du hast keinen Grund, dich zu schämen, Daniel."

Er blickte sie nachdenklich an und staunte über das Vertrauen, das sie in ihn setzte.

Als Daniel und Angela im Hotel die Tür zur Suite öffneten, merkten sie sofort, dass etwas nicht stimmte. Richy kam mit tränenüberströmtem Gesicht und ausgestreckten Ärmchen auf seinen Vater zugelaufen.

Daniel hob ihn auf den Arm. „Was ist denn ..."

„Mrs. Laani!" rief Angela und sah erst dann die Frau, die auf dem Sofa lag und beide Arme um ihren Leib geschlungen hatte. Sie stöhnte herzzerreißend. „Mrs. Laani", wiederholte Angela, kniete sich neben das Sofa und berührte die Hand der Polynesierin. „Sind Sie krank?"

„Und wie!" jammerte Mrs. Laani. „Und der Kleine ist hungrig und ... aber ... es tut mir so Leid, Mr. McCasslin", sagte sie, als Daniel mit Richy hinzutrat. „Ich konnte beim besten Willen nicht aufstehen. Mein Bauch ..." Sie schloss gequält die Augen.

„Brauchen Sie einen Arzt? Ist es vielleicht eine Blinddarmentzündung?" fragte Daniel besorgt. Richy hatte inzwischen aufgehört zu weinen. Er hatte jetzt einen Schluckauf und schmiegte sich gegen die Schulter seines Vaters.

„Nein, mein Blinddarm ist längst raus. Es ist ... bei meiner Schwester ... da haben sie alle diesen Virus. Ich glaube, ich habe mich angesteckt. Wenn bloß Richy nicht auch ..."

Mrs. Laanis Sorge um das Kind rührte Angela. „Beruhigen Sie sich, Mrs. Laani. Ihm wird schon nichts geschehen. Wir müssen jetzt etwas für Sie tun. Wie kann ich Ihnen am besten helfen?"

„Sie sind wirklich sehr nett." Mrs. Laani drückte Angela die Hand. „Vielen Dank. Ich möchte bloß hier raus, damit Sie nicht noch alle das Gleiche kriegen. Mr. McCasslin, ich habe meine Schwester angerufen. Ich kann bei ihr bleiben, bis es mir wieder besser geht. Mein Schwager holt mich ab, ich lasse Sie wirklich nicht gern im Stich, aber ..."

„Schon gut", fiel Angela ihr ins Wort. „Ich werde mich um Richy kümmern. Wann wollte Ihr Schwager Sie abholen?"

„Er ist wahrscheinlich schon unten."

„Daniel, gib mir Richy. Ich mache ihm das Frühstück. Du bringst Mrs. Laani nach unten. Ist das Ihre Tasche? Hier, trag sie."

„Jawohl, Gnädigste." Trotz der Besorgnis um seine unschätzbare Haushälterin, die er noch niemals krank gesehen hatte, amüsierte sich Daniel insgeheim darüber, wie Angela jetzt das Kommando übernahm.

Nachdem er etwas später Mrs. Laani in der Hotelhalle ihrem Schwager übergeben hatte und in die Suite zurückgekehrt war, beobachtete er Angela, die Richy mit dessen Frühstücksbrei fütterte. In der Suite gab es einen kleinen Kühlschrank, den Mrs. Laani mit Getränken, Obst und ein paar weiteren Lebensmitteln gefüllt hatte, damit Richy nicht für jede Mahlzeit ins Restaurant gebracht werden musste. Das notwendige Geschirr und Besteck war vom Hotel zur Verfügung gestellt worden.

„Wie geht es ihr?“ erkundigte sich Angela.

„Miserabel. Aber sie ist froh, dass sie nicht mehr in Richys Nähe ist. Er war ihre Hauptsorge. Sie meint, wenn sie die nächsten vierundzwanzig Stunden übersteht, wird sie es überleben.“

„Der Meinung bin ich auch.“

„Und inzwischen ...“

„Kümmere ich mich um Richy.“

„Das kann ich nicht zulassen.“

„Wieso nicht? Willst du ihn mir nicht anvertrauen?“

Daniel stemmte die Hände in die Hüften und schüttelte den Kopf. „Natürlich vertraue ich ihn dir an. Ich habe dich nur nicht hierher mitgenommen, damit du Kinderschwester spielst.“

Angela war im Augenblick rundum glücklich. Ihr Sohn saß auf ihrem Schoß, und sein Vater stand vor ihr und sah trotz der verschwitzten Tenniskleidung einfach hinreißend aus. Sie legte den Kopf schief und schaute Daniel spitzbübisch an. „Und wofür hast du mich hierher gebracht?“

„Um dich ins Bett zu locken."

Sie lachte. „Ehe du damit anfängst, nimm doch bitte erst einmal ein Duschbad, ja?"

Daniel blickte an sich hinunter, grinste unverschämt und meinte dann: „Gar keine schlechte Idee."

Als er mit dem Duschen fertig war, hatte Angela Richy gebadet und angezogen.

„In ein paar Minuten bin ich auch fertig", sagte sie und erklärte, dass sie für Richy ein paar Dinge benötige.

So beschlossen sie, einen Einkaufsbummel zu unternehmen.

„Ich gehe schnell in mein Zimmer und bin im Nu wieder hier."

„Darüber wollte ich gerade mit dir reden."

„Worüber?" fragte Angela im Hinausgehen.

„Über dein Zimmer. Wäre es nicht bequemer, wenn du nach hier umziehen würdest?"

Angela warf einen Blick zurück. „Bequemer für wen?"

Daniels Lächeln war der reinste Sonnenschein. „Für dich. Und für Richy natürlich."

„Oh, natürlich."

„Kannst dir's ja mal überlegen", meinte er und tat dabei, als sei das so wichtig nun auch wieder nicht.

„Das habe ich schon. Die Antwort lautet nein."

Zehn Minuten später trafen sie sich wieder. Angela sah erstaunlich schick aus, obwohl sie nur wenig Zeit gehabt hatte, sich zurechtzumachen.

„Ich mag diese raffinierten engen Oberteile, die du immer trägst", flüsterte Daniel ihr ins Ohr und legte den Arm um ihre Schultern. Richy tapste stolz und selbstständig vor ihnen her.

„Dies ist ein ganz normales Strandkleid."

„Schön, aber sein Oberteil ähnelt dem, das du neulich zum Mittagessen getragen hast, und ich mag es, weil ..."

„Ich weiß schon. Du sagtest es bereits."

„Weil ..."

„Weil es hochmodern ist."

„Weil sich deine Brustspitzen so schön darunter abzeichnen."

„Jetzt hör auf!" Angela versuchte, empört zu wirken. Es gelang ihr nicht ganz.

„Na gut. Aber ich höre nur auf, weil dich die beiden Matrosen dort auf eine Art und Weise beäugen, dass ich streitsüchtig werden könnte. Die brauchen nicht auch noch deinen unverkennbaren Schlafzimmerblick zu sehen, mit dem du meine losen Worte quittiert hast." Daniel starrte den beiden armen Seeleuten böse nach. „Und schöne Beine hast du auch."

Angela musste lachen.

Zu seinem Ärger stellte Daniel etwas später fest, dass sich auch Papierwindeln auf der Einkaufsliste befanden. „Ich will

Richy ans Töpfchen gewöhnen", erklärte er. „Mrs. Laani meint allerdings, so weit sei er noch nicht."

„Und damit hat sie Recht. Man schadet einem Kind nur, wenn man es zu früh dazu zwingt."

„Weiß ich ja", brummte Daniel und schob die Hände in die Taschen seiner dunkelblauen Shorts. „Aber er ist erst ganz richtig mein Sohn, wenn ich mit ihm zusammen ‚für Herren' gehen kann."

Angela verdrehte die Augen. „Das ist wieder mal typisch männlich! Nicht zu fassen! Ich habe Richy inzwischen ein paar Mal gebadet und umgezogen, und ich kann dir versichern, er ist ganz richtig dein Sohn."

Daniel hob die Augenbrauen. „Meinst du, er hat etwas von mir geerbt?"

Angela wurde rot. Daniel lachte laut. Sie übertönte ihn mit ihrer Ansprache. „Er wird vielleicht schneller trocken, wenn du ihn hin und wieder ins Badezimmer mitnimmst. Vielleicht bekommt er dann den Trick eher mit."

„Du weichst vom Thema ab."

„Stimmt."

Daniel küsste Angela schnell und kräftig. „Ich werde mir deinen Vorschlag zu Herzen nehmen. Darauf hätte ich auch selbst kommen können."

Nach ihrer Rückkehr ins Hotel war es Zeit, Richy für den Besuch bei Ellies Eltern umzuziehen. Angela stellte fest, dass fast alle ihre Habseligkeiten in das Zimmer gebracht worden waren, das Richy bisher mit Mrs. Laani bewohnt hatte.

„Daniel!“ rief sie. „Ich übernachte nicht bei dir.“

„Nicht bei mir, sondern bei Richy. Ihm ist diese Umgebung fremd. Er fühlt sich sicherer, wenn jemand bei ihm schläft.“

„Dann tu du das.“

Daniel seufzte. „Bitte! Ich verspreche dir, dass nichts geschehen wird, das du nicht auch willst.“

Angela gab nach. Die Nacht mit ihrem Sohn zusammen in einem Zimmer verbringen zu können, erschien ihr im Grunde ja wie ein Geschenk.

„Du kannst wirklich gern mitkommen“, wiederholte Daniel zum dritten Mal, als er und Richy ausgehfertig waren.

Angela schüttelte den Kopf. „Nein, Daniel, das kann ich nicht.“

„Mir würde es nichts ausmachen. Im Gegenteil, ich würde dich Ellies Eltern gern vorstellen.“

Sie spürte, wie wichtig es für Daniel war, dass sie ihm glaubte. „Vielen Dank, aber ich möchte dort nicht so unvorbereitet auftauchen und ihnen den Familienbesuch verderben, auf den sie sich bestimmt schon freuen.“

„Das tun sie tatsächlich. Richy ist ihr einziges Enkelkind.“

Dann haben sie in Wirklichkeit gar keines, dachte Angela. „War Ellie ein Einzelkind?“

„Ja. Sie ist damals aufs Festland gezogen und hat dort gewohnt, bis Richy geboren wurde. Ihre Eltern wollten, dass das Kind hier auf die Welt käme, Ellie wollte es jedoch in Los Angeles bekommen. Als wir mit Richy heimkehrten, waren sie außer sich vor Freude. Der Bursche wird sich heute schrecklich aufführen. Sie verwöhnen ihn nach Strich und Faden."

Also hatte Ellie ihren Eltern die Schwangerschaft vorgespielt.

„Womit vertreibst du dir die Zeit, während wir fort sind?" erkundigte sich Daniel.

„Ich schreibe an einem Artikel. Das Hotelbüro hat mir versprochen, mir eine Schreibmaschine zu leihen. Vielleicht gehe ich aber auch ans Wasser und tue etwas für meine Urlaubsbräune."

„Dann zieh dir etwas Züchtiges an. Ich möchte nicht, dass irgendein Mann mit unlauteren Absichten dich sieht und auf die abwegige Idee kommt, du seist zu haben."

Angela hob die Augenbrauen. „Genau auf die Weise haben wir beide uns kennen gelernt!"

„Das ist es ja, was mir Sorgen bereitet."

7. KAPITEL

Angela lag in der heißen Sonne auf ihrem Badelaken und träumte vor sich hin. Der Wind von der See her brachte angenehme Kühlung. Angela hörte nicht auf das Lachen der

Touristen, den Lärm der spielenden Kinder und der herumtobenden Teenager, sondern nur auf das Rauschen des Ozeans. Die Brandungswellen rollten in einem so gleichmäßigen Rhythmus heran, dass Angela schließlich das Gefühl hatte, ihr Körper passe sich wie hypnotisiert dieser Bewegung an.

War es die Brandung, deren Ruhelosigkeit sich auf sie übertrug, oder war es der Gedanke an Daniels Küsse, seine liebkosenden Hände, seine tastende, kosende Zunge? Er hatte Angela in eine ihr vorher unbekannte Welt der Sinne geführt. Diese Welt existierte offenbar nur dann, wenn man sie zusammen mit dem richtigen Partner teilte. Allein entdeckte man sie nie.

Angela war überglücklich und traurig zugleich. Glücklich, weil sie Daniel und Richy gefunden hatte und liebte. Traurig, weil sie wusste, dass sie sie wieder verlieren würde. Der Tag des Abschieds musste kommen. Aber heute konnte sie sich noch an ihrer Gegenwart freuen ...

„Huch!“ schrie sie plötzlich auf und fuhr in die Höhe, wobei sie Richy fast umriss.

„Kalt!“ kreischte er, wollte sich totlachen und warf einen zweiten Eiswürfel auf Angelas nackten Bauch.

Sie zuckte wieder zusammen, zog den Bauch ein und langte nach dem Becher mit den Eiswürfeln, den Richy in der Hand hielt. „Und wie kalt das ist! Hoffentlich hast du nicht noch mehr solche üblen Tricks auf Lager.“

Sie drehte sich um. Hinter ihr hockte Daniel am Boden und freute sich diebisch. Er trug eine knappe hellblaue Badehose, und sein Anblick raubte Angela den Atem fast ebenso, wie es das Eis auf ihrer heißen Haut getan hatte. Der Wind zerzauste sein blondes Haar, was ihm etwas Verwegenes gab.

„Der Angeklagte erklärt sich für schuldig." Er lächelte fröhlich.

„Das wollte ich meinen."

„Aber Richy fand die Idee hervorragend."

„Der Apfel fällt nicht weit vom Stamm."

Daniel setzte sich zu Angela aufs Badelaken. Richy lief zum Wasser und machte ein paar vorsichtige Schritte in die Wellen.

„Ich habe dir doch gesagt, Angela, du sollst etwas Züchtiges anziehen. Wenn du das da als züchtig bezeichnest, musst du mal deinen Wortschatz überprüfen."

Aus reinem Widerspruchsgeist hatte Angela ihren aufreizendsten Bikini gewählt. Er war aus schwarzem Baumwollgarn gehäkelt und mit fleischfarbenem Stoff unterlegt. Das Oberteil bestand nur aus zwei kleinen Dreiecken, die von einer schmalen Kordel zusammengehalten wurden, und das Höschen war ebenso knapp.

„Ich lasse mir nichts vorschreiben. Außerdem hat mich niemand belästigt. Bis jetzt", fügte sie mit Nachdruck hinzu.

„Ich belästige dich?" Daniels verführerischer Tonfall und die Art, wie er den Blick über ihren Körper schweifen ließ, weckten unangebrachte Empfindungen in ihr. Ehe sie eine passende Entgegnung fand, hörte sie jemanden rufen.

„Daniel! Daniel, bist du das?"

Der Ruf kam von der niedrigen Ziegelmauer, die die Swimmingpoolanlage des Hotels vom Strand trennte. Als Daniel den Mann erkannte, machte er ein teils ärgerliches, teils misstrauisches Gesicht. Ohne Begeisterung hob er eine Hand und winkte. „Ich bin gleich wieder hier, Angela. Passt du bitte auf Richy auf?"

„Selbstverständlich." Im Moment machte Angela Daniels Stimmungswechsel mehr Sorgen als der tatendurstige kleine Junge.

Daniel ging an den unzähligen Sonnenanbetern vorbei zu der Mauer und stieg die Stufen zur Terrasse hinauf. Im Stillen fluchte er. Ausgerechnet Jerry Arnold, der Tennismanager des Waialee Country Clubs, musste ihn hier entdecken.

„Guten Tag, Jerry."

„Daniel! Mann, wie ich mich freue, dich zu sehen." Jerry schüttelte Daniel die Hand. „Du siehst viel besser aus als damals, wo ich dich zum letzten Mal gesehen habe."

Daniel verzog das Gesicht. „Das heißt nicht allzu viel, was? Beim letzten Mal hast du mich beim Kragen gepackt und mich aus den Ankleideräumen geschleppt mit der unmissverständlichen Anweisung, mich dort nicht wieder blicken zu lassen. Obwohl ich betrunken war, erinnere ich mich noch genau daran."

Jerry Arnold war einen Kopf kleiner als Daniel und stämmiger gebaut. Er hatte sich auch einmal am Profi-Tennis beteiligt, aber noch vor den Trainern gemerkt, dass er dazu nicht geschaffen war. Also hatte er seine Träume begraben und sich fortan um die Männer gekümmert, die zu solchen Träumen berechtigten.

„Tut mir Leid, Daniel, mir blieb damals nichts anderes übrig."

„Ich nehme es dir nicht übel, Jerry. Ich habe mich ja wirklich wie der letzte Rabauke benommen."

Jerry schaute Daniel forschend an. „Und jetzt? Mir ist da einiges zu Ohren gekommen ..."

„So? Was denn?"

„Dass du dein Come-back vorbereitest."

„Das stimmt."

„Beweise es."

Daniel hatte zu Angela und Richy hinübergesehen. Die beiden balgten sich im Sand. Angela hatte schöne schlanke Oberschenkel und einen entzückenden runden Po. Es bedurfte schon Jerrys herausfordernder Worte, um Daniel von dem Bild abzulenken.

„Was sagtest du eben, Jerry?"

„Du sollst beweisen, dass wieder mit dir zu rechnen ist."

„Und wie? Indem ich zum Club komme? Das hat mir Bert Samson heute Morgen schon vorgeschlagen. Ich habe abgelehnt."

„Indem du zum Club zurückkommst ... und dich an einem Schaukampf beteiligst. Morgen."

Daniels Mund fühlte sich plötzlich ganz trocken an. Er

ballte unwillkürlich die Hände. „Das kann ich nicht", sagte er kaum hörbar.

„Daniel, ich brauche dich. Eigentlich wollte McEnroe hier für wohltätige Zwecke spielen. Fünfzig Dollar pro Eintrittskarte. Aber er hat sich leider den Daumen verstaucht, als er ..."

„Ich habe es gelesen."

„Sein Trainer hat ihm das Spielen verboten. Nicht mal ein Schaukampf. Ich brauche dich, alter Junge. Und du brauchst dieses Match."

„Nicht im Geringsten!"

„Und ob! Irgendwann musst du ja mal wieder anfangen, Daniel. Zeige all denen, die das Vertrauen in dich verloren haben, dass du es wieder bis ganz an die Spitze schaffst."

„Dieses Jahr noch nicht. Vielleicht nächstes." Daniel spürte, wie sich sein Magen verkrampfte. Seine Hände wurden schweißfeucht.

„Ich habe mit Bert gesprochen. Er sagt, du hättest ihn heute Morgen in Grund und Boden gespielt. Nicht mal die Hälfte deiner Aufschläge habe er bekommen können."

„Sag mal, was soll diese Schmeichelei? Willst du mit allen Mitteln deine Wohltätigkeitsveranstaltung retten, oder bist du wirklich an meiner Karriere und an meinem noch gar nicht so sicheren Come-back interessiert?"

„Beides." Jerry sah Daniel ins Gesicht, ohne mit der Wimper zu zucken. Ehrlich war er wenigstens, das musste Daniel zugeben.

Er blickte als Erster zur Seite. „Ich weiß nicht, Jerry."

„Daniel, wenn ich der Meinung wäre, du fällst dabei fürchterlich auf die Nase, würde ich dich nicht darum bitten. Damit würde ich mich selbst blamieren. Aber du gehst jetzt wieder aufrecht. Und eine neue Gespielin hast du auch, wie ich sehe. Also ..."

„Sie ist keine Gespielin!" knurrte Daniel böse.

Diese schroffe Richtigstellung überraschte Jerry. Er warf einen Blick zu der Frau am Strand hinüber. Sie tollte mit McCasslins Jungen umher. „Entschuldigung. Ich wollte niemanden beleidigen." Jerrys Gesicht war sehr ernst geworden. „Daniel, mir ist es völlig gleichgültig, was du privat tust. Mir ist es egal, wer oder was dich wieder dahin bringt, wo du hingehörst: an die Spitze."

Daniel entspannte sich ein wenig. Es wunderte ihn selbst, wie sehr Jerrys Bemerkung ihn aufgebracht und wie spontan er Angela verteidigt hatte. Er erkannte, dass seine Gefühle für sie noch weit stärker waren, als ihm bisher bewusst gewesen war, und diese Erkenntnis erfüllte ihn mit Hoffnung und Vertrauen.

„Wer spielt?"

„Teddy Gonzales."

Daniel stieß einen kurzen Pfiff aus und seufzte dann tief. „Danke, Jerry." Sein Optimismus war schon wieder verflogen.

„Ja, ich weiß. Der ist dein Erzrivale."

„Sieben Jahre jünger dazu und mit entsprechendem Schwung."

„Aber mit sieben Jahren weniger Erfahrung. Er ist ein Hitzkopf, Daniel, und ungeheuer von sich eingenommen. Spiel mit einer klugen Strategie. Schlage ihn mit seinen eigenen Emotionen." Er musterte Daniel prüfend. „Fürchtest du dich etwa?"

Daniel erläuterte in höchst unfeinen Worten, wie sehr er sich fürchtete, und Jerry musste darüber laut lachen.

„Großartig! Umso besser wirst du spielen. Ich verlasse mich auf dich."

Einen Moment lang schauten sich die beiden Männer wieder in die Augen. Dann blickte Daniel zu Angela hinüber. In diesem Moment drehte sie sich zu ihm um. Sie lächelte. Richy plumpste in den Sand. Sofort hob sie ihn auf.

„Lässt du mir bis heute Abend Zeit, Jerry?"

„Klar. Gegen acht rufe ich dich an." Jerry schlug Daniel auf die Schulter. „Ich hoffe, du sagst Ja. Und, Daniel ..." Er war schon ein paar Schritte gegangen und blieb jetzt noch einmal stehen. „Die Dame ist sehr hübsch."

Daniel kehrte zu Angela und Richy zurück und ließ sich auf das Badelaken fallen. Er fuhr Richy durchs Haar und drückte ihn kurz an sich, ehe der Kleine wieder zum Wasser stapfte. Daniel wandte sich Angela zu. Er brauchte sie nur zu betrachten, und schon nahm seine Angst ab. Ob sie wohl ganz verschwand, wenn er Angela nur lange genug ansah?

„Ein Freund?" erkundigte sie sich leise.

„Das weiß ich noch nicht so genau."

Angela schwieg, aber er las die Frage in ihren grünen Augen.

„Er möchte, dass ich morgen in Waialee bei einer Wohltätigkeitsveranstaltung spiele. Gegen Teddy Gonzales."

„Spielst du?"

„Meinst du, ich soll?"

„Warum solltest du nicht?"

Er will überredet werden, dachte Angela und beobachtete Daniel aus den Augenwinkeln. Seit sie vom Strand in ihre Suite zurückgekehrt waren, ging er nervös und ruhelos auf und ab. Keine Sekunde lang konnte er still stehen. Während sich Richy den Strandsand abduschte, lief Daniel im Badezimmer umher.

„Ich weiß nicht, ob ich schon so weit bin."

„Vielleicht bist du's nicht." Angela wollte ihm absichtlich nicht gut zureden, weil sie annahm, umso mehr würde er widersprechen und ihre positiven Argumente widerlegen. Stimmte er dann doch zu und verlor das Match, würde er ihr den Vorwurf machen, ihn zu etwas Unmöglichem verleitet zu haben.

„Andererseits", überlegte Daniel laut, „erfahre ich nicht, ob ich schon so weit bin, wenn ich's nicht ausprobiere."

„Stimmt."

„Aber lieber Himmel – morgen schon! Können sie das nicht nächste Woche machen?"

„Ja, dann hättest du noch eine ganze Woche Zeit, darüber nachzugrübeln."

Daniel hörte Angela nicht richtig zu, denn sonst wäre ihm ihr spöttischer Unterton nicht entgangen. Er marschierte hin und her und runzelte die Stirn. „Aber wenn mir noch eine Woche bliebe, würde ich mir die Sache wahrscheinlich ausreden."

„Wahrscheinlich." Angela unterdrückte ein Lächeln.

„Vielleicht ist es ganz gut, dass ich mich Hals über Kopf entscheiden muss."

„Ja, vielleicht."

Er folgte ihr, als sie Richy ins Schlafzimmer trug, um ihn anzuziehen. „Ich werde Hank anrufen. Der erklärt mir zwar schon seit Wochen, ich soll wieder beginnen, selbst wenn es nur in irgendwelchen Vorrundenspielen wäre. Aber vielleicht hält er so eine Schau-Veranstaltung nicht gut für den Anfang."

„Möglich."

Daniel ging zum Telefon.

Der Manager war dann hellauf begeistert und wollte sich sofort um einen Flug von Los Angeles nach Honolulu bemühen, um am nächsten Tag rechtzeitig zum Match zur Stelle sein zu können.

Beim Abendessen im Restaurant brütete Daniel dumpf vor sich hin. Sein bestelltes Filetsteak rührte er kaum an.

„Dass es ausgerechnet Gonzales sein muss", brummte er schließlich. „Als ich das letzte Mal gegen ihn antrat, hat er mich ausgelacht. Der Mistkerl hat sich doch tatsächlich zum Publikum umgedreht und die Arme ausgebreitet, als bedauere er mich. Danach hat er gelacht, stell dir das vor!“

Wenn Daniel bemitleidet werden wollte, war er bei Angela an der falschen Adresse. „Zu dumm, dass du keinen weniger überlegenen Gegner bekommst“, meinte sie. „Dann könnten die Sportjournalisten sagen, du hättest gut und sicher gespielt und dir keinen größeren Brocken vorgenommen, als du zu verdauen vermagst.“

„Sie würden sagen, ich sei ein Feigling“, entgegnete er. „Nein, es ist wohl ganz gut, dass ich Gonzales bekomme. Jedenfalls kann mir dann niemand vorwerfen, ich hätte Angst, gegen Tennis-Asse zu spielen.“

Daniels Augen funkelten geradezu kampflüstern. Dann bemerkte er Angelas weises Lächeln, und sein Gesichtsausdruck wurde etwas weicher.

„Wann wollte dein Freund heute Abend anrufen?“ erkundigte sich Angela.

„Gegen acht.“

„Dann sollten wir jetzt in die Suite zurückkehren.“ Sie wischte Richy den Kartoffelbrei aus dem Gesicht.

Richys Schlafenszeit war schon längst überschritten. Der ereignisreiche Tag forderte seinen Tribut von ihm. Der Kleine war mehr als bettreif. Daniel half Angela dabei, ihn für die Nacht fertig zu machen, aber seine Gedanken drehten sich dabei ausschließlich um sein Problem. Gerade hatten sie das Licht im Schlafzimmer ausgeschaltet, da läutete das Telefon.

Daniel starrte den Apparat ein paar Sekunden regungslos an und nahm dann entschlossen den Hörer ab. „Hallo!“ rief er lauter als nötig. „ Oh, Mrs. Laani ...“

Angela bemerkte, dass er erleichtert aufatmete.

„Das freut mich, Mrs. Laani. Wir vermissen Sie sehr. Gott sei Dank besitzt Angela jedoch ein erstaunliches Talent, Richy zu zügeln.“ Daniel blinzelte ihr über die Schulter hinweg zu. „Ja, wenn Sie sich wieder wohl fühlen ... Unseretwegen müssen Sie sich nicht so sehr beeilen ... Nein, das reicht völlig. Wissen Sie, ich habe morgen vielleicht ein Match, und da wäre es natürlich schön, wenn Sie Richy ... Okay. Dann also bis morgen.“

Daniel legte auf. „Sie sagte, sie käme morgen wieder. Vormittags geht sie dann mit Richy einkaufen. Ihre Schwester fährt sie.“

Angela war ein bisschen enttäuscht. Sie wäre so gern beim Einkaufen dabei gewesen. Es hätte ihr Freude bereitet, zum ersten Mal Kleidung für ihren Sohn auszusuchen. Leider gab es keine Möglichkeit, das einzurichten. Außerdem – falls Daniel spielte, wollte sie natürlich zuschauen.

„Ich möchte dir jetzt gute Nacht sagen, Daniel.“

Er blickte sie erstaunt an. „Jetzt schon? Es ist noch nicht einmal ...“

„Ich weiß, aber du brauchst jetzt Ruhe. Zum Nachdenken.“

Daniel trat auf Angela zu und legte die Arme um ihre Taille. „Seit meinem Gespräch mit Jerry habe ich mich nicht besonders gut benommen, was? Ich war dir gegenüber nicht gerade aufmerksam. Du bist doch nicht ärgerlich, oder?“

„Selbstverständlich nicht. So weit solltest du mich inzwischen kennen. Du stehst vor einer wichtigen Entscheidung, und das lenkt dich natürlich ab.“

„Ach, Angela ...“ Er küsste sie leicht auf den Mund. „Ich brauche deinen Rat und deine Unterstützung. Bleib bei mir.“

„Nein. Bei dieser Entscheidung kann dir niemand helfen.“

Angela wusste genau, wie man sich fühlte, wenn man sich schnell zu folgenschweren Entscheidungen durchringen sollte. Zu gut erinnerte sie sich an jene Nacht, in der sie bis zur Morgendämmerung in ihrem Schlafzimmer auf und ab gegangen war und versucht hatte, zu einer Entscheidung darüber zu kommen, ob sie Ronalds Plan folgen sollte oder nicht. Das war die schrecklichste und einsamste Nacht ihres Lebens gewesen. Die Verantwortung für ihren Entschluss lag ausschließlich bei ihr.

Genauso war es jetzt bei Daniel. Er musste seine Entscheidung selbst treffen, oder er würde das Vertrauen in sich endgültig verlieren.

„Was soll ich tun, Angela?“ fragte er und barg sein Gesicht in ihrem Haar.

Sie schob ihn sanft fort. „Möchtest du wieder Profi-Tennis spielen?"

„Ja, und ich möchte mich erst zurückziehen, wenn ich es wieder bis nach oben geschafft habe. Die Profi-Laufbahn ist nicht sehr lang, weil immer jüngere und bessere Spieler nachrücken. Damit habe ich mich abgefunden. Wenn ich mal ganz aufhöre, will ich unter den Besten sein und nicht irgendwo unter denen, die sich nur noch lächerlich machen."

„Dann, glaube ich, wirst du wissen, was du tun musst."

„Ich muss spielen." Ein Lächeln breitete sich auf seinem Gesicht aus. „Und ich werde spielen."

Wieder läutete das Telefon, und diesmal bestand kein Zweifel, wer der Anrufer war.

„Gute Nacht." Angela ging ins Schlafzimmer und schloss die Tür hinter sich. Sie konnte nicht verstehen, was Daniel am Telefon sagte, aber seine Stimme klang sicher und entschlossen.

Als Angela erwachte, war Richys Kinderbett leer. Sofort schlug sie die Bettdecke zurück, stand auf und schaute erst einmal durch einen Spalt in den Vorhängen aus dem Fenster. Die Sonne war noch nicht aufgegangen. Der ruhige Ozean spiegelte das Rosa und Violett des Himmels wider.

Die Schlafzimmertür stand offen. Angela huschte auf Zehenspitzen durchs Wohnzimmer und sah, dass auch die Tür zu Daniels Zimmer nicht geschlossen war. Sie lugte hinein. Im Raum herrschte das graurosa Licht der Morgendämmerung. In dem breiten Bett entdeckte sie Richy, der sich an seinen Vater gekuschelt hatte. Beide schliefen fest.

Wider alle Vernunft und Schicklichkeit schlüpfte Angela ins Zimmer hinein und trat neben das Bett. Richys Kopf ruhte an Daniels Brust. Der Kleine schnarchte ganz leise.

Daniels Arm lag über dem Körper seines Sohnes. Selbst in diesem Zustand absoluter Entspannung war diesem Arm anzusehen, welche Kraft ihm innewohnte. Daniel lag mit abgewandtem Gesicht da, und Angelas Blick glitt bewundernd über seinen Rücken. Wie gern hätte sie die glatte braune Haut berührt, unter der sich die kräftigen Muskeln abzeichneten!

Er hatte die Bettdecke bis eine Handbreit unterhalb seiner Taille heraufgezogen. Angela sah, dass die Haut dort nur unwesentlich heller als auf dem übrigen Rücken war. Wahrscheinlich hatte er öfter unbekleidet gesonnt. Diese Vorstellung versetzte sie in eine seltsame Erregung.

Angela schlich um das Bett herum, um Daniel ins Gesicht schauen zu können. Sie betrachtete seine gerade Nase, die schön geschwungenen Lippen, die dichten Wimpern. Kein Wunder, dass sich die Frauen nach ihm umdrehten, ob sie ihn nun kannten oder nicht!

Jedes Mal, wenn sie zusammen ausgingen, war sich Angela der Blicke anderer Frauen bewusst. Mit unverhohlenem Interesse musterten sie den Mann, die Frau an seiner Seite und das Kind. Die meisten nahmen wohl an, sie hätten eine Familie vor sich. Biologisch gesehen stimmte das ja auch ...

Dieser Gedankengang erinnerte Angela daran, dass sie hier ein Eindringling war. Sie wandte sich ab und hatte sich gerade einen Schritt vom Bett entfernt, als sie durch ein Zupfen an ihrem Nachthemd aufgehalten wurde. Erschreckt drehte sie sich um und stellte fest, dass Daniel wach war. Er hatte Richy zur anderen Seite gerollt und hielt jetzt den Saum ihres Negligés in der Hand.

Sein Blick und seine Bewegungen waren noch verschlafen und träge. Langsam wickelte er den Stoff um seine Faust und zog Angela auf diese Weise dicht ans Bett. Sie war die Gefangene seines Griffs, aber mehr noch seines Blicks. Bewegungslos verharrte sie, während Daniel vorsichtig die Bettdecke zurückschlug.

Angela konnte kaum noch atmen und glaubte, ihr Herzschlag hallte im Zimmer wider. Ihre Glieder schienen bleischwer zu sein, dennoch fühlte sie sich energiegeladen.

Mit einer geschmeidigen Bewegung setzte sich Daniel an der Bettkante auf. Dass er völlig unbekleidet war, kümmerte ihn nicht. Unentwegt schaute er Angela an.

Schließlich zog er sie zwischen seine Knie. Seine warmen, muskulösen Schenkel pressten sich an die Außenseite ihrer Beine. Seit Angela ihm zum ersten Mal begegnet war, hatte sie sich gewünscht, ihm durchs Haar zu streichen. Jetzt tat sie es. Daniel ließ sie eine Weile gewähren, dann nahm er ihre Hand und führte sie an seinen Mund.

Zuerst streiften seine Lippen nur ganz sanft ihre Handinnenfläche. Dann kitzelte seine Zunge die empfindsame

Haut, und das löste eine Kettenreaktion der Gefühle in Angela aus. Daniel küsste jede einzelne Fingerspitze und die Innenseite ihrer Handgelenke. An diesen Stellen schien sich ihr Blut zu erhitzen, und seine Wärme strömte die Arme hinauf bis zu ihren Brüsten, die sich unter dem spitzendurchbrochenen Oberteil des Nachthemdes deutlich abzeichneten.

Daniel strich behutsam darüber. Das Feuer des Verlangens erfasste Angelas ganzen Körper. Ihre Brustspitzen richteten sich auf. Daniel küsste sie durch den zarten Stoff hindurch. Dann schmiegte er den Kopf an die weichen Hügel und atmete ihren warmen Duft ein.

Nach einer Weile raffte er den Stoff des Negligés im Rücken fest zusammen, so dass er Angelas Körper wie eine feste Hülle umschloss. Sie kam sich nackter vor, als wenn sie unbekleidet gewesen wäre, und meinte, Daniels Blicke direkt auf ihrer Haut zu spüren. Gerade hatte er die – kleine Vertiefung ihres Bauchnabels entdeckt. Er berührte sie mit der Zunge. Angela vergrub die Finger in Daniels Haar.

Daniel zeichnete mit dem Zeigefinger erst die Rundungen ihrer Hüften nach und dann das Dreieck, das wie ein dunkler Schatten durch den zarten Stoff zu erkennen war. Danach beugte er sich tief hinab und küsste diese Stelle. Angela verging fast vor Verlangen. Leise stöhnte sie auf.

Sie fühlte, dass die Hand in ihrem Rücken den Stoff des Nachtkleides losließ. Daniel stand auf. Ehe Angela recht wusste, wie ihr geschah, hob er sie auf die Arme und trug sie durch den Wohnraum zu ihrem Schlafzimmer. Sehnsüchtig schmiegte sie sich an ihn. Sie wusste, dass ihr Liebesspiel alle Träume übertreffen würde, aber ihr war auch klar, dass sie es nicht zulassen durfte.

Mit jeder Faser ihres Körpers begehrte sie diesen Mann. Nur er vermochte sie von dem Fieber zu erlösen, das sie befallen hatte und das bei jeder seiner Berührungen heißer brannte. Doch jetzt war nicht der richtige Zeitpunkt dafür. Wenn sie jetzt ihrem Verlangen nachgaben, könnte es für sie beide eine Katastrophe auslösen.

Daniel ahnte nichts von Angelas Gedanken. Neben ihrem Bett stellte er sie auf die Füße und liebkoste sie aufs Neue. Er umfasste ihre Hüften und zog Angela dicht zu sich heran. Instinktiv wollte sie sich gegen ihn reiben, aber sie widerstand.

Es durfte nicht geschehen. Würde es sich auf das Match heute Nachmittag auswirken, wenn sie sich jetzt liebten? Und wenn der Akt selbst Daniel wieder an seine Frau erinnerte? Wenn sie, Angela, ihn nicht so glücklich machen konnte, wie Ellie es immer getan hatte, empfand er hinterher sicherlich nur Abscheu. Und falls ihr Liebesspiel beglückender wäre, würde er sich bestimmt schuldig fühlen. Wie auch immer, auf jeden Fall würde er darüber nachdenken und sich nicht auf sein Spiel konzentrieren.

Sage ich ihm dann später, wer ich bin, wird er unweigerlich glauben, ich hätte meinen Körper nur als Köder eingesetzt, um so an Richy heranzukommen, grübelte Angela weiter. Nein, sie durfte erst mit Daniel bis zum Letzten gehen, wenn er alles über sie wusste. Aber wenn es dann gar nicht mehr dazu kam? Wenn Daniel sie nach ihrem Geständnis nicht mehr sehen wollte?

„Du bist so schön", flüsterte er an ihrem Ohr und schob dabei die Träger des Nachthemds von ihren Schultern. „Ich habe von dir geträumt und bin mit dem Verlangen nach dir aufgewacht. Und dann zu sehen, dass du an meinem Bett stehst, dich über mich beugst und mich betrachtest ... o Angela ..."

„Daniel ... nein ... ach..." Seine Zunge glitt über ihre Brüste. „Bitte nicht!" Angela stemmte die Hände gegen seine Schultern. Daniel schien es nicht zu merken.

„So hübsch", murmelte er. Er legte eine Hand unter ihre Brust, hob sie leicht an und schloss die Lippen um die harte Knospe. „Ich weiß, dass du schön bist. Ich will dich ganz sehen." Er versuchte, das Negligé ganz herunterzustreifen.

„Nein!" Angela riss sich los und schob die Träger wieder hoch. „Nein", wiederholte sie etwas leiser und schaute Daniel ins Gesicht. Sein Blick war verschleiert, seine Haltung ein wenig unsicher. Offenbar hatte er ihre Ablehnung noch nicht ganz begriffen.

„Nein? Wieso nein?"

Angela kreuzte die Arme vor der Brust. Sie hatte ihn schon einmal abgewiesen, und die Folgen waren nicht angenehm gewesen. „Ich glaube, wir ... du solltest nicht ... vor so einem Match. Ich habe mal gehört, es sei nicht gut für einen Sportler, wenn er vorher ... na, du weißt schon."

Daniel lachte laut auf und trat wieder dicht an Angela heran. Er strich mit einem Finger an ihrem Hals entlang. „Wenn das stimmte, gäbe es eine ganze Menge Spitzensportler weniger! Angela ..."

„Nein, Daniel. Bitte nicht." Sie wich zurück.

„Was ist denn los mit dir?" Seine Stimme klang ungeduldig. „Erzähl mir nicht, du seist nicht in Stimmung. Das weiß ich besser." Natürlich hatte er Recht. Angela errötete tief. „Weshalb kommst du in mein Schlafzimmer geschlichen, wenn du nicht mit mir ins Bett gehen willst?"

Angela fand seinen anmaßenden Ton unerhört. „Ich wollte nach Richy sehen. Als ich aufwachte und ihn nicht in seinem Bett fand, habe ich mir Sorgen gemacht."

„Du weißt, dass er aus dem Bett klettern kann. Außerdem hättest du nur einen kurzen Blick in mein Zimmer zu werfen brauchen, um festzustellen, dass er bei mir war. Dazu hättest du nicht fünf Minuten lang schwer atmend neben meinem Bett zu stehen brauchen."

„Schwer atmend!" rief Angela empört. „Du, ich ..." Weiter kam sie nicht.

„Jawohl. Gib es zu. Wenn ich dich nackt im Bett gesehen hätte, hätte ich auch schwer geatmet. Wir haben bisher kein Geheimnis daraus gemacht, dass wir uns körperlich attraktiv finden. Wo also liegt jetzt das Problem?"

„Das habe ich dir doch gesagt. Ich halte es nicht für gut vor diesem wichtigen Match."

„Vergibst du dir etwas, wenn du mit jemandem schläfst, ehe du weißt, ob er ein Gewinner oder ein Verlierer ist?"

Angela sah rot. Sie holte aus und schlug Daniel mit der flachen Hand ins Gesicht. Das Klatschen schien in der Stille des Zimmers widerzuhallen. Endlich gewann Angela ihre Beherrschung so weit wieder, dass sie sprechen konnte. „Das war sehr ungerecht mir gegenüber, Daniel. Grausam, egoistisch und unfair."

„Du spielst auch nicht eben fair", knurrte er. „In der einen Minute gibst du dich geradezu mannstoll, in der nächsten mimst du die unantastbare Jungfrau. Und das schon zum zweiten Mal. Hältst du das für ein faires Spiel?"

Daniel war so dicht an der Wahrheit, dass Angela es mit der Angst bekam. Furchtsam sah sie ihn an. Was, wenn er ihr Geheimnis entdeckte? Es dauerte eine Weile, bis sie merkte, dass das laute Klopfen nicht ihr heftiger Herzschlag war, sondern von der Tür kam.

Daniel hatte sich abgewandt und sich ein Handtuch aus dem Bad geholt. Er schlang es sich um die Hüften und öffnete die Tür. Mrs. Laani trat ein. Angela huschte ins Badezimmer, ehe die Haushälterin sie entdeckte. Innerhalb von fünf Minuten sammelte sie dann in Richys Zimmer ihre Sachen zusammen.

Mrs. Laani saß jetzt allein im Wohnzimmer und sah fern. Richy schlief noch. In Daniels Badezimmer lief die Dusche.

„Ich bin froh, dass es Ihnen wieder besser geht." Angela zwang sich zu einem freundlichen Lächeln und ging zur Tür. Mrs. Laani war eine lebhafte und liebenswürdige Person, doch heute Morgen wollte Angela lieber auf ihre Gesprächigkeit verzichten. „Sagen Sie Daniel, ich wünsche ihm alles Gute für sein Match."

„Aber Mrs. Gentry, er ..."

„Bis später."

Angela flüchtete in ihr Zimmer, duschte und zog sich ein Strandkleid an. Danach setzte sie sich ihren Strohhut und die Sonnenbrille auf und verließ das Hotel. Den ganzen Morgen über arbeitete sie für ihren Artikel über die hawaiische Küche. Sie interviewte die Küchenchefs diverser bekannter Restaurants. Und währenddessen schaute sie immer wieder auf die Uhr.

Daniel war im Recht. Sie hatte heute Morgen nicht fair gespielt. Vor seinem Match hätte sie ihn nicht so aufregen dürfen. Was er nicht wusste, war, dass sie von Anfang an nicht fair gespielt hatte. Sie hatte sich in sein Leben geschmuggelt, und da gehörte sie nicht hinein.

Aber sie liebte ihn doch so sehr! Wie hätte sie das vorher ahnen sollen? Was kann ich jetzt nur tun? fragte sie sich.

Gegen Mittag bestellte sie sich in einem Schnellimbiss ein Sandwich mit Eistee. Sie rührte beides nicht an.

Es gab nur eine einzige Lösung: Sie musste abreisen, Daniel verlassen, ihren Sohn verlassen.

Die beiden brauchten sie nicht. Richy war ein ausgeglichenes, gesundes Kind, gut aufgehoben bei Mrs. Laani. Daniel kehrte aus seinem selbst gewählten Exil in die Welt des Profi-Tennis zurück. Er war seinem Sohn ein guter Vater. Sie, Angela, würde nur Verwirrung in ihrem geordneten Leben stiften. Im Übrigen hatte sie ja erreicht, was sie wollte. Sie wusste, wer und wo ihr Sohn war.

Wenn sie heute noch abreiste, würde Daniel denken, sie täte es wegen des Streits am Morgen. Umso besser. Versteh mich nicht falsch, Daniel, aber so etwas passiert nun mal. Ich möchte trotzdem deine gute Bekannte bleiben ... und so weiter. Ja, sie musste verschwinden, ehe er die Wahrheit entdeckte.

Als Angela auf die Straße trat, stand ihr Entschluss fest. Sie wollte nach Maui zurückfliegen, ihren Artikel zu Ende schreiben und eine Woche später nach Kalifornien heimkehren. Sie schaute auf die Uhr und winkte einem Taxi. Eines musste sie zuvor noch tun.

„Zum Waialee Country Club", sagte sie und stieg ein.

8. KAPITEL

Die Zuschauer verhielten sich still. Sie schienen den Atem anzuhalten. Spannung und Erregung waren fast greifbar. Die Sonne brannte heiß, aber offenbar merkte das niemand. Aller Augen waren auf den Tennisplatz gerichtet.

Die beiden Spieler schienen die Hitze ebenso wenig zu spüren wie die Zuschauer. Sie konzentrierten sich ausschließlich auf ihre Aufgabe. Beide hatten je einen Satz gewonnen. Dies hier war der dritte, und Gonzales führte fünf zu vier in diesen Spielen. Er hatte jetzt den Aufschlag. Gewann er noch ein Spiel, war er Matchsieger.

Zu Anfang hatte er Starallüren an den Tag gelegt. Lächelnd war er auf den Platz gekommen und hatte sein jubelndes Publikum begrüßt. Als er seinem Gegner am Netz die Hand schüttelte, tat er das ziemlich herablassend. Seine Haltung änderte sich jedoch, nachdem er den zweiten Satz sieben zu fünf verloren hatte. Jetzt kam es ihm nicht mehr darauf an, die Zuschauer zu erfreuen und für die Sportfotografen zu posieren. Er wollte nur noch das Match gewinnen, und dazu bedurfte es seines ganzen Einsatzes.

Gonzales reckte sich auf die Zehenspitzen und machte seinen Aufschlag. Der Ball kam zurückgesaust. Gonzales nahm ihn an, schlug ihn diagonal in die hintere Ecke des gegnerischen Feldes und erhielt einen Punkt.

„Gonzales – fünfzehn“, verkündete der Schiedsrichter.

Angela schluckte und wischte sich die schweißfeuchten Hände an dem weiten Rock ihres Strandkleides ab, das sich ohnehin schon ganz durchfeuchtet anfühlte.

Als sie aus dem Taxi gestiegen war, hatte Jerry Arnold sie begrüßt. Er war von Daniel beauftragt worden, für Angela einen Platz zu reservieren.

„Sein Manager ist bei ihm“, hatte Jerry ihr erzählt. „Es ist wie in alten Zeiten, Daniel ist ruhig, aber wütend, wissen Sie. Das ist gut. Wenn Sie etwas brauchen, lassen Sie mich rufen.“

Angela hatte sich bedankt. Sie war etwas verblüfft. Erwartete Daniel sie nach diesem Streit heute Morgen tatsächlich? Und auf wen war er wütend? Auf sie?

Er sah blendend aus. Auf der Brusttasche seines weißen Shirts und am Saum der Shorts prangte der bekannte Werbeschriftzug. Er trug das übliche Stirnband, sein Markenzeichen. Das blonde Haar fiel darüber.

Die Zuschauer waren bei seinem Erscheinen nicht sonderlich beeindruckt gewesen, spendeten nur höflichen Applaus und hielten sich mit ihrem Urteil zurück. Schließlich hatten sie fünfzig Dollar Eintritt gezahlt, um McEnroe gegen Gonzales spielen zu sehen, und waren natürlich enttäuscht. Vermutlich würden sie heute wieder einmal erleben müssen, wie Daniel McCasslin auseinander genommen wurde.

Die mangelnde Begeisterung hatte Daniel offenbar nichts ausgemacht. Er hatte nur unbewegt ins Publikum geschaut und kühl genickt, als er Angela entdeckte.

Den nächsten Punkt errang Daniel. Angela schloss die Augen. Noch zwei, Daniel! Nur noch zwei, dann hast du ihn! Aber Gonzales packte ihn mit seinem nächsten Aufschlag.

„Dreißig fünfzehn."

Gonzales wurde leichtsinnig. Beim nächsten Ball rechnete er nicht mit Daniels hervorragender Rückhand. Er sprang in die verkehrte Ecke.

„Dreißig beide."

Die Zuschauer wurden unruhig und applaudierten. Angela hörte ein paar an Daniel gerichtete Zurufe, und ihr Herz schwoll vor Stolz. Er schlug sich fantastisch. Selbst wenn er das Match verlieren sollte, hatte er exzellentes Tennis geboten.

Der nächste Punkt ging an Gonzales.

„Vierzig dreißig. Matchball."

Ein für Gonzales unerreichbarer Volleyschlag brachte Daniel wieder einen Punkt.

„Einstand."

Gonzales fluchte laut auf Spanisch. Angela ballte die Hände und biss sich auf die Unterlippe. Gonzales' Aufschlag war kaum mit den Blicken zu verfolgen. Daniel erwischte ihn zwar voll, aber sein Ball kam hinter der gegnerischen Grundlinie auf.

„Vorteil Gonzales. Matchball."

Daniel beugte sich vornüber und stützte die Hände auf die Knie. Er atmete tief durch. Danach ging er wieder in Stellung für den nächsten Aufschlag seines Gegners. Gonzales legte alles hinein, was er hatte. Daniels Rückgabe erfolgte mit unglaublicher Präzision. Der Ball flog so lange hin und her, bis die Leute auf den Bänken vom Zuschauen ganz benommen waren. Keiner der beiden Spieler machte einen Fehler. Dann erwischte Gonzales einen Ball in der Ecke seines Feldes. Mit perfekter Vorhand schmetterte er ihn in die gegenüberliegende Ecke.

Daniel reagierte sofort. Er raste dem Ball entgegen, und

als er merkte, dass er ihn vermutlich nicht erreichen würde, sprang er wie ein Panter fast waagerecht durch die Luft. Der Sportfotograf, der im richtigen Moment auf den Auslöser gedrückt hatte, würde später ein Meisterfoto vorlegen können.

Daniels Schläger berührte den Ball, wenn auch ohne die notwendige Wucht. Immerhin erreichte der Ball das Netz, berührte es aber und fiel in Daniels Feld zurück. Zur selben Zeit landete Daniel auf dem Boden und rutschte über den Platz, wobei er sich den Ellbogen und den Unterarm blutig schrammte.

Niemand bewegte sich. Es war totenstill. Bemerkenswert gefasst erhob sich Daniel und holte tief Luft. Dann schritt er langsam und würdevoll zum Netz und streckte seinem Gegner die Hand zur Gratulation hin.

Jetzt wurde es turbulent auf den Sitzplätzen. Begeisterte Zurufe, Applaus – nicht für den Sieger, sondern für den Besiegten. Fotografen und Tennisenthusiasten aller Altersklassen strömten auf den Platz und umringten Daniel.

Angela stiegen Tränen in die Augen, als sie sah, wie Hunderte von Leuten Daniel hochleben ließen. Er war wieder ganz oben. Seine letzte verzweifelte Aktion hatte gezeigt, dass er alles geben würde, um wieder ein Champion zu werden.

Jetzt konnte Angela ihn verlassen. Es würde ihm nicht schaden.

Angela drängte sich durch die Menge, nahm sich ein Taxi, ließ es vor dem Hotel so lange warten, bis sie ihre Reisetasche gepackt hatte, und fuhr dann zum Flugplatz. Zufällig bekam sie eine Maschine derselben Inselfluggesellschaft, mit der sie alle zusammen hergeflogen waren.

Als sie daran dachte, wie Richy auf ihrem Schoß eingeschlafen war und wie Daniels Kuss nach der Landung sie berauscht hatte, liefen ihr Tränen über die Wangen. Nie würde sie den Moment vergessen, da sie Vater und Sohn für sich gehabt hatte.

An der Rezeption ihres Hotels auf Maui war es zu dieser Abendstunde ziemlich ruhig. Eine junge Frau begrüßte Angela freundlich. „Guten Abend. Womit kann ich dienen?"

„Mein Name ist Gentry. Ich habe ein Zimmer bei Ihnen. Geben Sie mir bitte den Schlüssel für Zimmer 317."

Die junge Dame tippte etwas in ihren Computer. „Zimmer 317?" vergewisserte sie sich.

„Ja", bestätigte Angela müde. Die Ereignisse des Tages hatten sie sehr mitgenommen.

„Einen Moment bitte."

Die Angestellte sprach im Flüsterton mit ihrem Vorgesetzten. Immer wieder warfen die beiden Blicke auf Angela, die mit jeder Sekunde nervöser wurde.

„Mrs. Gentry?" Der Mann trat zu ihr. Es tue ihm Leid, sagte er, aber hier liege ein Missverständnis vor. Man habe angenommen, sie sei etwas überstürzt abgereist, und sie habe ja auch alles bezahlt. Die Sachen, die sie im Zimmer zurückgelassen habe, seien sorgfältig eingepackt und für sie aufbewahrt worden.

„Aber ich habe mich doch nicht abgemeldet!“ erklärte Angela. „Ich teilte Ihrem Kollegen mit, dass ich zurückkäme. Mein Zimmer habe ich nur deshalb bezahlt, damit niemand annehmen sollte, ich hätte mich heimlich hinausgeschlichen.“

Der Fehler lag natürlich beim Hotel. Das Zimmer hatte man inzwischen einem Zwei-Wochen-Gast überlassen.

„Dann geben Sie mir ein anderes. Ich bin sehr müde.“

Unglücklicherweise war das Hotel ausgebucht.

„Heißt das, Sie können mir kein Zimmer geben, nachdem Sie mich aus meinem hinausgeworfen haben?“

Man bedauerte aufrichtig, aber so sei es. Man werde natürlich herumtelefonieren und versuchen, in einem anderen Hotel ein Zimmer für sie aufzutreiben. Selbstverständlich würde man sie dann dorthin fahren.

„Danke“, sagte Angela kurz. „Ich warte da drüben.“ Sie deutete auf eine Sitzgruppe, die man von der Rezeption aus sehen konnte. So würde man sie wenigstens nicht vergessen.

Eine halbe Stunde verging. Die Zwischenmeldungen von der Rezeption wurden immer entmutigender. Alle Hotels in der Umgebung waren voll, man bemühte sich jedoch weiter.

Angela lehnte den Kopf an die weiche Rückenlehne ihres Sessels und überlegte, was sie tun sollte, wenn man kein Zimmer für sie fand. Plötzlich richtete sie sich mit einem Ruck auf.

Daniel war zur Tür hereingekommen. Er wirkte grimmig und entschlossen. Wie üblich trug er Shorts und dazu eine Windjacke, deren Reißverschluss, ebenfalls wie üblich, nur zur Hälfte geschlossen war.

Offensichtlich hatte er sein Haar nach dem anstrengenden Match gewaschen, es fiel ihm locker in die Stirn. Unter dem hochgeschobenen Ärmel seiner Jacke sah man eine scheußliche breite Schramme.

Als er Angela entdeckte, blieb er einen Moment wie angewurzelt stehen, dann stürmte er auf sie zu, stemmte die Hände in die Hüften und blickte böse auf sie hinunter. „Ich habe dich auf zwei Inseln gesucht. Wohin bist du nach dem Match verschwunden?"

„Das siehst du doch."

„Nicht in diesem Ton, bitte! Warum bist du fortgelaufen?"

„Warum? Weil wir heute Morgen einen Streit hatten." Angela stand auf und bemühte sich, ebenso viel Zorn in ihren Blick zu legen wie er. „Ich hatte genug von deinem tyrannischen Benehmen und deinen wechselnden Stimmungen."

Mit einem Mal lächelte Daniel. „Du solltest öfter so wütend werden. Deine Augen sehen dann besonders schön aus."

Gerade wollte sie ihm darauf eine passende Antwort geben, da kam der Mann von der Rezeption herübergelaufen. Er schwenkte ein Stück Papier in der Hand. „Mrs. Gentry, wir haben ein Zimmer für Sie gefunden!"

„Behalten Sie es", fuhr Daniel den Mann an, der ihn daraufhin völlig verdattert anschaute.

„Aber Mrs. Gentry sagte doch, sie brauche ein Zimmer, und ..."

„Und ich sage, sie braucht keins." Daniel wandte sich Angela zu. „Du kommst mit mir nach Hause."

Ehe Angela wusste, wie ihr geschah, hatte Daniel schon angeordnet, dass man ihre eingelagerten Sachen in seinen vor dem Eingang geparkten Wagen laden sollte, und sich ihre Reisetasche über die Schulter gehängt. Dann nahm er Angela beim Arm und führte sie zu seinem Auto. Unterdessen bemühten sich die Hotelangestellten, seinem Wunsch nachzukommen.

Bis das Gebiet der Ferienanlage hinter ihnen lag, saß Angela schweigend, steif und würdevoll neben Daniel. Erst als sie über die dunkle Schnellstraße fuhren, sprach sie.

„Daniel, ich wollte mich nicht vor den Leuten mit dir streiten und jetzt auch nicht, aber ich fahre nicht mit dir nach Hause. Bring mich bitte zu einem Taxistand. Ich werde mir ein Zimmer suchen."

„Ich will ebenfalls nicht mit dir streiten, es ist jedoch reichlich albern, die Nacht mit der Suche nach einer Hotelunterkunft zu verbringen, wenn ich daheim drei leere Gästezimmer habe. Außerdem kostet dich das bei mir nichts."

„Nein?" fragte sie gedehnt und ließ keinen Zweifel daran, was sie meinte.

Daniel fuhr an den Straßenrand und bremste kräftig. Angela wurde nach vorn geschleudert und dann zurück gegen seinen hinter ihr ausgestreckten Arm.

„Doch. Es kostet dich doch etwas." Er legte die Hand um ihr Kinn und drehte ihren Kopf, bis er ihr in die Augen sehen konnte. Sie erwartete, dass er sie jetzt heftig und sehr unsanft küssen würde. Stattdessen berührte er ihren Mund sehr, sehr zärtlich. Seine Zunge tastete sich ganz behutsam durch ihren Mund und liebkoste sie dann mit kleinen rhythmischen Stößen, die Angelas Verlangen entzündeten. Sie schmiegte sich fast gegen ihren Willen an Daniel, und ihr Entschluss, ihn zu verlassen, löste sich auf.

Daniel hob den Kopf und strich ihr sanft ein paar Haarsträhnen von der Wange: „Betrachte die Miete als bezahlt, wie lange du auch bleiben magst."

„Und sonstige ... Nebenkosten entstehen nicht?"

Daniels Blick glitt über ihr Gesicht, an ihrem Hals hinab und dann wieder zu ihrem Mund hinauf. „Nein. Ich würde aber ein Geschenk annehmen, eines, nach dem ich mich sehr sehne. Fordern oder erzwingen würde ich nichts."

Angela strich mit dem Finger über seine Augenbrauen. „Das Match war ..." Ihre Stimme versagte, als sie Daniels letzten heldenhaften Versuch im Geiste vor sich sah. „Du hast hinreißend gespielt. Ich war sehr stolz auf dich."

„Warum bist du dann danach einfach davongelaufen, Angela? Wusstest du denn nicht, dass ich dich nach dem Kampf bei mir haben wollte?"

„Nein, das wusste ich wirklich nicht. Du warst so böse, nachdem ...“ Sie senkte die Lider. „Nach dem, was heute Morgen passiert ist, nahm ich an, mit unserer freundschaftlichen Beziehung sei es vorbei. Das Match musste ich unbedingt miterleben, doch ich dachte nicht, dass du mich wieder sehen wolltest.“

Daniel hob ihre Hand an seinen Mund und sprach durch ihre Finger. „Ich war wütend wie nie zuvor. Na ja, wenn ein Mann so ... so bereit für die Liebe ist, wie ich es war, und dann zurückgepfiffen wird, kann man von ihm nicht die allerbeste Laune erwarten. Das wirst du doch zugeben.“ Er sah mit Entzücken ihr kleines, schüchternes Lächeln. „Außerdem war ich sowieso nicht gerade bester Dinge. Ehrlich gesagt, ich hatte Angst, richtige Todesangst, gegen diesen Gonzales anzutreten.“

„Am Ende hatte Gonzales Angst vor dir.“

Daniel lächelte strahlend. „Danke, aber das gehört nicht zum Thema. Ich bin jedenfalls heute Morgen entschieden zu forsch vorgegangen, und du hattest alles Recht, mich abzuweisen.“

„Ich hätte es gar nicht erst so weit kommen lassen dürfen.“

„Merk es dir für die Zukunft“, sagte er mit einem vieldeutigen Blick. „Wenn Mrs. Laani nicht geklopft hätte – ich weiß nicht, was dann passiert wäre.“

„Was wird sie denken, wenn sie einen Logiergast bekommt? Übrigens bleibe ich nur eine Nacht. Morgen suche ich mir ein Hotelzimmer."

„Mir bleiben also zwölf bis vierzehn Stunden, dich umzustimmen", meinte Daniel gelassen, rutschte wieder hinter das Steuer und fuhr los. „Und was Mrs. Laani angeht, die wird sich freuen. Den ganzen Tag hat sie nicht mit mir gesprochen, sondern immer nur herumgeknurrt und mir böse Blicke zugeworfen. Keine Möglichkeit hat sie ausgelassen, mir ihre Missbilligung zu zeigen, weil ich dich verjagt habe."

„Haben sie und Richy schön eingekauft?"

„Dem Haufen Pakete nach zu urteilen, die sie angeschleppt haben, würde ich das bejahen." Daniel lachte. „Dabei fällt mir ein – heute Morgen hat Richy im Hotel etliche Male an die Schlafzimmertür gehämmert und ‚Gela, Gela' gerufen. Schließlich hat er aufgegeben und genau wie Mrs. Laani für mich nur noch Verachtung übrig gehabt."

Hatte Angela noch irgendwelche Zweifel gehegt, so verschwanden sie, als sie hörte, dass ihr Sohn sie vermisste. Sie musste die Gelegenheit einfach wahrnehmen, noch eine Weile mit ihm zusammen sein zu dürfen!

Konnte man ihr das später verübeln? Nein. Schließlich hatte sie Daniel nicht zu der Einladung veranlasst. Daniel ... sie liebte ihn mit ihrem Herzen, ihrem Verstand und ihrem Körper. Gewiss, es war eine Liebe ohne Hoffnung auf eine Zukunft, aber sie brannte deswegen nicht weniger heiß. Von den kommenden wenigen Tagen – Angela wusste jetzt schon, dass sie das Haus morgen noch nicht verlassen würde – musste sie ihr Leben lang zehren ...

Daniels Grundstück lag an der Westküste von Maui direkt am Pazifik. Durch ein eisernes Tor, das durch Fernbedienung geöffnet wurde und sich dann wieder selbsttätig schloss, erreichte man die Zufahrt, die ungefähr hundertfünfzig Meter hinab in Richtung auf den Strand führte.

Trotz der Dunkelheit sah Angela die riesigen Banyan-Bäume, eine Feigenart mit ausladendem, schirmförmigem Geäst und weit reichenden Luftwurzeln. Plumerien mit gelben, rosa oder weißen Blüten parfümierten die Luft. Ti-Pflanzen, Hibiskus- und andere Blütensträucher rahmten ausgedehnte Blumenbeete ein. Eine hohe Oleanderhecke umgab das ganze Anwesen und verbarg es vor neugierigen Blicken.

Das Haus selbst, soweit man es hinter dem Blütenvorhang der Rankpflanzen erkennen konnte, bestand aus Ziegel- und Glaswänden. Breite Veranden befanden sich vor den Zimmern, deren Türen offen standen und die kühlende Seeluft hineinließen.

„Einfach himmlisch!“ Angela wartete nicht, bis Daniel ihr die Autotür öffnete, sondern stieg sofort aus dem Wagen. Der Wind fuhr in ihr Haar, und sie genoss den Duft der See und der unzähligen Blüten.

„Als ich es sah, habe ich es sofort gekauft. Komm. Maurice wird dein Gepäck hineinbringen.“ Daniel führte

Angela um das Haus herum zu einem zum Meer hin gelegenen Eingang, durch den man direkt ins Wohnzimmer gelangte. Angela sah die jetzt zurückgeklappten hohen hölzernen Läden, die im Bedarfsfall vor die breite Glaswand neben dem Eingang gezogen werden konnten. Der geflieste Fußboden im Wohnzimmer war spiegelblank poliert und hier und da mit Orientteppichen dekoriert.

Das Mobiliar wirkte anheimelnd. Auf den mit hellem Stoff bezogenen Polstermöbeln lagen bunt gemusterte Kissen als Farbtupfer. Vasen mit frischen Blumen schmückten den Raum. In einer Ecke stand ein schwarzer Flügel; an der gegenüberliegenden Wand befand sich ein gemauerter Kamin. Die Tische besaßen in Messing gefasste Glas- und Holzplatten. Dieses Wohnzimmer war einer der großartigsten Räume, die Angela je gesehen hatte.

„Formelles Esszimmer, Frühstückszimmer und Küche sind dort drüben", sagte Daniel und deutete in die entsprechende Richtung. „Mein Arbeitszimmer liegt auf der anderen Seite. Waschräume findest du hinter der Treppe."

Die Stufen und das messingbeschlagene Geländer der Treppe bestanden aus massivem Eichenholz. Daniel und Angela stiegen in das obere Stockwerk hinauf.

„Da ich dich zurückbringe, wird mir jetzt ja wohl wieder Mrs. Laanis und Richys Gunst zuteil werden", meinte Daniel schmunzelnd.

Sie gingen nun einen breiten Flur entlang. Daniel öffnete eine Tür. Mrs. Laani hatte ihre Leibesfülle in einen Schaukelstuhl gezwängt, wiegte sich hin und her und sang dem schläfrigen Richy auf ihrem Schoß leise etwas vor.

Als Angela und Daniel den Raum betraten, rutschte Richy sofort von Mrs. Laanis Schoß. Freudig jauchzend lief er auf Angela zu. Er schlang seine Ärmchen so begeistert um ihre Beine, dass sie ins Schwanken geriet. Daniel stützte sie.

„Danke. Schon gut." Sie hockte sich nieder und umarmte den Kleinen. „Hallo, Richy!" Mit den Fingern fuhr sie durch seine blonden Locken. „Na, war der Tag heute schön?" Sie drückte ihn an sich, und als sie merkte, dass er sich fest an sie schmiegte, musste sie mit den Tränen kämpfen. Gleich darauf befreite er sich, wich zurück und beschränkte sich darauf, sie glücklich und strahlend anzulächeln.

„Er hat mir den Tag zur Hölle gemacht", berichtete Mrs. Laani. „Also seien Sie bloß nicht zu nett zu ihm. Ihm Kleidung anzuprobieren, ist genauso anstrengend wie ... na ja, wie einen Tintenfisch anzuziehen." Sie bemühte sich zwar, Autorität auszustrahlen, aber ihre Augen glänzten viel zu glücklich, wenn sie Daniel und Angela anschaute. „Sie werden beide hungrig sein. Mrs. Gentry, Mr. McCasslin hat sich auf Oahu nicht einmal Zeit zum Essen gelassen. Er wollte unbedingt noch die letzte Maschine nach Maui bekommen. Noch nie habe ich ihn so in Eile gesehen."

Daniel warf Mrs. Laani einen missbilligenden Blick zu und räusperte sich bedeutungsvoll, woraufhin sie ihn lediglich unschuldsvoll anlächelte. Ihre schwarzen Augen funkelten vergnügt.

„Haben Sie nicht irgendwas zu tun?“ fragte er brummig.

„Ich wollte gerade vorschlagen, dass Sie beide Richy ins Bett bringen; er wird sich darüber freuen. Und ich mache Ihnen inzwischen etwas zu essen.“ Mrs. Laani wuchtete sich aus dem Schaukelstuhl, verschränkte die Arme über ihrem umfangreichen Busen und sah Daniel streng an. „Ich hoffe doch sehr, dass Sie die junge Dame zum Abendessen eingeladen haben.“

Daniel nahm die kaum verhohlene Schelte hin. „Angela wird unser Gast sein, bis ... solange ich sie zum Bleiben überreden kann. Würden Sie Maurice bitte sagen, er möchte ihre Sachen aus dem Wagen holen?“

„Und in welches Zimmer soll er sie bringen?“ erkundigte sich Mrs. Laani in einer etwas zu gleichgültigen Tonlage, als dass sie echt geklungen hätte.

„In dasjenige der Gästezimmer, das Sie für angebracht halten“, lautete Daniels Antwort.

Angela überspielte ihre Verlegenheit, indem sie Richy auf den Arm nahm, sich mit ihm in den Schaukelstuhl setzte und den Kleinen so wiegte wie zuvor Mrs. Laani.

Nachdem die Haushälterin das Zimmer verlassen hatte, hockte sich Daniel vor den Stuhl und legte die Hände auf Angelas Knie. Ihre Blicke trafen sich.

„Ich glaube, Mrs. Laani weiß ganz genau, dass ich ganz heiß auf dich bin.“

„Daniel!“ rief Angela strafend.

„Und ich glaube, sie weiß auch, dass du heiß auf mich bist.“

„Heiß“, sagte Richy, zog die Stirn und das Näschen kraus und pustete auf seine Händchen. Die beiden Erwachsenen mussten lachen.

„Ein Glück, dass er noch nicht begreift, in welchem Sinn du das Wort missbrauchst“, meint Angela vorwurfsvoll.

„Aber du, nicht?“

„Ich ... was?“ Angela tat, als interessiere sie sich ungeheuer für das Muster auf Richys Pyjama.

„Lass nur. Wir setzen die Unterhaltung nachher fort“, erwiderte Daniel. Er gab seinem Sohn einen liebevollen Klaps. „Na, junger Mann, freust du dich, dass du deine Lieblingsfrau wiederhast?“

Richy kicherte, gähnte und lehnte den Kopf an Angelas Brust. Unbewusst beantwortete er damit seines Vaters Frage.

„Er hatte einen anstrengenden Tag“, sagte Angela und strich ihm sanft über die Wange.

„Nun verschwende mal nicht dein ganzes Mitgefühl für ihn. Ich hatte auch einen schweren Tag.“

Angela schenkte Daniel ein wahres Madonnenlächeln. „Selbstverständlich. Das war der erste von einer Reihe anstrengender Tage, die noch vor dir liegen, Daniel McCasslin. Wie war es nach dem Match?“

„Ungefähr eine Stunde lang hat mich die Presse mit Beschlag belegt. Jeder wollte alles über meine schwarze Vergangenheit wissen. Alle fragten, ob ich nun wieder voll da sei."

„Und was hast du geantwortet?"

„Dass ich wegen des Todes meiner Frau getrunken habe, dass ich vor ein paar Monaten zur Vernunft gekommen bin und seitdem wie ein Irrer gearbeitet habe, um mich für einen Wettkampf wie den heute fit zu fühlen."

„Du warst fit. Wann spielst du wieder?"

Daniel berichtete Angela von dem Zeitplan, den Hank für ihn ausgearbeitet hatte. „Wir lassen es langsam angehen. In diesem Jahr kann ich noch nicht alles aufholen, aber im nächsten werde ich einiges zeigen."

Richy fand die Unterhaltung ziemlich einschläfernd. Er kuschelte sich so bequem an Angelas Brust, als legte er sich auf einem Kopfkissen zurecht, und schob dabei ein Händchen in das Oberteil ihres Wickelkleides. Angela beachtete das nicht.

„Wie oft hast du den Grand Slam gewonnen?" fragte sie Daniel. Vor ihrer Reise nach Maui hatte sie im Zuge ihrer Tennisstudien gelernt, dass der Sieger der offenen Tennismeisterschaften Australiens, der USA und Wimbledons den Grand Slam erhielt.

„Zwei Mal. Zwei Jahre lagen dazwischen. Das schaffe ich nicht wieder, aber das macht nichts. Solange ich weiß, dass ich mein Bestes gebe, bedeutet mir ein Sieg nicht mehr so viel. Den wichtigsten Kampf meines Lebens habe ich gewonnen."

Angela streichelte Daniels sonnenbraune Wange. Sie war glücklich, dass er neue Kraft und Selbstvertrauen gefunden hatte.

Mit einem Mal grinste Daniel amüsiert. Angela folgte seiner Blickrichtung und schaute an sich hinunter. Richy hatte die eine Seite ihres Ausschnitts zur Seite gezerrt und betrachtete höchst interessiert, was er da freigelegt hatte. Angela trug keinen BH, und der Anblick, der sich ihm bot, war dem Kleinen offenbar neu.

„Richy!" Angela schob seine Hand fort und schlug das Oberteil wieder ordentlich übereinander.

Daniel ließ sich nach hinten fallen und lachte laut auf „Er hat nicht sehr viel Erfahrung mit Frauen."

„Du vergisst Mrs. Laani", entgegnete Angela, wagte aber nicht, in Daniels funkelnde Augen zu sehen.

„Ach du liebe Güte, da besteht ja wohl ein kleiner Unterschied! Richy ist jedenfalls ganz offensichtlich der Ansicht, etwas Neues und Schönes entdeckt zu haben."

„Ehe er auf weitere Entdeckungsreisen dieser Art geht, solltest du vielleicht mal von Mann zu Mann mit ihm reden."

„Ja, das sollte ich wohl." Daniel erhob sich und nahm seinen Sohn auf den Arm. Er legte den Mund an Richys Ohr und flüsterte laut genug, dass Angela es hören konnte: „Junger Mann, du hast einen ausgezeichneten Geschmack, was Frauen betrifft."

Mrs. Laani hatte den Tisch im Frühstückszimmer gedeckt. Als Daniel sah, dass seine Haushälterin Kerzen auf den Tisch gestellt hatte, warf er ihr einen vorwurfsvollen Blick zu, den sie prompt ignorierte. Lächelnd wandte sie sich Angela zu.

„Ich dachte, in diesem kleinen Rahmen ist es erholsamer und gemütlicher nach einem so anstrengenden Tag. Ich hoffe, Sie mögen Lachs, Mrs. Gentry."

„O ja, sehr gern sogar."

Der geräucherte Lachs mit Gurken und Dillsauce, der Gemüsetopf und das Vanille-Dessert waren einfach köstlich. Noch wunderbarer als das Essen fand Angela jedoch den Mann, der ihr gegenübersaß und der ihr ebenso tief in die Augen sah wie sie ihm.

Obwohl sie ihn drängte, wieder über das Match zu sprechen, tat er es nur zögernd, aber er freute sich sehr darüber, dass sie so genau zugeschaut hatte und sich jetzt an jeden Schlag erinnerte, zu dem er etwas zu erzählen hatte.

„Hat dir deine Niederlage nichts ausgemacht?"

„Es macht mir immer etwas aus, wenn ich verliere, Angela. Ich sagte dir schon einmal, ich will gewinnen. Wenn ich jedoch schon verlieren muss, dann mit Würde und nach einem fairen Kampf. Heute habe ich trotz des Ergebnisses gesiegt."

„Ja, das hast du."

„Angela?"

„Hm?"

„Ich fürchtete, du würdest nicht zum Club kommen, nachdem du dich aus dem Hotel geschlichen hattest."

„Ich habe mich nicht hinausgeschlichen", protestierte sie.

„Dann ist es wohl nur ein Zufall gewesen, dass ich gerade unter der Dusche stand, als du gingst, und vermutlich war es nur ein Versehen, dass du weder bei Mrs. Laani noch an der Rezeption eine Nachricht über deinen Verbleib hinterlassen hast."

Angela strich mit zwei Fingern an einer Kerze hinauf und hinunter. „Es war natürlich unhöflich von mir, zumal ich ja dein Gast war. Jerry Arnold erzählte mir, du seist vor dem Match ärgerlich gewesen." Eine unausgesprochene Frage folgte diesem Satz.

„Richtig. Als ich zum Club kam und Jerry keine Karte für dich hatte, bin ich wütend geworden. Ich habe ihm gesagt, wenn er keinen erstklassigen Platz für dich findet, könne er was erleben. Er hat es dann ja auch geschafft, und zwar überraschend schnell." Daniel lächelte spitzbübisch.

Angela beugte sich über den Tisch. „Weißt du was? Ich glaube, es macht dir Spaß, Leute herumzuscheuchen und zu tyrannisieren."

Daniel lachte leise. „Richtig. Besonders, wenn es um etwas sehr Wichtiges geht." Er wurde ernst. „Du ahnst nicht, wie wichtig es für mich war, dich im Club zu wissen. Ich konnte deine Unterstützung und deine Ermutigung fühlen."

„Aber du hast mich nur einmal flüchtig angesehen", entgegnete sie.

„Ich brauchte dich nicht lange anzusehen, um zu wissen, dass du Vertrauen in mich setztest", sagte er in einem Ton, der Angela bewegte.

Mrs. Laani unterbrach die intime Atmosphäre. „Wenn Sie nichts dagegen haben, würde ich jetzt gern schlafen gehen, Mr. McCasslin", rief sie von der Tür her. „Das Geschirr wasche ich morgen ab. Mrs. Gentry hat das Zimmer neben Ihrem. Ist das recht so?"

„Sehr schön. Danke, Mrs. Laani. Gute Nacht."

9. KAPITEL

„Lass uns ein bisschen am Strand spazieren gehen", schlug Daniel vor, nachdem Mrs. Laani sich zurückgezogen hatte. Er half Angela beim Aufstehen und drückte ihr dabei einen Kuss auf die Schulter. „Aber zieh dir etwas Wärmeres an. Der Wind kann nach Sonnenuntergang ziemlich kühl werden."

Angela ging in ihr Zimmer, und als sie fünf Minuten später wieder herauskam, erwartete Daniel sie am Fuß der Treppe. Sie trug einen apricotfarbenen Jogging-Anzug aus Baumwollvelour und war barfuß. Daniel bemerkte, dass sie schöne Füße und sehr gepflegte Zehennägel hatte. Es entging ihm ebenfalls nicht, dass Angela auch jetzt keinen BH trug.

Mit Mühe unterdrückte Daniel das Verlangen, die Hände um ihre Brüste zu legen.

„Wirst du auch nicht frieren?" fragte er so neutral, wie es ihm unter diesen Umständen möglich war. Angela schüttelte den Kopf. Daniel legte den Arm um ihre Schultern und führte sie in die mondhelle Nacht hinaus.

Schweigend gingen sie den sanft abfallenden Rasenweg hinunter, stiegen über ein niedriges Mäuerchen und liefen dann über den weißen Ufersand. Daniels Privatstrand befand sich in einer kleinen, halbrunden Bucht. Die Wellen brachen sich in den Lavaklippen, ehe sie gezähmt über den Uferstreifen rollten. Das Mondlicht lag auf dem Ozean wie ein breites silbernes Band, das vom Horizont bis zum Strand reichte. Es glitzerte hell auf den tanzenden Wellenkämmen. Der Wind rauschte in den Palmwedeln.

Schon oft war Daniel allein an seinem Strand gewesen und hatte den Zauber dieser Umgebung gespürt. Jetzt erkannte er, dass dieser Szenerie fortan etwas fehlen würde, wenn Angela nicht hier war. Erst durch sie wurde der Zauber greifbar und wahr. Im Mondlicht leuchtete ihre Haut fast weiß; ihr Haar jedoch schien viel dunkler zu sein als am Tage. Kein Stern konnte so strahlend funkeln wie ihre schönen Augen.

Daniel setzte sich auf den festen Sand und zog Angela zu sich herunter. Sie ließ sich vor ihm nieder und lehnte sich mit dem Rücken gegen seine Brust. Er hatte ein Knie angezogen; das andere Bein lag dicht neben ihrem Schenkel. Schweigend und ohne Angela mit den Händen zu berühren, saß er eine Weile regungslos da. Er fürchtete sich vor der Reaktion auf das, was er ihr zu sagen hatte. Seine Angst war jetzt fast noch größer als vor dem Match mit Gonzales, denn der Ausgang des Tennisspiels war für ihn nicht halb so wichtig gewesen wie der Ausgang des Gesprächs, das jetzt folgen sollte.

„Ich liebe dich, Angela."

Ein schlichtes Geständnis, eine wahre, einfache Feststellung.

Angelas Haar streifte sein Gesicht, als sie sich umwandte und Daniel anschaute. Ihre Lippen waren vor Erstaunen leicht geöffnet. „Wie bitte?"

„Ich liebe dich." Daniel blickte auf den Ozean hinaus und fühlte sich irgendwie mit ihm verwandt. Das Meer schien an der Oberfläche ruhig, und dennoch gab es darunter unsichtbare und starke Strömungen, wie Daniel sie auch in sich spürte. „Nie hätte ich gedacht, dass ich das noch einmal zu einer Frau würde sagen können. Ellie habe ich sehr geliebt, und ich glaubte nicht, dass ich noch einmal so lieben würde. Das tue ich auch nicht. Ich liebe dich noch mehr."

Daniels Worte hallten wie ein Echo in Angelas Seele wider. Ihr Herz schien stehen zu bleiben. „Du brauchst dich nicht so anzustrengen, überzeugend zu wirken", flüsterte sie schließlich. „Du hast mich ja schon hier."

Daniel schüttelte den Kopf. „Wenn du noch einmal so etwas Lächerliches aussprichst, werde ich wieder böse." Seine Lippen strichen kaum fühlbar über ihre Schläfe. „Ich habe das gesagt, weil es wahr ist, und nicht, weil ich etwas damit erreichen wollte. Ich weiß, dass ich dir Anlass gegeben habe, an meinem Benehmen zu zweifeln, aber ich erklärte dir schon, wie das geschehen konnte. Als ich heute glaubte, du hättest mich für immer verlassen, bin ich fast wahnsinnig geworden."

„Während des Matchs ..."

„Später. Nach dem Kampf, als du nirgends zu finden warst." Er lachte leise. „Während des Spiels war ich noch immer wütend auf dich. Vermutlich hätte ich nicht mit solcher Energie gekämpft, wenn du mich nicht so maßlos verärgert hättest."

Angela nagte verlegen an ihrer Unterlippe. Daniel ließ seine Finger durch ihr seidiges, windzerzaustes Haar gleiten. „Übrigens hast du dich gestern völlig richtig verhalten. Du hast mir weder geschmeichelt noch versucht, mir abzuraten. Du erkanntest, dass ich meine eigene Entscheidung treffen musste."

„Ja. Ich wusste, dass du spielen wolltest. Aber das mochte ich dir nicht sagen. Das musstest du dir selbst klarmachen."

„Das ist es ja, Angela. Du hast mir nicht gesagt, was ich hören wollte. So wie Ellie es immer tat."

„Nicht, Daniel."

„Du sollst es wissen."

„Das ist nicht notwendig."

„Doch. Wenn wir uns lieben, darf es zwischen uns keine Geheimnisse und keine Unklarheiten geben."

Angela schwieg. Sie selbst bewahrte ein Geheimnis, das sie seine Liebe kosten konnte ...

„Ellie vertrat stets alles, was ich sagte oder tat, selbst wenn ihr klar war, dass ich mich irrte. Sie kam ungern zu meinen Kämpfen, weil sie fürchtete, ich könne verlieren. Sie ertrug es nicht, mich als Unterlegenen zu sehen."

Daniel bemerkte Angelas erstaunten Gesichtsausdruck. „Seltsam, nicht wahr?" fuhr er fort. „Sie reiste mit mir zu Turnieren, schaute aber nur selten zu. Sie blieb auch nicht objektiv, wenn ich verlor. Würde sie noch leben, hätte sie für meine Niederlage heute alle möglichen Entschuldigungen gefunden und über mein Schicksal geklagt. Bestimmt hätte sie nicht erkannt, dass das Spiel heute trotz meiner Niederlage ein persönlicher Triumph für mich war. Du hingegen ..."

Er drückte Angelas Kopf an seine Schulter, „Ellie konnte den Sieg mit mir teilen, nicht die Niederlage. Selbst nach allem, was wir unternahmen, um Richy zu bekommen, fürchtete ich mich vor dem, was sie tun würde, wenn unsere schöne Seifenblase einmal platzen sollte."

Als Daniel den kleinen Jungen erwähnte, schloss Angela die Augen. Was wäre geschehen, wenn Richy nicht als normales, gesundes Baby auf die Welt gekommen wäre? Hätte Ellie ihn zurückgewiesen?

„Zu meinen besten Zeiten hatte ich fast mehr Angst vor der Zukunft als in den letzten Monaten. Ich glaube nicht, dass Ellie eine Tragödie überstanden hätte.“ Daniel berührte Angelas Ohr mit den Lippen. „Angela, wir beide zusammen können alles überstehen. Das fühle ich. Du gibst mir Zuversicht und das Gefühl, stark zu sein. Ich bin mit mir zufrieden und strebe trotzdem nach Besserem. Wenn man von jemandem für perfekt gehalten wird, wie Ellie das tat, dann verliert man den Ehrgeiz, sich zu steigern.“ Er schaute ihr in die Augen. „Verstehst du, was ich dir sagen will?“

„Vergleiche sind immer ungerecht, Daniel. Für alle Beteiligten.“

„Ich weiß. Ich wollte dir nur klarmachen, dass du für mich nicht der Ersatz für Ellie sein sollst. Du bist anders. Du bist besser für mich.“

Angela senkte den Kopf und legte die Stirn gegen Daniels Kinn. Auf diese Worte war sie nicht vorbereitet gewesen. Nie hatte sie erwartet, dass er sie aufrichtig lieben könnte. Das war etwas so Wunderbares, dass sie schon fast Angst davor hatte. Welchen Preis würde sie bezahlen müssen?

Aber jetzt wollte sie nicht an die Zukunft denken. Sie fühlte Daniels zärtliche Hände und spürte, wie ihre Herzen im Gleichklang schlugen. Jetzt wollte sie nur das Wunder seiner Liebe genießen.

„Angela, Angela“, flüsterte Daniel, und im nächsten Moment lagen seine Lippen auf ihren. Behutsam drang seine Zunge in ihren Mund ein.

Irgendwann schob Daniel eine Hand unter Angelas Joggingbluse und umschloss liebevoll ihre Brust. Sehnsüchtig schmiegte sich Angela an ihn.

„Ich möchte niemanden aus deinem Herzen verdrängen, Daniel."

Er streichelte ihren Hals. „Das tust du nicht. Du bist etwas ganz Besonderes, und der Platz, den du in meinem Herzen hast, hat bisher noch niemandem gehört."

Angela presste sich so fest wie möglich an ihn. Sie gab seine Zärtlichkeiten in gleicher Weise zurück und küsste ihn, wie sie noch nie einen Mann geküsst hatte. Alle Hemmungen fielen von ihr ab. Ihr leidenschaftlicher Kuss sprach von dem Verlangen, das in ihr brannte.

Als sie sich atemlos voneinander getrennt hatten, nahm Daniel Angelas Kopf zwischen die Hände und blickte ihr in die Augen. „Gehen wir hinein?"

Angela nickte nur.

Im Haus war alles still. Nur im Flur brannte noch Licht. An der Tür zu ihrem Zimmer legte Daniel Angela die Hände auf die Schultern.

„Ich habe dich bedrängt, Angela. Seit ich dich zum ersten Mal sah, musste alles nach meinem Kopf gehen. Das ist jetzt vorbei. Ich habe dir gesagt, dass ich dich liebe, und das ist wahr. Aber das verpflichtet dich zu nichts. Wenn du zu mir kommst, zeige ich dir, wie sehr ich dich liebe. Wenn nicht, werde ich es ohne Vorbehalte akzeptieren."

Er verschwand im Schatten des Korridors in seinem Zimmer, das neben Angelas lag. Sie betrat den Raum. Ihre Sachen waren schon ausgepackt. Die elegante und ein wenig förmliche Einrichtung des Zimmers beachtete sie kaum. Wie im Traum zog sie ihren Jogginganzug aus, ging ins angrenzende Bad, drehte die Dusche an, seifte ihren Körper ein und spülte den Schaum dann ab. Während der ganzen Zeit schienen ihr Verstand und auch ihr Gewissen ausgeschaltet zu sein.

Angela rubbelte sich mit einem flauschigen Tuch ab, besprühte sich ausgiebig mit einem kostbaren Parfüm und legte etwas hellen Lippenglanz auf. Nachdem sie ihr Haar gebürstet hatte, wickelte sie sich in einen seidenen Kimono und verließ ihr Zimmer.

Auf ihr leises Klopfen hin wurde sofort geöffnet. Daniel hatte ein Frotteehandtuch um die Hüften geschlungen. Offenbar war er ebenfalls unter der Dusche gewesen. In dem krausen Haar auf seiner Brust hingen noch ein paar Wassertröpfchen. Im schwachen Licht leuchteten seine Augen wie Saphire.

„Angela?"

„Ich will bei dir sein", gestand sie leise.

„Auch im Bett?"

„Ja." Zur Bekräftigung trat sie auf Daniel zu, legte die Hände flach an seine Brust und strich dann mit den Fingern durch das krause Haar hinab bis zum Rand des Handtuchs. Sie nestelte an dem Knoten, der es hielt. Es fiel zu Boden.

Angela hörte nichts außer dem Hämmern ihres eigenen

Herzens. Immer tiefer ließ sie ihre Finger gleiten, bis sie dichteres raueres Haar berührten. Dann verließ sie der Mut. Sie schaute beinahe flehentlich zu Daniel auf.

„Ich kann nicht … ich bin …"

„Pst, pst", machte Daniel. „Du bist auf dem allerbesten Weg. Dies hier ist keine Prüfung. Du brauchst niemals etwas zu tun, nur weil du annimmst, ich erwarte es von dir."

Er küsste sie, und in diesem Kuss lagen Bitte und Verführung zugleich. Angela verlor ihre Verlegenheit. Jetzt konnte sie den Empfindungen, die ein Leben lang in ihr geschlummert hatten, freien Lauf lassen. Ohne Scheu erwiderte sie Daniels Zärtlichkeiten. Mit jeder Berührung wuchs ihre Bereitschaft für die Liebe.

Daniels Hände zitterten ein wenig, als er sie unter den Kimono schob. Er widerstand dem Impuls, Angela das Kleidungsstück herunterzureißen. Sie gehörte nicht zu den Frauen, die nichts weiter als ein Spielzeug für eine Nacht waren. Angela war Gegenwart und Zukunft, ein kostbares Juwel.

Daniel wollte nichts überstürzen, sondern jede Einzelheit ihres Liebesspiels voll auskosten. Langsam und sanft strich er über ihre Hüften. Erst als er Angelas sehnsüchtiges Seufzen hörte, streifte er ihr das seidene Gewand ab.

Er trat einen Schritt zurück und bewunderte ihren nun völlig unbekleideten Körper. Behutsam ließ er die Hände über ihre Haut gleiten und verfolgte deren Weg mit den Blicken. Diese fast andachtsvolle Geste machte Daniel für Angela noch liebenswerter.

„Bis jetzt bin ich noch nie so bewundert worden", flüsterte sie. „Nur einfach genommen ..."

Tiefes Mitgefühl zeichnete sich auf Daniels Gesicht ab, aber im nächsten Moment leuchtete es wieder vor Glück. „Du bist schön", erklärte er mit gepresster Stimme.

Behutsam hob er Angela hoch, trug sie zum Bett und legte sie auf das weiche Laken. Dann schmiegte er sich dicht an sie.

Daniel nahm Angelas Handgelenke und hob sie über ihren Kopf. Gleich darauf streichelte er ihre Brüste. „Du siehst nicht aus, als hättest du ein Baby bekommen,"

„Ich ..." Angela verstummte. Beinahe hätte sie ihn berichtigt und ihm gesagt, dass es sogar zwei Babys gewesen waren.

„Deine Brüste sind so fest und rund." Er fuhr sacht mit dem Finger darüber. „Und die Spitzen sind klein und zart." Er berührte sie, und sofort reagierten sie darauf. „Du bist einfach vollkommen", flüsterte er.

Nach einem innigen Kuss wanderten seine Lippen an Angelas Hals hinunter zu ihren Brüsten, die diese Berührung schon sehnsüchtig erwarteten. Erregend strich seine Zunge über die harten Knospen.

Sie vergrub die Finger in seinem Haar und zog seinen Kopf noch dichter zu sich heran. „O Daniel, noch nie bin ich so liebkost worden."

„Gut, gut. Ich will nämlich der einzige Mann sein, an dessen Berührungen du dich jemals erinnerst."

Er küsste einen Weg von ihren Brüsten tiefer hinab und ließ danach die Zunge immer wieder um ihren Nabel kreisen. Angela drehte und wand sich. Nie hätte sie gedacht, dass ihr Körper solcher erotischen Empfindungen fähig sein würde.

Als Daniel den Mund noch weiter hinabgleiten ließ, schrie sie leise auf. Halb erschreckt und halb begeistert fühlte sie seine kleinen, zärtlichen Bisse an ihren Schenkeln. Danach öffnete Daniel langsam ihre Beine, und die Art, wie er sie berührte, sagte ihr, dass sie von Erotik bisher noch nichts gewusst hatte.

„Bitte, Daniel ... Bitte!"

Daniel verstand ihre Worte und die Sprache ihrer Hände. Er richtete sich halb auf, blickte ihr tief in die Augen und drang wenig später ohne Zögern, aber auch ohne Hast tief in sie ein. Dann tat er etwas, das Ronald bei dieser Gelegenheit nie gemacht hatte: Er lächelte sie an. Während er sich in ihr bewegte, betrachtete er ihr Gesicht, las darin die glückliche Hingabe und versuchte zu ergründen, welche seiner Bewegungen ihr die meiste Freude bereitete.

„Du fühlst dich so gut an, Angela."

„Ja?"

„O ja", bestätigte er. „Beweg dich mit mir."

Als der Höhepunkt kam, versanken sie im Rausch des Glücks und der Ekstase. Atemlos und fast ungläubig erreichten sie einen Gipfel der Freude, den sie beide bisher noch nicht gekannt hatten.

Viele Minuten später hob Daniel den Kopf von Angelas Schulter. Mit dem kleinen Finger wischte er eine Träne von ihrer Wange. Angela öffnete die Augen, und er küsste sie auf den Mund.

„Danke, Angela. Du hast einen neuen Mann aus mir gemacht."

Die durchscheinenden Vorhänge an der zum Ozean hinausgehenden Fensterfront blähten sich in das Zimmer hinein. Angela öffnete verschlafen die Augen. Das lavendelfarbene Licht der Morgendämmerung durchflutete den Raum. Sie seufzte. Noch nie hatte sie sich so unglaublich glücklich gefühlt. Sie hatte die schönste und für sie völlig neue Dimension des Lebens kennen gelernt.

Daniel atmete tief und gleichmäßig. Angela spürte den Hauch an ihrem nackten Rücken. Sein Arm lag auf ihrem Oberschenkel. Vorsichtig, damit sie ihn nicht weckte, drehte sie den Kopf. Gestern Abend war sie viel zu verzaubert gewesen, um die Einzelheiten des Zimmers wahrzunehmen. Jetzt schaute sie sich ein wenig um.

Der Raum war genauso geschmackvoll eingerichtet wie der Rest des Hauses. Helle Grastapeten schmückten die Wände, ein dicker naturfarbener Teppich bedeckte den Boden. Dass sich in der den Fenstern gegenüberliegenden Wand ein aus hellen Ziegeln gemauerter Kamin mit einem

Messingschirm davor befand, erschien Angela angesichts des tropischen Klimas als ungeheurer Luxus.

Sie mochte das Zimmer.

Sie liebte den Mann an ihrer Seite.

Ein schmaler Sonnenstrahl fiel wie ein Spotlight über den Teppich. Ich sollte in mein Zimmer zurückkehren, solange noch alles still ist, dachte Angela. Richy würde bald aufwachen, und danach gab es auch für die anderen keinen Schlaf mehr.

Vorsichtig hob sie Daniels Arm von ihrem Bein, rutschte zur Bettkante und stand auf. Sie legte ihren Kimono an und tappte barfuß über den weichen Teppich. Als sie schon die Hand auf den Türknauf gelegt hatte und ihn leise umdrehen wollte, schoben sich plötzlich rechts und links von ihr Daniels Arme vorbei und stützten sich gegen die Tür. Mit einem erschreckten Aufschrei sank Angela gegen das Holz.

„Wo willst du denn hin?" Daniel hielt sie zwischen seinem Körper und der Tür gefangen.

„In mein Zimmer."

„Irrtum." Er küsste ihren Nacken. „Du gehst wieder ins Bett. In meines."

Angela fühlte, wie seine Zunge von ihrem Nacken zu ihrem Ohr glitt und dabei spielerisch gegen das Ohrläppchen stieß. „Oh ... Daniel, nicht doch ... Ich muss jetzt in mein Zimmer zurück."

Er legte die Hände auf ihre Hüften. Dann zupfte er kurz

an dem Gürtel ihres Kimonos, den sie nicht fest verknotet hatte. Das Band löste sich. „Warum?"

„Ich ..." Mehr brachte sie nicht heraus. Daniel zog ihren Kimono auseinander und streichelte über ihre Rippen. Er trat dichter heran und presste seinen Körper an ihren Rücken. Angela wusste, dass er so hinter ihr stand, wie er geschlafen hatte – nackt. Plötzlich fiel ihr kein Grund mehr ein, weshalb sie ihn jetzt verlassen sollte.

Behutsam legte Daniel die Arme um Angela und bedeckte ihre Brüste mit den Händen. „Deine Brüste sind so hübsch", sagte er leise. „Und hier ungefähr ist die Grenze zwischen deiner Sonnenbräune und der weißen Haut." Er zeichnete sie mit dem Finger nach. „Wenn du dich mit mir auf meinem Strand sonnen würdest, wärst du nahtlos braun. Ich könnte dich mit Sonnenöl einreiben, und dann würdest du am ganzen Körper Farbe bekommen, während ich zuschaue."

Seine Worte hypnotisierten Angela. Sehnsüchtig richteten sich ihre Brustspitzen unter seinen Liebkosungen auf, und als Daniel ihr sein Lob dafür ins Ohr flüsterte, machte seine kühne Ausdrucksweise sie verlegen und glücklich zugleich.

„Ich mag es, wie sich deine Haut anfühlt, wenn ich sie mit der Zunge koste", sagte er. „Du schmeckst so weiblich, so ungeheuer erotisch."

Angela seufzte leise, bog den Kopf zurück und legte ihn

an Daniels Schulter. Mit langsamen Bewegungen rieb sie sich an Daniel und spürte, wie erregt er war. Sein heißer Atem streifte ihren Nacken, während er die Hände von ihren Brüsten nahm und bis zu ihrem Schoß hinuntergleiten ließ. Nach einer Weile wagten sich seine Finger noch weiter vor.

„Wie weich, wie seidig." Mit den Daumen strich er durch das krause Haar.

Daniel hatte längst gespürt, dass Angela für seine Liebe bereit war, aber er setzte das verführerische Spiel fort. Zärtlich und sanft liebkoste er sie zuerst mit den Fingerspitzen, dann raubte er ihr mit drängenderen Berührungen fast den Verstand und versetzte sie in eine Leidenschaft, die sich kaum bändigen ließ.

Angela bebte und konnte nur noch atemlos seinen Namen flüstern. Schließlich drehte Daniel sie zu sich herum, legte die Hände um ihre Taille, hob Angela hoch und drang dann in sie ein. Immer wieder bog er die Hüften vor; jedes Mal entrangen sich Angela kleine ekstatische Schreie, die bald in hilfloses Schluchzen übergingen, bis plötzlich alles um sie herum wie im grellen Licht eines einzigen Blitzschlages verschwand.

Fest schlang sie die Arme um Daniels Nacken. Ihre Schenkel umklammerten seine. Er presste sein Gesicht an ihre Brüste und erstickte so seine eigenen lustvollen Schreie.

Als Angela in die Wirklichkeit zurückkehrte, wagte sie nicht, Daniel in die Augen zu sehen. Er spürte, dass sie sich schämte, trug sie zum Bett und legte sie wie ein kleines Kind darauf nieder. Noch immer blickte sie ihn nicht an. Er streichelte ihre Wangen und lächelte liebevoll und auch ein wenig belustigt.

„Angela“, flüsterte er, „war es so schlimm?“

Sie wollte ihn anschauen, schüttelte dann aber den Kopf und schloss die Augen. „Es war schön.“

„Warum kannst du mich dann nicht ansehen?“ Er hob ihre Hand an seine Lippen und küsste ihre Fingerspitzen.

„Weil ich verlegen bin“, antwortete sie kaum hörbar.

„Ich wollte dich nicht in Verlegenheit bringen.“

„Nicht du hast mich in Verlegenheit gebracht.“ Sie öffnete die Augen. „Das war ich selbst. Ich ... ich habe noch nie ... so war mir noch nie.“

Sie schaute auf das goldblonde Haar auf Daniels Brust, das sie jetzt gern berührt hätte, doch dazu war sie noch viel zu verschüchtert, ja, erschreckt über ihre eigene Verwandlung. „So etwas wie ... wie das eben habe ich noch nie erlebt. Dass ich so die Beherrschung verlieren konnte, verstehe ich selbst nicht.“

„Angela, Liebes ...“

Sie legte die Wange an Daniels Arm und sprach aus, was sie dachte. „Es ist, als wäre in mir eine andere Frau gewesen, die ich erst durch dich kennen lernte. Es fällt mir schwer, mich an sie zu gewöhnen.“

„Mit anderen Worten, bisher wusstest du nicht, dass du eine wollüstige Frau mit einer unersättlichen Begierde bist.“

Entsetzt schaute Angela zu ihm hoch, aber als sie seine lachenden Augen sah, merkte sie, dass er sie neckte.

„Und das finde ich höchst erfreulich“, schloss Daniel.

Er nahm sie in die Arme, und beide lachten leise. Daniel machte es glücklich, dass sie einander so viel Freude schenken konnten. Seit Ellies Tod hatte es für ihn kein Lachen mehr nach dem Liebesakt gegeben, sondern immer nur tiefe Verzweiflung. Er küsste Angela innig. Sein Kuss sagte ihr, wie wichtig sie für ihn geworden war.

„Lass uns ins Badezimmer gehen“, schlug Daniel nach einer Weile vor. Seine Stimme klang ein wenig rau.

Das Bad machte einen mehr als luxuriösen Eindruck. An den Seiten der riesigen eingelassenen Badewanne befanden sich Whirlpool-Düsen. Durch das große Fenster konnte man auf den Ozean hinausschauen. Die geräumige Duschkabine besaß eine durchsichtige Glastür. Dorthin führte Daniel Angela.

Die Dusche schien den letzten Rest von Verschämtheit fortzuspülen. Es tat Angela gut, von Daniel bewundernd betrachtet zu werden. Sein erotisches Interesse verbarg er keineswegs, aber sie wusste, dass ihn nicht die Begierde, sondern die Liebe leitete.

Gegenseitig küssten sie sich die Wassertropfen vom Gesicht. Dann seifte Angela sich langsam und aufreizend die Hände ein. Sie schaute Daniel in die Augen, während sie die Hände erst auf seine Hüften legte und dann langsam tiefer hinabführte. Daniel stockte der Atem, als sie ihr Ziel fanden und es umschlossen.

„Angela“, flüsterte er. „Weißt du eigentlich, was du mit mir machst?“

„Mache ich etwas falsch?“ fragte sie erschreckt und zog die Hände zurück.

„Um Himmels willen, nein!“ Daniel fing ihre Hände ein und führte sie zu sich zurück. „Du bist so wunderbar, dennoch scheint alles Sinnliche dir neu zu sein. Dabei warst du doch Ehefrau und Mutter.“

„Das eine hat nichts mit dem anderen zu tun.“ Angela dachte nicht nur an ihr Leben mit Ronald, sondern auch an die sterile Präzision, mit der sie Richy empfangen hatte.

Sie spülten und trockneten sich ab und gingen ins Schlafzimmer zurück.

„Leg dich auf den Bauch“, forderte Daniel Angela auf. Sie gehorchte. Er hockte sich neben sie. „Wir müssen etwas gegen diese weißen Streifen tun“, meinte er. Von den verschiedenen Bikini-Oberteilen waren einige blasse Hautstreifen zurückgeblieben, und Angelas Po hob sich besonders weiß von der Bräune ab.

„Was sollen wir jetzt tun? Was schlägst du vor?“ erkundigte sie sich schläfrig. Ihr Kopf ruhte auf ihren verschränkten Armen.

„Hm ... was meinst du denn?“ fragte Daniel mit einem ausgesprochen verführerischen Unterton zurück.

„Du bist unverbesserlich.“

„Was dich betrifft – ja.“ Er begann, gekonnt ihren Rücken zu massieren.

„Und wenn Richy jetzt hereinplatzt?“

Daniels Hände wanderten an ihren Rippen hinauf. „Kann er nicht. Ich habe die Tür verschlossen.“ Er beugte sich über ihren Rücken und sprach ihr direkt ins Ohr. „Ich wollte nicht gestört werden. Nicht mal von meinem Sohn.“

Angela fühlte einen zärtlichen kleinen Biss in ihre Schulter. Wie selbstverständlich gehorchte sie Daniels Händen, die ihr bedeuteten, sich auf den Rücken zu drehen. Daniel legte den Kopf auf Angelas Bauch. Sie spielte mit seinem dichten, zerzausten Haar und spürte, dass das Verlangen wieder in ihrem Körper erwachte.

„Ich möchte dich wieder lieben, Angela.“

„Dann liebe mich.“

Daniel nahm noch nicht von ihr Besitz. Er richtete sich auf und betrachtete ihre verführerische Schönheit. „Ich kann mich nicht an dir satt sehen.“

Angela zog seinen Kopf zu ihren Brüsten hinunter. „Küss mich hier“, bat sie.

Daniel stöhnte leise auf. Seine Lippen schlossen sich um eine Brustspitze, und seine Zunge strich vorsichtig darüber hinweg. Dann liebkoste er die andere Brust in gleicher Weise. Angela konnte diese erregende Berührung in ihrem ganzen Körper fühlen. Sie hob sich Daniel entgegen und flehte ihn wortlos an, das Verlangen zu stillen, das er hervorgerufen hatte.

Sofort erfüllte er ihren Wunsch. Er glitt in sie hinein, und sie umschloss ihn fest. Wie zuvor, so war es auch diesmal der Anfang eines gemeinsam erlebten Rauschs der Liebe.

„Angela“, sagte Daniel später leise, nachdem er sich zurückgezogen hatte, „diese unmoralische Affäre muss ein Ende haben.“

Angela hatte das Gefühl, ihr Herz zerspränge in tausend Stücke. „Ein Ende?“

„Ja“, erklärte Daniel ernst. „Du musst mich heiraten.“

10. KAPITEL

„Du hast dich noch immer nicht zu meinem Heiratsantrag geäußert, Angela.“

Fünf Stunden waren schon vergangen, seit Daniel Angela mit diesem Antrag verblüfft hatte, aber sie wusste noch immer nicht, was sie antworten sollte. Jetzt saßen sie am Strand und spielten mit Richy – scheinbar eine glückliche kleine Familie, und das zählte eben zu den Dingen, die Angela ängstigten.

„Wenn ich nicht irre, war das weniger ein Antrag als ein Befehl“, wich sie aus.

„Hattest du von einem Tyrannen etwas anderes erwartet?“ fragte Daniel lachend, doch dass es ihm ernst war, las Angela in seinen Augen.

Heute Morgen hatte er nicht auf einer Antwort bestanden. Er hatte Angela nur in den Arm genommen und war wieder eingeschlafen. Angela dagegen war nicht mehr zur Ruhe gekommen.

Sie sollte Daniel McCasslin, den weltberühmten Tennis-Profi, heiraten? Daniel McCasslin wollte Angela Gentry, die unbekannte Frau, die ihm gegen Bezahlung sein Kind geboren hatte, heiraten?

Als Daniel erwachte, fanden beide, dass sie endlich aufstehen sollten. Richy saß schon beim Frühstück. Er winkte seinem Vater und Angela vergnügt zu und kippte dabei beinahe den Teller mit Cornflakes um. Daniel trug seine Tenniskleidung und Angela Shorts und ein T-Shirt. Er wollte sie dazu überreden, ihm beim Training zuzuschauen, aber sie lehnte ab.

„Daniel, meine Kleider waren eine Woche lang in einem Koffer, der in einer muffigen Kammer gestanden hat. Sie müssen ausgelüftet und dann eingeräumt werden."

„Das kann ich für Sie tun", sagte Mrs. Laani spontan.

„Recht vielen Dank, ich möchte lieber alles selbst ordnen, damit ich hinterher weiß, wo es sich befindet."

Es sah so aus, als bezweifle niemand, dass Angela für immer hier blieb. Außer Angela selbst.

Daniel fuhr also allein zum Training. Nachdem ihre Sachen ordentlich im Schrank hingen, half Angela Mrs. Laani, die neuen Kleidungsstücke zu sortieren, die sie für Richy in Honolulu gekauft hatte.

„Das ist ja süß!" rief Angela und hielt einen Spielanzug

hoch, auf dessen Lätzchen zwei sich überkreuzende Tennisschläger aufgestickt waren.

Mrs. Laani lachte. „Ich dachte mir, seinem Papi würde es gefallen."

Kurz vor dem Mittagessen kehrte Daniel heim. „Du hättest die Zuschauermassen beim Trainingsspiel sehen sollen! Sie haben mir stehend applaudiert, als ich den Platz betrat. Die großen Presseagenturen haben von meinem Match gestern erfahren und die Geschichte weltweit verbreitet. Hank ist ganz aus dem Häuschen. Er hat laufend telefonische Angebote für mich bekommen. Ich soll auf Turnieren im In- und Ausland spielen. Meine Sponsoren haben auch gratuliert."

Er meinte die Firmen, deren Kleidung und Schuhe er trug, deren Tennisschläger er benutzte, mit deren Flugzeugen er reiste und für deren Zahnpasta er warb. Das Geld aus diesen Kontrakten trug mehr zu seinem Einkommen bei als die Preisgelder. Als seine Leistungen auf dem Tennisplatz nachließen, schrumpften auch die Verträge.

„Die Leute haben meine Kontrakte nicht nur erneuert, sondern weit bessere Angebote als zuvor gemacht, und das wegen des einen Spiels, das ich nicht einmal gewonnen habe. Jetzt weiß ich, dass es wieder aufwärts geht."

Seine Augen funkelten vor Begeisterung. Über den Tisch hinweg griff er nach Angelas Händen. „Ich brauche nur noch eines im Leben, um restlos glücklich zu sein."

Angela wusste, was das war. Ihr Herz zersprang fast vor

Freude darüber, dass Daniel sie so liebte. Ja, sie wollte ihn heiraten, für immer bei ihm sein, bei ihm und Richy. Richy ...

Was konnte sie sich mehr wünschen? Sie würde ihren Sohn heranwachsen sehen und ihm ihre ganze mütterliche Liebe schenken dürfen.

Warum aber fiel es ihr so schwer, Daniel eine klare Antwort zu geben?

Weil noch immer ein Geheimnis zwischen ihnen stand. Und wenn ihre Ehe nicht mit einer Lüge beginnen sollte, musste sie Daniel heute alles sagen. Die Ahnung, dass dann vielleicht alles aus war, machte sie krank vor Angst.

Nach dem Mittagessen waren Angela, Daniel und Richy an den Strand hinuntergegangen. Und jetzt drängte Daniel auf eine Antwort.

Richy kam herangestürmt. Er warf sich Angela mit solchem Schwung entgegen, dass sie auf dem Badelaken hintenüberfiel. „Also, du!“ rief sie und schlang einen Arm um ihn. „Wenn du so weitermachst, wird mir nichts anderes übrig bleiben, als Unterricht im Catchen zu nehmen.“

Richy krähte vergnügt. Angela schubste ihn um, kitzelte ihn und veranstaltete mit ihm einen kleinen Ringkampf. Schließlich hatte er genug, rappelte sich hoch und tapste zum Wasser zurück.

„Sei vorsichtig!“ rief Angela ihm nach.

Richy blieb stehen, drehte sich um und stürmte erneut auf sie zu. Er schlang die Ärmchen um ihren Nacken und drückte ihr einen ebenso enthusiastischen wie nassen Kuss auf den Mund. Danach lief er zum Wasser, und Angela schaute ihm mit tränenfeuchten Augen nach.

„Er liebt dich auch, Angela", sagte Daniel leise.

Sie wandte sich ihm zu. „Ach, Daniel ..."

„Und du hast ihn ebenfalls lieb, nicht wahr?"

„Ja."

„Und mich, seinen Vater?"

Jetzt rollten die Tränen über Angelas Wangen. Sie strich über Daniels windzerzaustes Haar. „Ich liebe dich. So sehr, dass es wehtut."

Daniel fing ihre Hand ein und drückte sie gegen seine Wange. „Dann heirate mich. Hank möchte, dass ich in zwei Wochen auf Tour gehe, und ich möchte, dass ihr beide, du und Richy, mitkommt. Du sollst mich als meine Frau begleiten."

„Zwei Wochen ..."

„Ich weiß, ich lasse dir nicht viel Zeit. Aber warum sollten wir warten? Wenn du mich liebst ..."

„Das tue ich."

„Und du weißt, dass ich dich liebe. Lass uns so schnell wie möglich heiraten, Angela." Daniel schaute zu Richy, der einer kleinen Welle nachstapfte. „Ich habe nie gedacht, dass ich einmal eine Frau so quasi zur Ehe erpressen würde, aber bei dir muss ich alle Trümpfe ausspielen." Er seufzte und schloss: „Richy braucht eine Mutter, Angela."

„Er hat Mrs. Laani." Das war ein schwaches Argument.

Bitte, flehte Angela im Stillen, benutz nicht unseren Sohn, um mich zu etwas zu veranlassen, was ich nicht tun darf.

„Ich wüsste nicht, was ich ohne sie getan hätte“, erwiderte Daniel. „Als ich trank und meine finstersten Zeiten durchlebte, hätte eine weniger gutherzige Frau ihre Sachen gepackt und wäre gegangen. Sie kommt großartig mit Richy aus. Für mich ist sie mehr Familienangehörige als Angestellte, doch eine Mutter kann sie dem Jungen nie ersetzen.“

Er drückte Angelas Hand fester. „Angela, in ein paar Jahren muss ich hier fortziehen. Wenn Richy älter ist und ich nicht mehr in der Lage bin, beim großen Tenniszirkus mitzumachen, werden wir nicht mehr so isoliert leben können wie hier. Und wenn er zur Schule geht und sieht, dass alle anderen Kinder eine Mutter haben, braucht er auch eine – nämlich dich.“

Daniel spielte seine letzte Trumpfkarte aus. Er wusste, es war nicht sehr fair, aber jetzt war ihm jedes Mittel recht. „Sei meinem Sohn das, was du für Joey nicht sein konntest.“

Angela zuckte zusammen. Mit einem Ruck entzog sie Daniel ihre Hand. „Das hättest du nicht sagen dürfen, Daniel.“

„Ich weiß, verdammt noch mal. Aber ich will dich nun mal nicht verlieren. Ich kämpfe um meine Zukunft, und da muss ich alle Munition einsetzen, die ich habe.“ Er blickte sie wild entschlossen an.

„O Gott!“ Sie schluchzte auf und bedeckte ihr Gesicht mit den Händen. Daniel strich über ihr Haar.

„Mir ist klar, dass ich dich wieder einmal bedränge, Angela. Ich würde es nicht tun, wenn ich dich nicht mehr als alles andere auf der Welt brauchte und wenn ich nicht glaubte, dass du Richy und mich genauso brauchst."

Angela fühlte eine nasse Hand auf ihrer Schulter. Sie ließ die Hände sinken und wandte den Kopf zur Seite. Richy stand neben ihr. Seine Unterlippe zitterte, und in seinen blauen Augen schimmerten helle Tränen. „Gela", sagte er mit zitterndem Stimmchen. „Gela."

„O mein Liebling, nicht weinen, nein?" Angela wischte Richy die Tränen aus den Augen und zwang sich zu einem Lächeln. „Siehst du? Es ist alles wieder gut." Wenn ein Kind einen Erwachsenen so offenkundig traurig sah, konnte das seine kleine Welt erschüttern.

Richy schaute zweifelnd zu seinem Vater, aber dessen Blick ruhte weiter auf Angela. Sie zog ihren Sohn in die Arme. Wie hatte sie ihm auch nur einen Augenblick lang Kummer bereiten können!

„Du siehst, ich bin ganz lustig, ja?" sagte sie. „Na, wo ist denn dein dickes Bäuchlein? Hier ist es!" Sie kitzelte ihn. Richy kicherte, und seine Tränchen trockneten.

Von dem Mäuerchen her, das das Grundstück vom Strand trennte, war Mrs. Laanis Stimme zu hören. „Sie sollten sich beide schämen, den Jungen nackt herumlaufen zu lassen!" schalt sie. „Er wächst ja wie ein Wilder auf."

„So hat ihn der liebe Gott aber geschaffen, Mrs. Laani!"

rief Daniel zurück und warf Angela einen Verschwörerblick zu.

„Die reinste Lästerung!" erklärte Mrs. Laani, kam heran, griff sich den kleinen Kerl und versuchte, eine Badehose über seine strampelnden und sandbedeckten Beinchen zu ziehen. Richy wehrte sich erbittert. Schließlich gab sie auf. „Da haben Sie es! Er ist ja jetzt schon ein halber Wilder."

Mit dem Jungen auf dem Arm keuchte sie über den Sand hinauf zum Haus.

„Nicht Bett!" wiederholte Richy unausgesetzt, bis beide außer Sicht waren.

„Ich wusste nicht, dass Richy mich weinen sah", sagte Angela. „Ich hätte ihn nicht so aufregen dürfen."

„Wenn ich nun auch noch zu weinen anfange, heiratest du mich dann?" Daniel machte ein so kindlich trauriges Gesicht, dass Angela unwillkürlich lachen musste.

„Ach, Daniel!" Sie beugte sich zu ihm und küsste ihn auf die Wange. „Ich liebe dich, aber ..." Sie verstummte und legte den Kopf an seine Brust. Sein krauses Haar kitzelte ihre Nase. „Es gibt etwas, was mich zögern lässt, deinem Antrag zuzustimmen. Es geht um meine Vergangenheit. Ich habe etwas getan, das ..."

Daniel bog ihren Kopf zurück und blickte in ihre Augen. „Angela, in deiner Vergangenheit kann es nichts gegeben haben, dessen du dich schämen müsstest. Und selbst wenn, dann hast du im Vergleich zu mir sicher noch wie eine Heilige gelebt. Deine Vergangenheit ist mir gleichgültig. Für mich zählt nur die Zukunft." Er drückte sie an sich. „Im Übrigen gibt es auch etwas, was ich dir nicht gesagt habe, es ist jedoch etwas, was meine Liebe zu dir weder betrifft noch berührt."

„Daniel, das ..."

Er unterbrach sie. „Hat dein Geheimnis etwas mit mir zu tun? Mit dem, was du für mich fühlst? Liebst du mich deswegen weniger?"

Darauf konnte Angela ihm ehrlich antworten. „Nein, es schmälert meine Liebe zu dir nicht."

„Dann denk nicht mehr daran. Unser Leben begann, als wir einander begegneten. Unsere Vergangenheit ist ein Buch, das wir jetzt für immer zuschlagen." Er küsste sie innig. „Heirate mich, Angela."

„Daniel, Daniel ..."

Schon lag sein Mund wieder auf ihren Lippen, und der Kuss machte alles unwichtig außer der Liebe, die sie für Daniel empfand.

Er legte die Arme um Angela, als wollte er sie so von der übrigen Welt abschirmen. „Zieh deinen Bikini aus", bat er.

Angela befreite sich aus Daniels Umarmung und schaute ihn gespielt verärgert an. „Ist das der einzige Grund, aus dem du mich heiraten willst? Damit du uneingeschränkt deine Lust an meinem Körper stillen kannst?"

„Einer von mehreren", antwortete er und ließ seinen Blick übertrieben gierig über ihre Kurven gleiten, die der winzige Bikini kaum verhüllte.

Wenn Daniel das Geheimnis von Richys Herkunft hütete, war es dann wirklich so schlimm, wenn sie, Angela, auch ihres bewahrte? Alle Bedenken fielen von ihr ab. Sie mochte sich nicht mehr von Schuldgefühlen quälen lassen.

„Und wenn jemand zufällig vorbeigeschlendert kommt?“ fragte sie mit einem mutwilligen und viel versprechenden Unterton.

„Maurice und Mrs. Laani sind die Einzigen, die Zutritt zu dem Grundstück haben. Beide wissen, dass sie sich nicht blicken lassen dürfen, wenn ich mit einer Frau allein am Strand bin.“

„Aha. Und wie oft warst du mit einer Frau allein am Strand?“

„Dies ist das erste Mal. Ich habe heute Morgen die Anweisung ans Schwarze Brett geschlagen.“

Angela biss sich auf die Lippe, um nicht loszulachen. „Und Boote? Wenn jemand vorbeigesegelt kommt und uns ... mich unbekleidet sieht?“

„Den sehen wir zuerst und gehen dann in volle Deckung.“

„Ich merke schon, du hast an alles gedacht.“

„An alles“, bestätigte Daniel. „Ach, übrigens ... hast du inzwischen meinem Heiratsantrag zugestimmt? Darf ich die positive Antwort deinen Küssen entnehmen?“ Mit einer Hand zog er die Schleife in Angelas Nacken auf, mit der anderen öffnete er den Rückenverschluss des Bikini-Oberteils.

„Ich habe noch nicht Ja gesagt.“ Der Wind erfasste das

leichte Kleidungsstück und wehte es davon. „Aber da ich mich jetzt hier mit dir am Strand ..."

Daniel stand auf und streifte seine Badehose ab. Wie eine lebendig gewordene Statue stand er ein paar Augenblicke vor Angela, ehe er sich wieder auf das Badelaken setzte.

„... hier am Strand mit dir ...", fuhr Angela fort, während sie ihr Bikini-Höschen ablegte, „...nackt herumtreibe ..." Mit einer geschmeidigen Bewegung kam Daniel zu ihr. „...werde ich wohl deine Frau werden müssen."

Daniels Küsse waren so heiß wie das Sonnenfeuer und so ungestüm wie das Meer und der Sturm.

„Reizende Flitterwochen!" schimpfte Daniel vor sich hin. Er war mit Angela und Richy auf dem Weg nach Lahaina, einem malerischen kleinen Ort an der Nordwestküste Mauis, der früher die Hauptstadt und jetzt das Touristenzentrum der Insel war.

„Ich finde sie großartig", erklärte Angela fröhlich und stopfte zum x-ten Mal Richys Hemd in seine Hose.

„Unter Flitterwochen verstehe ich, dass ich mit dir im Bett bleibe und nicht eher aufstehe, bis wir alles durchprobiert haben, was es so gibt."

„Dazu kommen wir noch", meinte Angela, worauf Daniel ihr sofort den Kopf zuwandte und sie voller Verlangen anschaute. „Aber im Augenblick wäre ich dir dankbar, wenn du dich mehr um den Verkehr auf der Straße kümmertest."

Nachdem Angela mit der Heirat einverstanden gewesen

war, hatte Daniel keine Zeit verloren. Innerhalb von vier Tagen waren alle Formalitäten erledigt. Die Zeremonie selbst hatte heute Morgen in aller Stille in Honolulu stattgefunden. Nur Mrs. Laani, die Frau des Pastors und natürlich Richy hatten daran teilgenommen. Die Presse hatte Daniel auf Angelas ausdrücklichen Wunsch nicht informiert.

Angela erinnerte sich noch zu genau an die Reporter und Fotografen, die Daniel umschwirrt hatten, als er mit Ellie und dem Baby das Krankenhaus verließ. Solange sie ihm ihr Geheimnis nicht gestanden hatte, wollte sie nicht mit ihm zusammen fotografiert oder interviewt werden. Je weniger Leute von ihrer Hochzeit erfuhren, desto besser.

„Ich bin so stolz auf dich", hatte Daniel gesagt. „Warum willst du die Tatsache verbergen, dass wir geheiratet haben?"

„Ich will sie nicht verbergen. Ich will sie nur nicht publik machen." Angela suchte nach einer einleuchtenden Erklärung. „Wegen ... wegen Ellie. Sie war so schön, sie war ein Teil deines Lebens. Ehe ich die Spielregeln deines Berufes nicht ebenso gut beherrsche wie sie, will ich nicht, dass ich mit ihr verglichen werde."

„Es gibt keinen Vergleich", erklärte Daniel zärtlich und strich über Angelas dunkles Haar.

„Es gibt aber vielleicht Leute, die anderer Meinung sind, und das ist mir unbehaglich."

Also hatte Daniel Angelas Wunsch erfüllt. Am frühen Nachmittag waren sie nach Maui zurückgekehrt und hatten den inzwischen nörgeligen Richy ins Bett gebracht.

„Du musst dich noch mit Gary für zwei oder drei Trainingssätze verabreden.“

„An meinem Hochzeitstag?“ hatte Daniel vorwurfsvoll gefragt.

„Willst du auf den Turnieren gewinnen oder nicht?“

Daniel hatte sich zu Mrs. Laani umgedreht und hilflos die Arme ausgebreitet. „Erst ein paar Stunden verheiratet, und schon scheucht sie mich!“ Trotz seines Spotts erkannte Angela, wie es ihn freute, dass sie Verständnis für seinen Beruf aufbrachte. „Aber du schaust mir doch dabei zu?“

„Auf jeden Fall.“

Arm in Arm waren sie die Treppe hochgestiegen. Mrs. Laani hatte Angelas Kleider schon in den zweiten Schrank des großen Schlafzimmers umgeräumt; ihre Wasch- und Kosmetikartikel lagen ordentlich aufgereiht auf einem Bord in Daniels Badezimmer.

Daniel schloss Angela fest in die Arme und zog sie so dicht an sich heran, dass sie den Beweis für seine Ungeduld deutlich fühlen konnte. „Ich sehne mich so nach dir, Angela.“ Er presste seinen Kopf an ihre Brüste. „Von jetzt an gibt es für uns keine Grenzen mehr.“

Daniel küsste Angela mit aller Sehnsucht, die sich in ihm aufgestaut hatte, und schaffte es dabei, sie so weit auszuziehen, dass sie schließlich nur noch in ihrem cremefarbenen Unterkleid dastand. Er streichelte ihre Brüste, und als die Spitzen anschwollen, berührte er sie durch den seidigen, glatten Stoff hindurch mit der Zunge.

Angela streifte Daniel das Oberhemd ab, öffnete dann seinen Gürtel und half ihm, sich von seiner Hose zu befreien. Sie schob die Hände an seinen Hüften in den Slip und ließ sie zu seinem Rücken gleiten. Daniel liebkoste ihren Körper durch das dünne Gewebe ihres Unterkleides. Als seine Zärtlichkeiten kühner wurden, packte sie ihn bei den Haaren und zog seinen Kopf fort.

„Du musst doch gleich Tennis spielen“, brachte sie hervor.

„Zum Teufel damit!“ knurrte er und wollte das verführerische Spiel fortsetzen.

„Und deine Gewinnchancen gehen auch zum Teufel, wenn du dein Training ausfallen lässt“, erklärte Angela unerbittlich.

Daniel schimpfte leise vor sich hin, trat aber zurück. Angela begann den Rest ihrer persönlichen Dinge einzuräumen und versuchte, sich dabei nicht durch Daniels Anblick ablenken zu lassen. Völlig unbekümmert bewegte Daniel sich nackt im Raum und suchte seine Sportkleidung zusammen.

Als er fertig angezogen war und Kleidung zum Wechseln in seine Sporttasche packte, war Angela noch immer dabei, ihre eigenen Sachen ein- oder umzuräumen.

„Nachdem du meine erotischen Annäherungsversuche aus Zeitgründen zurückgewiesen hast, willst du doch wohl nicht so lange trödeln, bis ich mich verspäte, oder?“

Angela fühlte sich plötzlich wie ein schüchternes Schulmädchen. „Könntest du nicht bitte unten auf mich warten? Ich ... ich bin in ein paar Minuten fertig."

„Was soll denn das nun ..." Daniel unterbrach sich, trat zu Angela und legte ihr verständnisvoll die Hände auf die Schultern. „Es ist schon lange her, seit du ein Zimmer mit einem Mann geteilt hast, ja?"

Angela schluckte und nickte. Sie kam sich reichlich albern vor.

Daniel küsste sie auf die Wange. „Ich warte unten."

Ehe er zur Tür hinausging, hielt sie ihn auf. „Daniel!" Er drehte sich um. „Danke", sagte sie schlicht.

Er lächelte und schlug mit der flachen Hand gegen den Türrahmen. „Ich denke mir schon etwas aus, womit du das wieder gutmachen kannst." Er blinzelte ihr zu und verschwand.

Beim Trainingsspiel schlug Daniel sich dann ganz ausgezeichnet. Wieder hatten sich viele Zuschauer angesammelt, und bei jeder gekonnten Rückgabe, die ihm gelang, applaudierten sie begeistert. Daniel war in seinem Element und genoss jeden Augenblick.

Am Abend wollte Daniel sie zu einem besonders feierlichen Abendessen ausführen, aber als sie sich anschickten, sich auf den Weg zu machen, brach Richy in herzzerreißendes Geheul aus.

„Können wir ihn nicht mitnehmen, Daniel?" fragte Angela und drückte den weinenden Jungen an sich.

„Angela, ich habe meine frisch Angetraute heute fast den

ganzen Tag mit anderen Leuten teilen müssen. Jetzt möchte ich dich endlich für mich allein."

„Mir geht es nicht anders. Ich hätte jedoch keine Freude daran, wenn wir Richy traurig zurückließen."

Daniel versuchte es mit einem sachlichen Argument. „Er stellt sich nur so an, um dein Mitgefühl zu wecken."

„Das ist mir klar. Und ich weiß auch, dass ich ihm das abgewöhnen muss. Nur nicht gerade heute Abend."

Nach einigen höchst plastischen Flüchen gab Daniel nach. „Aber komm nicht auf die Idee, dass er heute Nacht bei uns schlafen darf", warnte er sie.

Kurz vor Lahaina fragte Angela: „Wohin führst du mich und Richy denn heute Abend eigentlich?"

„Da du auf einem Familienausflug bestanden hast, wirst du unser Abendessen selbst zubereiten müssen", erwiderte Daniel.

„Wie bitte?"

„Du wirst schon sehen."

Er fuhr sie zum Pioneer Inn, einem historischen Gästehaus aus der Mitte des neunzehnten Jahrhunderts, in dem Seeleute gewohnt hatten zu Zeiten, da Lahaina noch zu den bedeutendsten Walfängerhäfen des Pazifiks zählte. Der offene Innenhof des Hauses war von Laternen und Fackeln beleuchtet und mit Tropenpflanzen dekoriert.

„Ist das hübsch hier!" rief Angela, nachdem sie an dem ihnen zugewiesenen Tisch Platz genommen hatten.

„Freut mich, dass es dir gefällt. Aber das mit dem Selberkochen war kein Scherz. Schau mal!“ Daniel deutete auf einen Holzkohlegrill unter einem Schutzdach. An der Mauer befand sich eine Uhr, so dass der Benutzer des Grills die Garzeit im Auge behalten konnte, und auf dem Rand standen Gewürze und Saucen.

„Zufällig bin ich eine ganz famose Köchin“, verkündete Angela stolz. „Vor ... vor meiner Scheidung, und als Joey noch lebte, hat mir das Kochen einen Riesenspaß gemacht. Hinterher ...“ Ihr Gesicht verdunkelte sich. „Hinterher habe ich das Interesse daran verloren.“

Daniel drückte ihre Hand. „Wenn du Freude daran hast, kannst du in Zukunft für uns drei – dich, mich und Richy – kochen. Fang mal gleich damit an.“

Sie bestellten ein großes Steak für Daniel, einen Hamburger für Richy, und für Angela eine hawaiische Spezialität, einen Mahimahi-Fisch, der filetiert, mariniert und in Folie gewickelt gebracht wurde.

Als Fleisch und Fisch gar waren, trug Daniel alles zu ihrem Tisch. Verschiedene Salate und gebackene Bohnen wurden dazu serviert.

„Köstlich“, fand Daniel, verdrehte verzückt die Augen und schmatzte anerkennend. Richy ahmte ihn sofort nach.

Angelas Herz konnte die Liebe zu den beiden „Männern“ ihres Lebens fast nicht mehr fassen. So viel Glück auf einmal ängstigte sie.

Die Reisen zu organisieren war keine ganz leichte Angelegenheit. Mrs. Laani und Richy sollten sich ein Zimmer teilen, Daniel und Angela ein weiteres, und Hank Davis, der Manager, bekam einen Raum für sich allein. Glücklicherweise erledigte Hank fast alle Formalitäten. Mrs. Laani brachte Angela Raum sparendes Packen bei, dennoch schien die Arbeit kein Ende zu nehmen.

Angela hatte sich ein wenig davor gefürchtet, Hank gegenüberzutreten. Er war ein ergrauter, nicht besonders großer Mann mit fleischigen, behaarten Händen. Er kaute ständig auf einer dicken Zigarre herum. Sein Bauch quoll über den Hosenbund. Trotz allem besaß er einen gewissen Charme. Angela mochte seine direkte und aufrichtige Art sofort.

Hank hatte sie und Daniel in der Ankunftshalle des Airports von Los Angeles begrüßt. Er nahm Angelas Hände fest in seine und schaute ihr in die Augen. Offenbar gefiel sie ihm auf Anhieb.

„Was immer Sie mit Daniel bisher angestellt haben, tun Sie's weiterhin", sagte er.

Angela wusste, dass dies ein uneingeschränktes Lob sein sollte.

Zwei Dinge passten Hank allerdings nicht recht: erstens, dass Daniel darauf bestand, Angelas Wunsch zu respektieren, die Presse von ihr fern zu halten, und zweitens, dass Daniel ein paar freie Tage haben wollte, um seine Mutter in Oregon zu besuchen.

Vor diesem Besuch fürchtete sich Angela ebenfalls, aber es stellte sich dann heraus, dass ihre Angst unbegründet gewesen war. Mrs. McCasslin nahm sie sehr herzlich auf. Nach der Aufregung der allgemeinen Begrüßung blieben Daniels Mutter und Angela ein paar Minuten miteinander allein. Sie waren in die sonnendurchflutete Küche gegangen und warteten nun darauf, dass das Wasser im Teekessel kochte.

„Ich habe Sie mir ganz anders vorgestellt", sagte Rose McCasslin, während sie die Teedose aus dem Schrank holte.

„Wie denn?"

„Nun ... ich nahm an, Sie seien furchtbar energisch. Eine Frau, die sofort Richys Erziehung in die Hand nimmt und Daniel entweder in Form prügelt oder wieder in den Alkohol treibt. Jedenfalls habe ich Sie mir nicht halb so schön und so ... sanft vorgestellt."

„Danke", sagte Angela bewegt. „Daniel hat sich selbst in Form geprügelt, ehe er mich heiratete."

„Gut, sehr gut." Rose McCasslin legte den Kopf schief. „Er muss Sie sehr lieben. Wissen Sie das?"

„Ja, ja, ich glaube ja."

„Das freut mich. Als wir Ellie zu Grabe trugen und er nach Maui zog, dachte ich, er würde sich dort für den Rest seines Lebens verschanzen und verkommen. Aber er ist wieder glücklich geworden. Angela, ich habe eine große Bitte an Sie ..."

„Und welche?"

Rose McCasslins Augen, die ebenso blau waren wie die

ihres Sohnes und ihres Enkelsohnes, funkelten humorvoll. „Bewegen Sie Daniel dazu, zusammen mit Ihnen und meinem Enkelkind öfter zu Besuch zu kommen."

Die Reiseroute führte von Oregon aus nach Phoenix in Arizona, dann nach Dallas und Houston in Texas, New Orleans in Louisiana und Miami in Florida.

Daniel zeigte beeindruckende Leistungen, verlor jedoch zuweilen. Weder ihn noch Hank entmutigte das, denn er hatte ja die Besten dieses Profisports als Gegner und machte ihnen die Siege nicht leicht.

Dann kam Memphis in Tennessee an die Reihe. Daniel gewann. Ebenso in Atlanta, Georgia, und in Cincinnati, Ohio. Sein Wert stieg.

Das Reisen, zumal mit einem so lebhaften Kind wie Richy, ermüdete Angela sehr, aber sie war glücklich über Daniels Erfolg. Die Artikel, die zu schreiben sie sich verpflichtet hatte, hatte sie schon auf Maui fertig gestellt. Sie erfuhr, dass sie alle angenommen worden waren und gedruckt wurden. Weitere Aufträge lehnte sie fürs Erste ab.

„Was machst du eigentlich den ganzen Tag, wenn ich arbeite?" erkundigte sich Daniel eines Nachts, als sie, erschöpft von der Liebe, nebeneinander lagen. Wird es dir nicht langweilig?"

„Langweilig? Mit jemandem wie Richy? Wohl kaum." Angela kuschelte sich an ihren Mann und fühlte sich herrlich sicher in seinen Armen. „Ich freue mich auf deine Kämpfe, und ich träume ... hiervon.“ Sie strich mit der Hand an seinem Körper hinab und berührte, was sie meinte. Daniel stöhnte leise auf.

„Du lieber Himmel, willst du mich umbringen? Ich habe heute ein hartes Match hinter mir ... fünf Sätze ... und dann habe ich dich geliebt ... und ... Großer Gott!“

„Ich habe nicht den Eindruck, als würdest du gleich vor Überanstrengung das Zeitliche segnen. Ganz im Gegenteil.“ Angela streichelte den Beweis ihrer Ansicht.

„Wenn Richy dich nicht in Anspruch nimmt und du dir nicht gerade ausdenkst, wie du deinen Ehemann in ein frühes Grab bringen kannst, was tust du dann?“

„Ich schreibe.“

„Du schreibst? Nein, hör auf ... nein, mach weiter. Ja, so, oh ... Himmel! Was schreibst du denn?“

„So Sachen. Notizen für einen Roman. Poesie.“

„Poesie? Was du hier machst, ist Poesie!“ Daniel drehte Angela auf den Rücken und ließ sich von ihr führen. „Schreib tausend Verse darüber.“

11. KAPITEL

Die ganze Familie war froh, wieder nach Hause zu kommen. Hank hatte versucht, Daniel noch für einige weitere Turniere einzuspannen, und schließlich sogar Angela angehalten, ihn zu überzeugen.

„Daniel muss überall spielen, wo und wann es nur geht", hatte er erklärt. „Es ist so wichtig ..."

„Aber er möchte für ein paar Wochen nach Hause zurückkehren."

„Sie könnten ihn umstimmen."

„Vielleicht. Aber ich tu's nicht."

„Habe ich mir schon fast gedacht." Hank schob seine Zigarre in den Mund, schimpfte leise und fuhr sie letztendlich zum Flughafen.

Maurice hatte das Haus für sie vorbereitet. Alles nahm wieder seinen üblichen Gang. Daniel spielte täglich mit Gary im Club und arbeitete an seinen Schwachstellen. Angela beschäftigte sich mit Richy, schrieb hin und wieder und machte Pläne für die nächste Reise, die sie nach Europa führen sollte.

Eines Nachmittags saß sie entspannt im großen Schlafzimmer in einem Sessel am Fenster, als Daniel hereinkam. Er ließ seine Tennistasche neben der Tür fallen. Angelas und seine Blicke trafen sich und sprachen von der Liebe, die während der vergangenen Wochen noch größer geworden war.

„Du siehst wunderschön aus, Angela", stellte Daniel leise fest. „Der Sonnenuntergang setzt rote Lichter auf dein Haar."

„Danke schön, Eigentlich wollte ich ja bei deiner Heimkehr fertig angezogen sein, aber dann hat mich etwas so beschäftigt, dass ..." Sie klappte den Schreibblock auf ihrem Schoß zu und legte ihn auf den Tisch neben dem Sessel.

Daniel schloss die Tür ab, ehe er zu Angela trat. Sie trug

einen Morgenmantel, den er sehr hübsch fand. Er hatte einen weiten Halsausschnitt, war bodenlang und umspielte ihren Körper wie eine durchscheinende hellblaue Wolke. „Du hast gebadet“, bemerkte Daniel.

Angela duftete nach blumigem Badeschaum. Daniel kniete sich neben sie. Er legte seine Fingerspitzen an beide Seiten ihres Halses, weil er so gern fühlte, wie sich ihr Pulsschlag erhöhte, wenn er sie berührte.

Angela symbolisierte für ihn den Frieden, das Zuhause, die Liebe – alles, was er für immer verloren geglaubt hatte. Jedes Mal, wenn er sie nach kurzer Abwesenheit wieder sah, merkte er aufs Neue, wie sehr er sie liebte.

„Was hat dich denn so beschäftigt?“

„Ach, nichts von Bedeutung“, antwortete Angela in einer Tonlage, die das Gegenteil besagte. Wer hatte ihr nur eingeredet, dass das, was sie tat, unbedeutend war? Ihr geschiedener Mann? Ja, Ronald. Vielleicht hatte er Recht gehabt. Sie verspürte Unsicherheit.

„Du hast geschrieben, nicht wahr?“

Angela blickte zur Seite. „Es taugt nichts, aber ich wollte es schon immer einmal zu Papier bringen.“

„Darf ich es lesen?“

„Dazu ist es nicht gut genug.“

„Das glaube ich nicht.“

„Es ist zu persönlich.“ Angela strich mit der Zunge über die Lippen.

„Nun, wenn du nicht willst ...“

„Ich würde gern deine Meinung hören", unterbrach sie ihn rasch.

Sofort nahm Daniel den Schreibblock zur Hand und schlug ihn auf. Die Überschrift auf der ersten Seite lautete „Joey". Er schaute Angela an. Sie wich seinem Blick aus, stand auf und trat zum Fenster. Ihre Silhouette hob sich dunkel gegen den roten Abendhimmel ab.

Daniel las das lange Gedicht, und bei jeder Zeile schnürte sich ihm der Hals mehr zu. Angela hatte die eindringlichen, aber nicht sentimentalen Worte mit ihrer Seele geschrieben, und es war ihr sicher nicht leicht gefallen. Die Verse schilderten die abgrundtiefe Trauer und Hilflosigkeit einer Mutter, die ihr Kind dahinsiechen sieht. Die letzten Zeilen jedoch sprachen voller Dankbarkeit von der unendlichen Freude, die dieses Kind ihr trotz allem geschenkt hatte.

Daniel schloss den Schreibblock und stand auf. Seine Augen waren feucht. Er trat hinter Angela und legte die Arme um sie.

„Es ist wunderbar, Angela."

„Ehrlich? Oder sagst du das nur so?"

„Ehrlich. Ist es zu persönlich, um es mit anderen zu teilen?"

„Du meinst, um es zu veröffentlichen?"

„Ja."

„Ist es denn dazu wirklich gut genug?"

„Aber ja! Ich glaube, alle Eltern können diese Worte nachempfinden. Ja, ich glaube, du solltest es veröffentlichen.

Vielleicht hilft es anderen Menschen, die gerade das durchmachen, was hinter dir liegt."

Angela drehte sich zu Daniel um und legte ihren Kopf an seine Brust. Sie lauschte auf das gleichmäßige Schlagen seines Herzens.

„Ich wünschte, ich hätte bei dir sein können, als du jemanden brauchtest", sagte Daniel leise. „Du hast mir aus meiner Krise geholfen, deine eigene musstest du allein überwinden. Das tut mir so Leid, mein Liebes." Er streichelte ihren Rücken. „Komm", bat er, nahm ihre Hand und führte sie zum Bett.

Daniel hatte sich auf die Bettkante gesetzt. Angela stand zwischen seinen Beinen vor ihm und strich mit dem Zeigefinger über seine Augenbrauen.

„Ich wünschte, ich könnte mit meiner Liebe den Kummer vertreiben, der noch in dir ist." Daniel lehnte die Stirn an Angelas Hüfte.

„Und ich wollte, ich könnte deinen Kummer ebenso auslöschen. Vielleicht lieben wir einander nur deshalb so sehr, weil wir die Enttäuschung und die Trauer kennen."

„Ich habe nie geahnt, dass es möglich ist, jemanden so zu lieben, wie ich dich liebe." Daniel hob den Kopf und sah sie an. „Angela, du nimmst doch keine Verhütungsmittel, oder?"

„Nein", antwortete sie leise.

„Gut." Er streichelte ihre Brüste. „Ich möchte ein Kind

von dir haben. Ein Kind, das deines und meines ist. Unser eigen Fleisch und Blut.“

Angela dachte an Richy. War jetzt der richtige Zeitpunkt gekommen, Daniel zu sagen, dass es dieses Kind ja schon gab? Würde er sie nach dem Geständnis weiterhin lieben, oder würde er ihr vorwerfen, sie hätte sich auf unverzeihliche Weise in sein Herz und sein Vertrauen geschlichen?

Angela öffnete den Mund, um zu sprechen, aber es war zu spät. Daniels Zärtlichkeit hatte sich in Leidenschaft verwandelt. Er küsste das Dreieck zwischen ihren Schenkeln durch den leichten Stoff hindurch. Dann raffte er das Morgenkleid hoch, bis es sich um ihre Taille bauschte. Er vergrub das Gesicht in dem weichen, luftigen Gewebe und atmete seinen Duft ein.

Als Daniels Lippen wenig später Angelas nackte Haut berührten, bebte sie erwartungsvoll und packte ihn bei den Schultern. Er legte die Hände um ihre Hüften, zog sie dichter heran und neigte den Kopf weiter hinunter.

„Daniel, das kannst du nicht tun!“ Er konnte es, und er tat es. Sein suchender Mund entzündete eine heiße Leidenschaft in ihrem Körper, ihrem Herzen und ihrer Seele.

Angela ließ sich von Daniel aufs Bett legen. Er kniete sich vor sie und öffnete ihre Beine. Immer wieder küsste er sie mit meisterhaftem Geschick. Sein Mund war besitzergreifend und dennoch zärtlich, und seine Zunge brachte Angela ein ums andere Mal auf den Höhepunkt des Empfindens.

Wieder einmal spürte sie, dass sie gleich im Rausch der

Sinne versinken würde, vergrub die Finger in Daniels Haar und zog seinen Kopf hoch. „Bitte, Daniel! Komm zu mir! Jetzt!" stieß sie hervor.

Irgendwie schaffte er es, sich in Sekundenschnelle von seinen Shorts zu befreien, und im nächsten Moment erfüllte er Angelas Bitte. Er glitt in sie und bewegte sich in ihr ungestümer als je zuvor, bis für sie nichts mehr existierte als der Rhythmus seiner Liebe, der ihr die Erfüllung schenkte.

Schließlich gab Daniel sie frei. Angela hatte das Gefühl, als wäre ihr Körper bleischwer und schwebte dennoch allen Naturgesetzen zum Trotz im freien Raum. Daniel streifte den Rest seiner Kleidung ab, befreite Angela von dem zusammengeknüllten Morgenmantel und legte sich dann neben sie.

„Warum hast du das getan?" Angela hatte kaum die Kraft, hörbar zu sprechen.

Daniel ließ die Hand an ihrem Körper hinabgleiten und hielt zwischen ihren Schenkeln an. Sein Blick folgte diesem Weg und kehrte dann zu Angelas Brüsten zurück. „Um dir zu zeigen, dass meine Liebe zu dir grenzenlos ist."

„Ich bin ganz schwach vor lauter Liebe zu dir."

„Und mich machst du stark." Daniel lächelte zärtlich. Er neigte den Kopf und liebkoste eine ihrer Brustspitzen mit der Zunge. „Stark und glücklich, ein Mann zu sein."

Angela spielte mit den Fingern in seinem blonden Haar. „Meinst du, dass ... dass wir eben ein Baby ...?"

Daniel lachte leise und kuschelte sich an sie. „Ich sage dir etwas: Wir machen einfach so weiter, bis wir es genau wissen."

Eingehüllt von dem purpurnen Dämmerlicht schliefen sie sofort ein.

„Ihr beide seid zirkusreif!" rief Angela den Tennisspielern zu. Daniel und Gary schlugen sich die Bälle übers Netz hinweg zu und schmetterten sie dabei jedes Mal so hoch, wie es nur ging. Sie alberten herum, um Richy Spaß zu bereiten, der am Platzrand stand und begeistert in die Händchen klatschte. Als Daniel sich auch noch umdrehte und den Ball durch seine Beine zurückschlug, kreischte der Kleine entzückt und hopste auf und nieder.

„So, nun ist's aber gut!" bestimmte Angela. „Nachher verletzt sich noch einer von euch, und ich bin dann die Unglückliche, die es Hank beibringen muss. Ich werde euch jetzt euren jüngsten Bewunderer entführen. Vielleicht könnt ihr euch dann zu ernsthafter Trainingsarbeit entschließen."

„Spielverderberin!" rief Gary und ging zu seiner neuesten Eroberung hinüber, die mit einem Handtuch und einer Thermosflasche voll Eiswasser am Spielfeldrand auf ihn wartete.

„Recht hat er!" pflichtete Daniel bei, schlang sich ein Handtuch um den Hals und drapierte auch eines um Richy, der ihn anstrahlte. „Deine Mutter ist ein Sklavenschinder und Miesmacher", erklärte er dem Jungen, ehe er ihm einen

Kuss auf die Stirn drückte. Dann senkte er die Stimme und flüsterte: „Außer im Bett. Da ist sie einsame Klasse."

„Und du bist der Klassenbeste", sagte Angela. Sie rieb ihre Nase an seiner. „Ich würde dich ja gern küssen, aber ich finde keine trockene Stelle an dir."

„Na gut, dann bleibst du mir eben einen Kuss schuldig. Musst du schon gehen?"

„Du weißt doch, dass Richy unverträglich wird, wenn er keinen Mittagsschlaf kriegt. Nachher können wir ja vielleicht alle drei an den Strand gehen."

„Au ja, und dann spielen wir Nackedei."

„Denkst du eigentlich nie an etwas anderes?"

„O doch!" Daniel tat beleidigt. „Manchmal denke ich auch daran, es einmal in voller Kleidung zu tun."

„Du bist unmöglich!" Angela warf Daniel ein Handtuch ins Gesicht. „Jetzt spiel gut, und dann sehen wir uns daheim wieder." Sie hob Richy auf den Arm, hängte sich die Schultertasche über und strebte langsam dem Parkplatz zu.

Sie dachte an Daniels Erfolge in Europa. Drei Monate hatte die Reise gedauert. Sie waren von Land zu Land gezogen, von Turnier zu Turnier und erst in der vergangenen Woche zurückgekehrt. Daniel stand jetzt an fünfter Stelle der Weltrangliste. Er hoffte, im nächsten Jahr wieder Nummer Eins zu sein.

„Dann ziehe ich mich zurück", hatte er erklärt.

Angela war ein bisschen überrascht gewesen. „Nächstes Jahr schon? Und was willst du dann tun?"

„Was hältst du von einer Kette von Sportartikel-Geschäften? Ich würde das Ganze sozusagen als Familienkonzept aufziehen – Joggingschuhe für Vater und Sohn, Tenniskleider für Mutter und Tochter, Bewegungsspiele für die ganze Familie und so weiter."

„Das fände ich großartig. Und die Sache mit dem Familienkonzept gefällt mir."

„Mir auch. Wir werden den Markt erobern."

„Wir?"

„Hank will sich ebenfalls zurückziehen. Er meint, er sei zu alt, um noch einmal mit einem blutjungen Tennisanfänger von vorn zu beginnen. Er will in mein Geschäft einsteigen. Und in deines natürlich", hatte Daniel mit einem raschen Kuss hinzugefügt.

Angelas Gedicht „Joey" war in einem Frauenmagazin abgedruckt worden. Die Redaktion hatte angefragt, ob sie nicht noch eine Kurzgeschichte oder eine Erzählung schreiben wollte. Angela spielte mit mehreren Ideen.

„Mommy!" Richy patschte ihr ins Gesicht und riss sie aus ihren Gedanken.

„Hat es dir Spaß gemacht, Daddy beim Tennis zuzuschauen?" fragte Angela den Kleinen, der seinen zweiten Geburtstag in Paris gefeiert hatte. Eigentlich war er schon zu schwer, um andauernd getragen zu werden, aber sie tat es immer wieder gern. Er nannte sie jetzt „Mommy", und jedes Mal, wenn er das Wort aussprach, hätte Angela vor Glück weinen mögen. „Ist Daddy nicht fabelhaft? Na, du bist ja genauso voreingenommen wie ich."

Angela bemerkte den Mann in dem Auto nicht, das hinter ihrem parkte. Als sie ihre Wagentür aufschloss, warf sie zufällig einen Blick über die Schulter zurück. Der Mann war ausgestiegen. Angela erstarrte.

Er brachte mindestens noch zehn Kilo mehr auf die Waage als früher. Sein Haar war schütterer, grauer und schlecht geschnitten. Seine Haut sah schlaff und fahl aus, wodurch seine rotgeäderte Nase besonders auffiel. Die Kleidung wirkte ungepflegt und für dieses Klima viel zu warm. Seine Schuhe waren ausgetreten.

Aber sein hinterhältiger Gesichtsausdruck war noch immer der alte, und sein verschlagener Blick sagte, dass er etwas gegen jemanden in der Hand hatte und nicht erwarten konnte, es zu seinem Vorteil auszuspielen.

Angela wurde es buchstäblich übel. Instinktiv drückte sie Richy beschützend fester an sich.

„Hallo, Mrs. McCasslin." Er sprach den Namen wie eine Beleidigung aus.

Angela wäre am liebsten so schnell wie möglich davongerannt. Doch sie verharrte, schaute den Mann hasserfüllt an und sagte eiskalt: „Guten Tag, Ronald."

Er musterte sie von Kopf bis Fuß. Sie hatte das Gefühl, als beschmutze sie dieser unverschämte Blick.

„Du siehst gut aus", stellte Ronald schließlich fest.

„Und du wie ein Wrack“, entgegnete sie und wusste nicht, woher sie den Mut dazu nahm. Es musste Daniels Liebe und ihr gemeinsames Glück sein, das ihr die Kraft gab.

Einen solchen Ton war Ronald von Angela nicht gewohnt. Einen Moment zeichnete sich Verblüffung auf seinen Zügen ab, dann verzog er die Lippen zu einem üblen Grinsen. „Stimmt. Aber ich bin ja auch nicht so fein raus wie du, Mrs. McCasslin.“

Angela stellte Richy auf den Boden. Er war unruhig geworden, weil ihm die Unterhaltung uninteressant erschien. Die Metallnägel, die die Parkbuchten markierten, fand er entschieden aufregender. Angela passte auf, dass er sich außerhalb Ronalds Reichweite bewegte.

„Gib mir nicht die Schuld an deinem Schicksal, wie immer es auch aussehen mag, Ronald. Dir wurden die besten Voraussetzungen für ein erfolgreiches Leben auf einem Silbertablett serviert. Oder sollte ich besser sagen, mit einem goldenen Ehering? Wenn du aus deinen Chancen nichts gemacht hast, bist du selbst schuld.“

Ronald ballte die Hände und trat drohend einen Schritt vor. „Bitte nicht so von oben herab, ja? Ich kann nämlich deine kleine Welt mit einem Schlag zertrümmern, verehrte Mrs. McCasslin. Wie hast du ihn aufgetrieben?“

Angela fand, die beste Verteidigung sei, nichts zuzugeben. Sie hob stolz den Kopf.

„Ich weiß nicht, wovon du redest.“

Ronald packte sie mit stahlhartem Griff am Oberarm.

Wie bist du auf die Spur gekommen? Halt mich nicht für so dumm, mir weismachen zu können, du seist durch reinen Zufall in McCasslins Arme geraten."

Die Furcht überfiel Angela aufs Neue. Ronald würde skrupellos, grausam und gewalttätig vorgehen, wenn er auf andere Weise nicht erreichte, was er wollte.

„Logisches Nachdenken", antwortete sie knapp und atmete auf, als Ronald sie losließ. „Ich hatte ihn und seine Frau an dem Morgen gesehen, als sie das Krankenhaus verließen."

„Gratuliere. Fein gemacht."

Er betrachtete Richy mit einem Blick, der Angela beinahe das Blut gerinnen ließ. „Er ist mir gut gelungen. Meine Zeugung war gute Arbeit."

Angela wurde schwarz vor Augen. Sie fürchtete, in Ohnmacht zu fallen, und wunderte sich, dass sie ein paar Sekunden später noch immer aufrecht dastand. „Deine Zeugung?" presste sie hervor.

Ronald lachte hässlich. „Was ist denn, Mrs. McCasslin? Denkst du jetzt, alles war umsonst, und du hättest dich dem falschen Mann an den Hals geworfen?"

„Ist Richy ... ist Richy nicht Daniels Sohn?" stieß sie entsetzt hervor.

Ronald war anzusehen, dass er Angelas Verzweiflung genoss. „Ja, aber ich habe die Arbeit für ihn getan."

Angela lehnte sich gegen das Auto. Ihre Übelkeit ließ langsam nach, doch der schlechte Geschmack in ihrem Mund blieb. Dieser Mann war ein zu allem fähiger Teufel.

„Wie die Dinge liegen, hast du mir sogar einen Gefallen mit dieser Heirat erwiesen“, sprach Ronald weiter und betrachtete seine Fingernägel.

Angela tat ihm nicht den Gefallen, ihn zu fragen, wie er das meinte. Sie schaute ihn nur an.

„Ich mache schwere Zeiten durch, Angela. Sicher trifft es auch dich hart, dass die Klinik, die dein verehrungswürdiger Herr Vater so mühselig aufgebaut hat, nicht mehr existiert.“

„Als ich mich von dir scheiden ließ, habe ich mich auch von ihr geschieden“, erwiderte Angela. „Für mich war die Klinik nicht mehr das Werk meines Vaters, sondern nur noch ein Spielzeug für deine Skrupellosigkeit.“

„Nun ja ...“ Ronald zuckte die Schultern. „Jedenfalls ist sie weg. Futsch, verloren. Und das bringt mich zu dem Grund für diese schöne Reise.“ Er beugte sich zu Angela und flüsterte verschwörerisch: „Du wirst mir helfen, ein paar Verluste wettzumachen.“

„Bist du wahnsinnig? Für dich rühre ich keinen Finger. Und die schöne Reise, wie du das nennst, ist hiermit zu Ende. Belästige mich nicht noch einmal.“ Angela hockte sich nieder, nahm Richy hoch, riss die Wagentür auf und setzte ihn ungeachtet seines Protests ins Auto.

„Sekunde noch!“ Ronald hielt sie fest, ehe sie einsteigen konnte. „Und wenn ich deinem neuen Ehegatten mal einen Besuch abstatte?“

Angela starrte Ronald mit angehaltenem Atem an.

„Du magst vielleicht eine schlechte Meinung von mir haben", fuhr er fort. „Aber McCasslin und seine Frau hielten mich für einen Halbgott. Dein lieber Mann ist gewiss erfreut, mich wieder zu sehen. Soll ich mich mal ein bisschen mit ihm unterhalten?"

Angela hoffte, dass Ronald ihr die Panik nicht anmerkte. Sein triumphierender Blick sagte ihr jedoch, dass sie ihm nicht entgangen war.

„Ahnte ich's doch! Mr. McCasslin weiß nicht Bescheid, nicht wahr? Er weiß nicht, dass er eine käufliche Frau geheiratet hat, die sich ihre Dienste teuer bezahlen ließ. Mit fünfzigtausend Dollar, genau gesagt. Wäre doch interessant für ihn, die Wahrheit zu erfahren, oder?" Ronald ließ Angela los und stieß sie in das Auto. „Ich lasse von mir hören!"

„Schmeckt dir dein Kalbsschnitzel nicht?"

Angela hörte auf, in dem Essen auf ihrem Teller zu stochern, und lächelte Daniel zu, der sie besorgt anschaute. „Entschuldige. Ich glaube, wir hätten heute lieber nicht ausgehen sollen." Sie waren zum Abendessen in eines der besten Restaurants von Lahaina gefahren.

Daniel griff nach ihrer Hand und drückte sie. „Wenn dir nicht nach Ausgehen zu Mute war, hättest du das doch sagen können. Ebensogern wäre ich mit dir zu Hause geblieben."

Angela erinnerte sich an die vielen schönen Abende daheim, und als sie jetzt Daniels liebevollen Blick sah, quälte sie die Schuld, mit der sie lebte, so sehr, dass es schmerzte.

Während des ganzen Nachmittags waren ihre Nerven

zum Zerreißen gespannt gewesen. Jedes Mal, wenn sie sich umdrehte, meinte sie, Ronald hinter sich stehen zu sehen. Er ekelte sie an, er und seine Selbstbedienungsmethoden. Aber war sie besser als er? Hatte sie nicht Daniels Gutgläubigkeit und seine Liebe ausgenutzt? Warum hatte sie ihm nicht gleich zu Anfang die Wahrheit gesagt? Sie sah sich jetzt auf einer Ebene mit Ronald Lowery und konnte sich nur noch verachten.

„Es tut mir Leid, dass ich dir den Abend verderbe." Sie seufzte. Am liebsten hätte sie sich in Daniels Armen verkrochen und sich vor den Gefahren der Außenwelt versteckt.

„Ein Abend, den ich mit dir verbringe, kann gar nicht verdorben sein", entgegnete Daniel leise. Er lächelte ein bisschen frech. „Von ein paar Abenden vor unserer Hochzeit abgesehen natürlich, an denen ich in dein Bett wollte und du alle möglichen Tricks aufbotest, mich da rauszuhalten."

Angela musste trotz ihres Kummers und ihrer Niedergeschlagenheit lächeln. „Ich habe mich doch nur an die Regeln für gutes Benehmen gehalten", behauptete sie mit einem scheinbar verschämten Augenaufschlag.

„Von wegen gutes Benehmen! Ich wette, du ..." Daniel vollendete den Satz nicht. Er hatte etwas entdeckt, was ihn ablenkte.

„Daniel?"

Es dauerte eine Weile, bis er Angela wieder anschaute. „Ich ... Wie bitte? Oh, entschuldige. Was sagtest du?"

„Du hast etwas gesagt, nicht ich." Angela drehte sich um,

weil sie ergründen wollte, was Daniel so sehr interessierte. Ihr Lächeln erlosch. Allein an einem Tisch am anderen Ende des Raums saß Ronald Lowery und studierte die Speisekarte. Angela wusste, dass er nicht zufällig hier war.

Sie wandte sich wieder Daniel zu. „Kennst du den Mann?“ fragte sie zögernd. Gleich darauf merkte sie, dass sie sich damit entschlossen hatte, die Wahrheit weiter zu verschweigen. Dies wäre die beste Gelegenheit gewesen, Daniel zu gestehen, dass Ronald ihr geschiedener Mann und sie die Mutter von Richy war. Stattdessen hatte sie es wieder einmal gescheut, Daniels Liebe aufs Spiel zu setzen.

„Ja“, antwortete Daniel. Er presste die Lippen zusammen, wie er es immer tat, wenn ihm irgendetwas nicht gefiel. Anscheinend empfand er doch nicht ganz so viel Hochachtung für Ronald, wie dieser annahm. „Er ... ähm ... Ellie und ich lernten ihn in Los Angeles kennen. Er hat uns einmal sehr geholfen.“

„Ach so.“ Angela griff nach ihrem Glas.

„Er ist Arzt. Für den großen Dienst, den er uns erwies, wurde er gut bezahlt. Später hat er versucht, noch mehr Geld aus uns herauszupressen.“

Angelas Magen krampfte sich zusammen. Was war Ronald nur für ein Mensch! „Mit welcher Begründung forderte er denn eine Nachzahlung?“ Angela hoffte, dass ihre Frage sachlich klang.

„Er sagte, es seien unerwartete Schwierigkeiten eingetreten“, antwortete Daniel und blickte wieder zu Ronald hinüber. „Wir haben uns geeinigt. Ich möchte bloß wissen, was er jetzt auf Maui macht. Urlaub?“

„Vermutlich.“ Angela staunte, wie normal ihre Stimme klang.

„Wenn du genug mit deinem Kalbsschnitzel gespielt hast, könnten wir jetzt gehen.“

„Natürlich.“ Großer Gott, wie sollte sie das alles nur überstehen?

Daniel führte Angela an den Tischen vorbei in Richtung Ausgang, und gleich würden sie Ronalds Platz erreichen. Angela war klar, dass er ihr und Daniel absichtlich zu diesem Restaurant gefolgt war, um sie an seine Drohung zu erinnern. Ronald wollte etwas von ihr, und dieses Ziel würde er verbissen verfolgen, bis sie aufgab. Sie wusste jetzt schon, dass sie kapitulieren musste, um ihr Leben mit Daniel und Richy zu retten.

Die Szene, die Ronald hinlegte, war bühnenreif. Als er Daniel „entdeckte“, kannten seine Überraschung und seine Freude keine Grenzen. Mit keiner Miene verriet er, dass ihm Angela keine Unbekannte war. „Daniel McCasslin! Wie schön, Sie nach so langer Zeit wieder zu sehen.“

Daniel blieb kühl. „Guten Abend, Dr. Lowery.“

Ronald schüttelte Daniels Hand. „Sie sehen hervorragend aus, Daniel. Ich habe kürzlich fantastische Meldungen über Sie im Sportteil meiner Zeitung gelesen.“ Sein Gesicht nahm einen traurigen und mitfühlenden Ausdruck an. „Das mit Ihrer Frau tut mir schrecklich Leid, wirklich. Wie geht es dem Baby?“

„Danke für Ihr Beileid. Richy ist inzwischen ein strammer Zweijähriger. Ihm geht’s ausgezeichnet.“

„Das freut mich.“

„Übrigens“, Daniel zog Angela heran, „das ist meine Frau. Angela, darf ich dir Dr. Ronald Lowery vorstellen?“

Sie hatte solche Szenen schon in Komödien gesehen. Wer konnte so etwas nur komisch finden? Die Wirklichkeit war so grausam, dass sie fast mit einem irren Lachen oder hysterischem Geschrei reagiert hätte. Angela schaffte es, beides zu unterdrücken. „Guten Abend, Dr. Lowery“, sagte sie. Aber keine zehn Pferde hätten sie dazu gebracht, ihm auch noch die Hand zu reichen.

„Guten Abend, Mrs. McCasslin“, erwiderte Ronald freundlich.

Die beiden Männer tauschten noch einige Höflichkeiten aus. Ronald erzählte, dass er ein paar Wochen Urlaub auf den Inseln machen wolle, und Daniel wünschte ihm viel Spaß. Angela überstand die Prozedur, ohne durchzudrehen. Ihr Lächeln war so verkrampft, dass ihre Wangenmuskeln schmerzten.

„Ich habe mich wirklich sehr gefreut, Sie wieder zu sehen“, sagte Ronald zum Abschied.

„Ganz meinerseits“, erwiderte Daniel und führte Angela endlich zum Ausgang. Als sie im Auto saßen, startete er den Motor, fuhr aber nicht an.

„Stimmt etwas nicht?“ fragte Angela.

„Es ... es ist nur ...“ Daniels Stimme erstarb.

Angela saß stocksteif neben ihm. Sie kämpfte noch immer gegen ihre Hysterie an.

„Weißt du, Dr. Lowery spielte eine wichtige Rolle in Ellies und meinem Leben“, begann Daniel erneut. „Ich sagte dir ja, dass sie Schwierigkeiten mit der Empfängnis hatte. Lowery ... er machte es möglich, dass wir Richy bekamen. Ich muss ihm für meinen Sohn dankbar sein. Aber ... Herrgott, Angela, ich kann es dir nicht erklären!“ Er strich sich über die Stirn. „Es ist nicht nur die Tatsache, dass er für seine Dienste mehr Geld als vereinbart verlangte. Es ist seine ganze Art, die mich misstrauisch macht. Und dass ich ihm heute sozusagen auf meinem eigenen Territorium begegnet bin, beunruhigt mich.“ Daniel lachte leise und unfroh. „Jetzt denkst du sicher, ich sei verrückt.“ Er legte den Gang ein und fuhr an.

„Nein“, erwiderte Angela. „Ich halte dich nicht für verrückt. Dem Kerl traue ich auch nicht.“

„So, jetzt ist das Licht aus. Willst du mir nun nicht endlich erzählen, was dich bedrückt?“ fragte Daniel.

Angela hatte schon ein paar Minuten im Bett gelegen, als Daniel die Nachttischlampen ausschaltete und sich zu ihr legte. Wie üblich, waren beide völlig unbekleidet. Darauf hatten sie sich schon in ihrer ersten Ehewoche geeinigt, weil es „Zeit sparte“, wie Daniel mit einem Augenzwinkern bemerkte. Heute aber hätte Angela am liebsten ihr Nachthemd angezogen. Sie wollte sich bedecken, sich verstecken.

„Gar nichts bedrückt mich", murmelte sie in ihr Kopfkissen.

„Wie kommt es dann, dass du wie ausgewechselt bist, seit du heute Nachmittag den Club verlassen hast? Du warst nur noch ein Nervenbündel, hast dein Abendessen nicht gegessen, kaum geredet und, was das Ungewöhnlichste ist, du hättest fast Richys Gutenachtkuss vergessen. Also bitte – irgendwas stimmt doch nicht!"

Mit einem Mal kam die ganze Angst an die Oberfläche. Angela musste einfach um sich schlagen und traf natürlich den, der am nächsten war, Daniel. „Bloß weil mir heute nicht nach Sex ist, glaubst du, irgendwas stimmt nicht. Ich bin einfach nicht in Stimmung, verstehst du? Ich bin keine Lampe, die sich nach Belieben ein- und ausschalten lässt. Kannst du mich nicht mal eine Nacht lang in Frieden lassen?" Sie zog die Bettdecke bis ans Kinn.

Ein paar Sekunden lang herrschte absolutes Schweigen. Dann sprang Daniel aus dem Bett. „Dein Gedächtnis funktioniert nicht richtig. Ich habe dich heute Nacht noch gar nicht zu Intimitäten aufgefordert."

Er war schon fast an der Tür, ehe sie ihn bitten konnte zu bleiben. „Daniel!" rief sie und setzte sich auf. „Sei nicht böse. Es tut mir Leid. Bitte, komm zurück. Nimm mich in die Arme." Im Mondlicht, das durch die großen Fenster ins

Zimmer fiel, glänzten die Tränenspuren wie Silber auf ihren Wangen.

Sofort war Daniel wieder bei Angela. Er umarmte sie, strich ihr zärtlich übers Haar und drückte ihr Gesicht an seine Schulter. „Was ist denn, Angela? Habe ich dir etwas getan? Oder habe ich etwas nicht getan?"

„Nein, nein", jammerte sie leise. „Ich hätte nicht so scheußlich zu dir sein sollen. Das wollte ich gar nicht. Ich ..."

„Was denn, Angela? Komm, sag's mir."

Angela versuchte, die Kraft und den Mut aufzubringen, um Daniel alles über Ronald und Richy zu erzählen. Es ging nicht. Sie wischte sich die Tränen ab. „Ach, nichts. Wirklich nicht. Ich ... ich fühle mich heute nur nicht so ganz wohl."

„Leg dich hin", bat Daniel. Er streckte sich neben ihr aus und nahm sie wieder in seine beschützenden Arme.

Der leichte Wind, der vom Ozean her durchs Fenster hereinkam, fächelte über ihre Körper. Es war so warm, dass Daniel die Bettdecke nicht wieder hochgezogen hatte. Angela fühlte Daniels Atem in ihrem Haar.

„Sorgst du dich, weil du noch nicht schwanger bist?"

Das hatte sie tatsächlich beunruhigt, allerdings nicht so sehr, dass sie darüber gesprochen hätte. „Es wird schon noch", sagte sie leise.

„Das glaube ich auch. Aber es ist nicht so wichtig. Ich liebe dich, und wenn wir kein Kind bekommen, liebe ich dich nicht weniger."

Angela führte seine Hand an die Lippen und küsste sie. „Ich möchte alles für dich sein."

„Das bist du. Für mich bist du ohne Vorbehalte Richys Mutter. Wenn man euch beide zusammen sieht, kann man auf gar keine andere Idee kommen."

Angela erstickte ein Schluchzen und kuschelte sich noch dichter an Daniel. Dieses blinde Vertrauen, diese Liebe verdiente sie nicht!

„Wenn ich dich umarme, Angela, denke ich am allerwenigsten ans Kinderbekommen. Dabei denke ich nur an dich."

Er legte eine Hand um ihre Brust. Angela schluchzte und seufzte gleichzeitig. Daniel flüsterte ihr liebevolle, beruhigende Worte ins Ohr.

„Ich denke an deine Brüste, die so wunderschön sind und die ich so gern berühre. Wie jetzt." Mit einem Finger streichelte er die Spitzen. „Deine Haut ist so seidenweich." Seine Hand glitt zu ihrem Bauch hinunter. „Ich küsse sie so gern. Und dies hier ..." Nun waren seine Finger zwischen ihren Schenkeln angelangt. „Dies hier ist überwältigend." Angela stöhnte auf bei der erotischen Berührung. „Ich bin so gern in dir. Es ist das schönste Gefühl, das ich kenne."

„O Daniel ..." Angela bot ihm ihre Lippen. Er küsste sie.

„Meine Liebe gehört dir, Angela, und zwar bedingungslos und für alle Zeit."

Angela schaute Daniel in die Augen. „Jetzt ... jetzt möchte ich doch gern, dass ... Komm, liebe mich."

Daniel lächelte glücklich und überrascht, als Angela sich aufrichtete, ihre Hände an seine Schultern legte und ihn aufs Laken drückte, so dass er flach auf dem Rücken lag. Sie kniete sich über ihn. Angela staunte über ihre eigene Kühnheit, während sie die Hände unter ihre Brüste hielt und sie Daniel wie zwei Früchte anbot. „Magst du ...?“

Daniel richtete sich ein wenig auf. Er schob ihre Hände fort und nahm das Geschenk nur zu gern an. Mit der Zunge liebkoste er die harten Knospen, bis Angela ihre Leidenschaft nicht länger zügeln konnte. Mit einem kleinen Aufschrei ließ sie sich auf Daniel nieder und nahm ihn in sich auf.

„O Angela, mein Engel ...“ Daniel schloss die Augen.

Angela bewegte ihre Hüften in kleinen Kreisen, sie hob und senkte sie, damit Daniel immer wieder tief zu ihr kommen konnte. Er atmete schwer und rau, aber seine Liebkosungen waren unendlich weich und zärtlich. Erst streichelte er Angelas Brüste, dann schob er die Hand an die Stelle, wo ihre beiden Körper miteinander verschmolzen waren. Das Spiel seiner Finger versetzte Angela in Ekstase.

„Daniel, bitte ... bitte!“ Ob sie ihn bat, aufzuhören oder weiterzumachen, wusste sie nicht. Er hingegen wusste es. Er setzte fort, was er begonnen hatte, bis sie gemeinsam den Gipfel ihrer Liebe erreichten.

Erschöpft ließ sich Angela auf Daniel niedersinken. Beide rangen nach Atem; beide waren sich ihres unendlich großen Glücks bewusst.

Nach einer Weile rollte Angela zur Seite. Daniel strich ihr die feuchten Haarsträhnen aus dem Gesicht.

„Unsere Liebe ist das Schönste, Reinste und Aufrichtigste, was es auf der Welt gibt, Angela."

„Ja." Ihre Stimme klang heiser. Sie lächelte Daniel an. Erst als er eingeschlafen war, ließ sie ihren Tränen freien Lauf.

12. KAPITEL

„Ist die Dame des Hauses am Apparat?"

Angela packte den Telefonhörer fester. Sie erkannte die Stimme sofort. Diesen Anruf hatte sie seit Tagen gefürchtet. Dass Ronald anrufen würde, war ihr klar gewesen. Sie hatte nur nicht gewusst, wann. Als sie ihn jetzt hörte, war sie fast erleichtert, zumindest war die Anspannung damit vorüber. Nun brauchte sie sich nur noch vor seinen Forderungen zu fürchten.

„Am Apparat", lautete ihre kurze Bestätigung.

„Restaurant Orchid Lounge. Drei Uhr."

Es klickte, und die Leitung war tot. Langsam legte Angela den Hörer auf die Gabel. Viel Zeit hatte Ronald ihr nicht gelassen. Es ging schon auf halb drei zu. Richy hielt seinen Mittagsschlaf. Daniel befand sich in seinem Arbeitszimmer und führte ein langes Ferngespräch mit Hank. Wenn Richy aufwachte, wollten sie gemeinsam zum Spielen an den Strand gehen.

„Mrs. Laani“, sagte Angela und steckte den Kopf durch die Küchentür. „Ich möchte Daniel nicht beim Telefonieren stören. Würden Sie ihm bitte ausrichten, dass ich ein paar Einkäufe erledigen muss? Er und Richy sollen allein an den Strand gehen. Ich komme später nach.“

„Aber ich kann doch für Sie einkaufen“, bot die Haushälterin an.

„Nein, danke. Ich benötige ein paar persönliche Dinge. Es dauert nicht lange.“ Kurz darauf verließ sie das Haus.

Angela kannte die Orchid Lounge. Das Restaurant befand sich in einer heruntergekommenen Gegend etwas außerhalb von Lahaina. Sie war ein paar Mal daran vorbeigekommen, wenn sie in die Stadt fuhr. Im Inneren war es noch grässlicher als erwartet. Der Gestank von kaltem Zigarettenrauch und schalem Bier machte ihr den Aufenthalt in dem trüb beleuchteten Raum fast unerträglich.

Nachdem Angelas Augen sich an die Dunkelheit gewöhnt hatten, merkte sie, dass sie die einzige Frau in der Kneipe war. Aus den finsteren Ecken starrten ihr Augenpaare gierig entgegen. Angela unterdrückte ihren Ekel und setzte sich nahe beim Ausgang in eine der Sitznischen.

„Mineralwasser, bitte“, bestellte sie bei dem Barmann, der zu ihr geschlurft kam.

Sie hielt den Blick auf die große Uhr an der gegenüberliegenden Wand gerichtet. Das Glas Mineralwasser, das vor sie hingestellt wurde, hätte sie nicht einmal mit der Feuerzange angefasst. Die geflüsterten, auf sie gemünzten Kommentare, denen bald Gelächter folgte, überhörte sie.

Nach einer Viertelstunde war Ronald noch immer nicht da. Natürlich ließ der Schuft sie absichtlich hier in diesem Laden schmoren. Psychologische Kriegsführung nannte man das wohl. Darin kannte er sich ja aus. Aber das Spiel machte sie nicht mit, nein, keinesfalls!

Angela wollte gerade aufstehen und gehen, als Ronald sich ihr gegenüber in die Nische schob.

„Wo willst du hin?“ fragte er feindselig.

„Ich mag Treffpunkte nicht, die du auswählst“, erklärte sie.

„Du musst sie ja auch nicht mögen.“ Ronald winkte dem Barmann. „Einen doppelten Scotch. Pur.“ Er wandte sich wieder an Angela. „Ich brauche zwanzigtausend Dollar.“

Der Barkeeper brachte Ronalds Whisky und fragte Angela, ob sie noch etwas zu trinken wünsche; eine dumme Frage, wo doch ihr Glas noch unberührt vor ihr stand. Sie schüttelte den Kopf, und der Mann schlurfte fort.

Ronald stürzte die Hälfte seines Drinks hinunter, verzog das Gesicht und nahm dann einen kleineren Schluck. „Du wirst mir das Geld beschaffen.“

„Bist du verrückt? Nichts dergleichen werde ich tun.“

Ronalds Blick glitt zu ihren Brüsten hinunter. Er lächelte teuflisch. „O doch, du wirst.“ Er trank noch einen Schluck Whisky. „Mir sitzen Leute im Nacken, weißt du. Harte Leute, Bluthunde. Ich stehe bei denen bis zu Halskrause in der Kreide. Die wollen Geld sehen.“

„Dein Problem. Nicht meins.“

„Ich mache es aber zu deinem Problem. Du bist jetzt mit einem reichen Tennis-Star verheiratet. Ganz großes Kaliber. Berühmter Knabe. Ohne mich hättest du den nie getroffen. Du schuldest mir also etwas.“

Angela lachte höhnisch auf. „Nach allem, was du mir angetan hast, nachdem du mich sogar gezwungen hast, das Kind eines fremden Mannes zu bekommen, soll ich dir etwas schulden?“

Ronald zuckte die Schultern. „Jedenfalls wirst du das tun, was ich dir sage. Wie früher auch immer. Du bist nämlich ein Feigling, Angela.“

„Bin ich nicht!“ fauchte sie.

„Nein?“ Ronald blickte über die Schulter zu den zehn oder zwölf Männern hinüber, die sie mit Interesse beobachteten. „Warst du nicht ein ganz kleines bisschen ängstlich, ehe ich hereinkam? Du fühltest dich hier nicht recht wohl, oder? Bist du nicht ein wenig nervös geworden unter all diesen Kerlen, die dich anstarren und sich ausmalen, wie es wohl unter deinem Rock aussieht? Ein Wort von mir, und sie schauen nach.“

„Ronald, hör auf.“

Er tat erstaunt. „Na so was! Täusche ich mich, oder zittert deine Stimme ein bisschen? Bittest du mich etwa um Gnade?“ Er verschränkte die Arme auf der Tischplatte und beugte sich vor. „So habe ich es gern, Angela." Er trank sein Glas leer und signalisierte dem Barmann, dass er ein weiteres wünschte. „Und jetzt zur Sache. Fünftausend brauche ich sofort. Die restlichen fünfzehntausend über drei, vier Wochen verteilt."

Angela versuchte, nicht die Fassung zu verlieren. „Ronald, so viel Geld habe ich nicht."

„Ihr habt ein Bankkonto, an das du herankommst!" Ronald schlug mit der Faust auf den Tisch. „Das weiß ich genau."

Angela duckte sich unwillkürlich. „Womit soll ich denn Daniel Ausgaben in dieser Höhe erklären?" fragte sie verängstigt.

„Denk dir etwas aus. Wenn du gerissen genug warst, den Burschen vor den Traualtar zu tricksen, wird dir wohl auch hierzu etwas einfallen."

„Ich habe ihn nicht vor den Traualtar getrickst!" protestierte sie.

„Aber das wird er denken, wenn ich ihm erzähle, wer du in Wirklichkeit bist." Ronald schüttelte scheinbar bekümmert den Kopf. „Ja, ich glaube, seine Begeisterung für dich würde erheblich nachlassen, wenn er das erführe."

„Ich könnte es leugnen. Natürlich müsste ich zugeben, dass ich einmal mit dir verheiratet war, das beweist jedoch nicht, dass ich die Mutter von Daniels Sohn bin. Ich brauchte nur zu behaupten, dass du uns mit einer Lüge erpressen willst."

„Arme Angela! Bist du wirklich so naiv? Erinnerst du dich nicht mehr an den Rechtsanwalt von damals? Er ist mein Freund, und er hat alle Unterlagen über die Vorgänge in seinem Safe. Ich könnte ihn bitten, sie McCasslin zu zeigen. Im Übrigen sagte ich dir ja schon, dass McCasslin mich in den Himmel hebt, weil ich ihm zu diesem Jungen verholfen habe."

„Darauf verlass dich nur nicht, Ronald! Er hat mir erzählt, dass du Geld aus ihm herausquetschen wolltest, weil es angeblich Komplikationen gegeben hätte. Er hält nicht halb so viel von dir, wie du glaubst."

Ronald verzog spöttisch die Lippen. „Egal. Jedenfalls hätte er es sicher nicht gern, wenn ich der Presse erzählte, was ich über dieses Kind weiß. Das würde nicht nur seinen eigenen Ruf ankratzen, sondern auch das Andenken an seine geliebte Dahingeschiedene ruinieren." Ronald tat, als wäre ihm eben etwas Unangenehmes eingefallen. „Sag mal, wird es bei euch im Bett nicht ein wenig eng zu dritt? Du, dein Tennis-Ass und das Gespenst seiner Frau?"

Ronald hatte Angela verletzen wollen, und es war ihm gelungen. „So ist es nicht!" widersprach sie heftig.

„Nein? Der war doch irrsinnig in seine Frau verknallt. Selbst jemand wie ich, der Liebe für Schwachsinn hält, konnte das nicht übersehen. Weißt du, ich war auch mal verheiratet. Du magst ja eine fantastische Haushälterin, Köchin und Mutter gewesen sein, aber im Bett warst du stinklangweilig."

Angela sah rot. Der Hass überwältigte sie. Am liebsten

hätte sie diesem Scheusal jede Einzelheit ihres Liebeslebens mit Daniel an den Kopf geworfen. Sie ballte die Hände und blickte ihn wutentbrannt an. „Daniel liebt mich. Ich liebe ihn. Wir wollen ein Kind haben. Wir ..."

Ronalds hässliches Gelächter unterbrach sie. „Du und ein Kind? Was bringt dich denn auf den Gedanken, du könntest noch Kinder kriegen?"

„Was ... was meinst du damit?" Angela war vor Entsetzen fast wie gelähmt.

„Damit meine ich, dass dein zweites Kind dein letztes war. Nichts geht mehr. Du wurdest sterilisiert, Mrs. McCasslin."

„Unmöglich", flüsterte Angela. „Das ist doch unmöglich."

„Du warst damals in Narkose, weißt du nicht mehr?"

„Doch, aber ... dann hätte doch ein Schnitt gemacht werden müssen, um ..."

Ronald winkte ab. „Es gibt immer neue Methoden, die ein Gynäkologe ausprobieren kann. Und das beste Versuchskaninchen ist die eigene Ehefrau. Ich dachte, dein Mutterinstinkt würde dich vielleicht überwältigen, nachdem du das McCasslin-Baby hergeben musstest. Da wollte ich verhindern, dass du dann noch eins haben konntest. Joey hat mich schon genug Geld gekostet."

Angela schrie auf, als hätte Ronald sie geohrfeigt. Wie konnte er nur so von Joey, seinem eigenen Sohn, reden? Und jetzt hatte dieser grausame Mensch auch noch ihre Hoffnungen auf ein weiteres Kind zunichte gemacht!

Angela fühlte sich geschlagen. „Wie viel brauchst du? Fünftausend?“ Ronald sollte aus ihrem Leben verschwinden. Wenn sie das mit Geld erreichte, wollte sie jeden Betrag zahlen.

„Fürs Erste, ja. Und zwar morgen.“

„Morgen? Ich glaube nicht, dass ich das so schnell schaffe, aber ich versuche es.“ Sie stand auf. Ihre Beine gaben fast nach.

Ronald packte ihren Arm. „Du wirst es mir morgen übergeben, oder ich statte deinem Ehemann einen kleinen Besuch ab.“

Angela befreite ihren Arm und ging benommen zur Tür. Das Sonnenlicht draußen blendete sie. Oder waren es ihre Tränen?

„Morgen?“ wiederholte Angela. Daniel war mit der Nachricht herausgerückt, als sie gerade ihre Gabel zum Mund hatte führen wollen. Sie erstarrte mitten in der Bewegung und legte das Besteck dann auf den Teller. „Wir reisen morgen nach Kalifornien?“ Morgen, morgen. Immer wieder hörte sie dieses Wort.

„Ich weiß, das kommt ein bisschen plötzlich. Ich habe es selbst erst vor ein paar Minuten erfahren.“ Daniel hatte ein langes Telefongespräch mit Hank geführt und war danach zu Angela und Richy ins Esszimmer gekommen. „Mrs. Laani kann heute Abend noch Richys Sachen packen. Wir nehmen morgen die Dreizehn-Uhr-Maschine nach Honolulu und dann den Spätflug nach Los Angeles."

„Aber weshalb denn diese Eile?" fragte Angela verzweifelt. „Für die Eile gibt es mehrere Gründe. Erst einmal laufen Turniere in San Diego, Las Vegas und San Francisco, an denen ich mich nach Hanks Ansicht beteiligen soll. Nur wenige der Topleute werden spielen, und so kann ich vielleicht ein paar Siege einheimsen. Zwischen den Spielen liegen jeweils einige Tage, und Hank und ich haben da ein paar Dinge zu erledigen."

Angela blickte auf ihren Teller. Seit dem Treffen mit Ronald wagte sie kaum noch, Daniel in die Augen zu sehen. Jetzt hatte sie zwei Geheimnisse vor ihm: dass sie Richys Mutter war und dass sie keine Kinder mehr bekommen konnte. Und zu allem Überfluss wollte sie ihm nun auch noch Geld aus der Tasche ziehen, um damit einen Erpresser zu bezahlen. Wie tief war sie gesunken!

Im Gegensatz zu Ronalds Ansicht hatte Angela keinen ungehinderten Zugang zu Daniels Bankkonten. Daniel hatte ihr ein eigenes Konto eröffnet, das er immer sehr großzügig auffüllte. Auch die Honorare für die Artikel und Erzählungen, die sie schrieb, gingen auf dieses Konto.

„Das ist Geld, das du dir verdient hast", hatte Daniel erklärt. „Gib es nicht für den Haushalt aus, sondern ausschließlich für dich persönlich."

Wie sie heute Nachmittag festgestellt hatte, befanden sich

zurzeit nur etwa dreitausend Dollar auf diesem Konto. Angela bezweifelte nicht, dass Ronald seine Drohung wahr machen würde, wenn sie ihm morgen nicht die geforderte Summe brachte. Morgen! Und morgen flogen sie aufs Festland.

Als Mrs. Laani hereinkam, um Richy ins Bett zu bringen, nickte Angela ihr nur zu und gab dem Kleinen völlig abwesend einen Kuss auf die Wange.

„Hank und ich haben die Möglichkeit, uns in eine schon bestehende Ladenkette für Sportartikel einzukaufen", erläuterte Daniel, nachdem er und Angela allein waren. „Ein landesweites Unternehmen. In ein paar Jahren gelingt es uns vielleicht, die anderen Partner auszuzahlen, und dann gehört das Ganze uns."

„Das ist großartig, Daniel."

„Ich habe schon mit einer Bank in Honolulu wegen der Kredite gesprochen. Unser Bargeld wird in den kommenden Monaten ein bisschen knapp werden, bis ich ein paar Preisgelder einstreichen kann und die ersten Einkünfte aus meinen neuen Werbeverträgen fließen. Wirst du es überleben, mit einem etwas engeren Budget auszukommen?" fragte Daniel scherzhaft. Angela brachte nur mit Mühe ein Lächeln zu Stande. Selbst wenn ihr eine glaubwürdige Lüge einfiel, könnte Daniel ihr jetzt kein Geld geben. Sie sah all ihre Träume und ihr Glück in Trümmern vor sich liegen.

Dass Angela über die schnelle Abreise entsetzt war, beunruhigte Daniel. Schon während der vergangenen Tage hatte er sich über Angelas verändertes Verhalten Sorgen gemacht. Sie war übernervös, brach beim kleinsten Anlass in Tränen aus und bewegte sich meistens wie eine Schlafwandlerin.

Zuerst hatte Daniel sich ihr Benehmen nicht erklären können, dann war er auf die Idee gekommen, Angela könne vielleicht doch schwanger sein. Als er sie danach fragte, bekam sie einen Weinkrampf.

Warum sagte sie ihm denn nur nicht vertrauensvoll, was ihr fehlte? Und weshalb fürchtete sie sich jetzt so vor der Reise? Dies war doch nicht die erste Tour, auf der sie ihn begleitete, und bisher war sie mit dem Wanderleben ausgezeichnet zurechtgekommen.

Woran zum Teufel lag es nur, dass sie wie verwandelt war? Etwa an ihm? Hatte sie die Ehe mit ihm satt? Dieser Gedanke erschreckte Daniel zutiefst.

„Ich ... ich muss dich doch nicht unbedingt begleiten, oder?“ Angela zerknüllte nervös ihre Serviette. „Ich meine, es ist vielleicht viel angenehmer für dich, wenn ich ... wir nicht alle immer hinter dir her stolpern. Und deine Besprechungen und so ...“

Daniel schaute Angela prüfend an. „Ich habe deine und Richys Begleitung nie als ‚Hinterherstolpern‘ empfunden. Ich möchte euch bei mir haben. Was die Besprechungen angeht, so hätte ich es gern, wenn du dabei wärst. Du sollst ein wichtiger und sichtbarer Partner bei allem sein, was ich unternehme. Ganz besonders bei diesem Geschäft, das die finanzielle Absicherung unserer Zukunft bedeutet.“ Daniels

Blick wurde noch eindringlicher. „Es gibt noch einen Grund, weshalb du mitkommen sollst. Ich möchte, dass du einen Arzt aufsuchst."

Angela klammerte sich mit beiden Händen an der Sitzfläche ihres Stuhls fest, damit Daniel ihr Zittern nicht bemerkte.

„Das ... das ist doch albern. Einen Arzt? Warum denn?"

„Weil ich glaube, dass du dich einmal gründlich untersuchen lassen solltest. Du behauptest zwar, dir fehle nichts, aber ich möchte die Meinung eines Fachmannes hören."

„Was für einen Arzt meinst du?" wollte sie wissen. „Einen Psychiater?"

„Ich finde, wir fangen erst einmal mit einem Mediziner an." Daniels Blick wurde weicher. „Angela, du bist kein Roboter. Du musstest dich innerhalb kürzester Zeit an einen neuen Ehemann, an ein Kind und an ein fremdes Klima gewöhnen. So etwas wirkt sich unbestreitbar auf Körper und Seele aus. Ich glaube, wir fühlen uns beide wohler, wenn du beim Arzt warst."

Und wie wohl wir uns erst fühlen, dachte Angela, wenn der Arzt sagt: Mr. McCasslin, ihre Frau ist kerngesund, aber steril. Tut mir Leid. Sie wollten doch nicht etwa noch ein Kind haben?

Was sollte sie nur tun? Was konnte sie überhaupt tun? Nichts. Falls Ronald morgen sein Geld nicht bekam, würde er Daniel ins Bild setzen, und dann war ohnehin alles aus. Warum also jetzt lange wegen des Arztbesuches streiten?

Das kostete nur Kraft, die sie wahrscheinlich noch dringend benötigte. „Gut, ich gehe zu einem Arzt.“

„Prima. Hank meldet dich an.“

„Was soll das heißen, du kannst es nicht beschaffen?“ Ronalds Stimme klang ebenso drohend wie verzweifelt.

„Dass ich es eben nicht beschaffen kann“, antwortete Angela im Flüsterton. Sie wollte niemanden aufwecken. Es war kurz nach Sonnenaufgang. Vorsichtig war sie aus dem Bett geschlüpft, hatte sich den Morgenmantel umgelegt, war die Treppe hinuntergeschlichen und hatte die Telefonnummer gewählt, die Ronald ihr gegeben hatte. Er war sofort am Apparat gewesen.

„Du kannst ungefähr dreitausend Dollar kriegen. Mehr habe ich nicht, und mehr bekomme ich auch nicht.“

„Das reicht nicht! Ich brauche fünftausend!“ brüllte er.

„Die habe ich nicht!“ erwiderte Angela.

„Dann beschaff sie.“

„Geht nicht, Ronald. Du hast mir weniger als einen Tag Zeit gelassen. Denk doch mal vernünftig.“

„Die Kerle, die mir an den Hals wollen, sind auch nicht vernünftig.“

„Das hättest du bedenken sollen, ehe du dich mit ihnen einließest.“ Hoffentlich merkte Ronald trotz ihrer kühnen Worte ihre Panik nicht. „Wir fliegen heute Mittag aufs Festland. Vielleicht wenn wir zurückkehren …“

„Bis dahin bin ich tot.“

Am liebsten hätte Angela ihm gesagt, wie ungemein sie das erleichtern würde.

Ronald ahnte das. „Du meinst wohl, dann wärst du fein raus, was? Von wegen! Bevor die mich umlegen, erzähle ich denen nämlich, wo sie das fehlende Geld kassieren können. Wenn du meinst, ich sei ein Quälgeist, dann solltest du diese Kameraden erst mal kennen lernen! Da bist du mit mir weit besser bedient, sage ich dir."

„Ich beschaffe das Geld", erklärte Angela. „Du musst nur deine Gläubiger noch etwas hinhalten."

„Nichts zu machen. Entweder du bist heute um elf mit fünftausend in bar in der Kneipe, oder ich ziehe eine hübsche kleine Schau auf dem Flugplatz ab." Damit legte er auf.

Angela starrte eine Weile auf den Ozean hinaus. Dann stieg sie die Treppe hoch und hatte dabei das Gefühl, als hingen zentnerschwere Gewichte an ihren Beinen.

Aus dem Schlafzimmer kam Gelächter und lautes Gekreische. Angela öffnete die Tür und sah, dass Richy mit seinem Vater in dessen Bett herumtobte. Beide waren im Adamskostüm. Sie balgten miteinander, und jedes Mal, wenn Daniel seinen Sohn kitzelte und dabei drohende Brummlaute von sich gab, quietschte der Kleine vor Vergnügen.

Angela setzte sich auf die Bettkante. Tränen stiegen ihr in die Augen. Daniel und Richy ... sie liebte sie unbeschreiblich, und die beiden liebten sie. Noch. Denn spätestens heute

Mittag würde sie als Betrügerin dastehen. Sie sollte jetzt endlich reden. Aus Furcht vor Daniels Zorn wagte sie es nicht. Zu lange hatte sie gewartet.

Möglicherweise bestand eine schwache Möglichkeit, Ronald vorerst loszuwerden. Wenn sie ihm das Geld brachte, das sie besaß, würde er ihr vielleicht für den Rest doch etwas Zeit lassen, kostbare Zeit, die sie noch mit Daniel und ihrem Sohn verbringen konnte.

Daniel stellte Richy auf seinen Bauch und hielt ihn aufrecht. Er blinzelte Angela zu. „Ein Prachtkerl, was?"

„Ja." Sie lächelte unter Tränen. „Ich liebe euch beide so sehr! Ihr wisst gar nicht, wie sehr. Ihr seid meine Welt, mein Leben – alles."

„Mein Gott, Angela, wie habe ich darauf gewartet, das wieder einmal von dir zu hören! In den letzten Tagen habe ich mich schon gefragt, ob du inzwischen meinst, du hättest mit mir einen schlechten Fang gemacht."

Angela strich über das krause, goldschimmernde Haar auf seiner Brust. „Nein. Ich habe mehr bekommen, als ich mir je erträumt habe."

Daniels Sehnsucht nach ihr spiegelte sich in seinen Augen. „Wollen wir das nicht mit einer wilden Orgie zu dritt feiern?"

Vielleicht war dies das letzte Mal, dass Daniel ihr seine Liebkosungen, seine Küsse und seine leidenschaftliche Liebe schenken wollte. Angela senkte den Blick. „Ich dachte immer, mehr als zwei Leute seien für eine Orgie zu viel."

„Da hast du völlig Recht. Einer von uns muss gehen." Daniel setzte sich mit einem Ruck auf und stupste dabei Richys Nase mit seiner an. „Rate mal, wer das ist, Freundchen." Er trug den Kleinen zur Tür und gab ihm einen Klaps auf den runden Po. „Geh zu Mrs. Laani. Vermutlich sucht sie dich schon, um dich in die Badewanne zu stecken."

Richy machte sich brav auf den Weg. „Laani! Laani!"

Daniel schloss die Tür hinter Richy ab und war mit ein paar Schritten wieder beim Bett. Er verlor keine Zeit, sondern umarmte Angela und küsste sie heiß und hungrig. Irgendwie schaffte er es dabei noch, ihr den Morgenmantel abzustreifen. Seine Hände gingen auf eine erregende Entdeckungsreise.

Angela schob die Finger in sein dichtes Haar und zog seinen Kopf noch fester zu sich heran. Sie bog sich Daniel entgegen und bewegte sich an seinem Körper.

„Du hast mir so gefehlt", rief er, als wäre Angela eben erst von einer langen Reise heimgekehrt. „Ich habe mich so nach dir gesehnt, nach meiner geliebten Angela. Du darfst dich nie mehr von mir zurückziehen. Es erschreckt mich zu Tode. Ich will dich nicht verlieren. Ich könnte es nicht ertragen."

Daniel biss zärtlich in ihre weiche Haut. Dann legte er die Lippen um eine ihrer Brustspitzen, und Angela stöhnte auf. Sie konnte ihm nur noch in zusammenhangslosen Sätzen immer wieder sagen, wie himmlisch seine Liebe für sie sei. Begehrlich ließ sie die Hände an seinem Körper hinabgleiten und zeigte ihm mit zärtlichen Fingern, wonach sie sich jetzt sehnte.

„Meine süße, süße Angela“, seufzte er, und es klang wie der Anfang eines Liebesliedes, das nur ihr gehörte.

Mit einer heftigen Bewegung hob Angela Daniel die Hüften entgegen und führte ihn zu sich. Herzen und Körper verschmolzen miteinander im erst langsamen und dann immer wilder werdenden Rhythmus der Leidenschaft.

Daniels Liebe löschte Angelas Verzweiflung aus. Wie eine Ertrinkende klammerte sie sich an ihn und rief immer wieder seinen Namen, bis beide vom Sturm der Empfindungen davongetragen wurden.

„Ich habe noch ein paar Besorgungen zu machen“, sagte Angela etwas unsicher, als sie sich zu Daniel und Richy gesellte, die am Tisch saßen und sich Mrs. Laanis selbst gebackenes Frühstücksgebäck schmecken ließen.

„Jetzt?“ Daniel wischte Richy die Krümel vom Mund. „Möchtest du nicht erst etwas essen?“

„Nein, nein. Ich muss mir noch ein paar Dinge für die Reise kaufen.“

„Nun gut, aber vergiss darüber nicht unsere Abflugzeit. Hast du schon gepackt?“

„Ja. Nur noch ein paar Kleinigkeiten fehlen.“

Angela war schon fast aus dem Zimmer, als Daniel sie zurückrief. „Hätte ich fast vergessen. Du hast Post bekommen.“ Er stand auf und ging hinaus.

Angela setzte sich neben Richy und biss in das Gebäckstück, das er ihr hinhielt. Sie fürchtete fast, dass sie den Bissen nicht hinunterbringen würde. Vorhin hatte sie Daniel im Stillen Lebewohl gesagt, und jetzt streichelte sie Richy zärtlich über das Köpfchen und verabschiedete sich so auch von ihm. Wie sollte sie nur ohne die beiden geliebten Menschen weiterleben?

„Hier.“ Daniel kam zurück, nahm wieder Platz und schob Angela einen Umschlag über den Tisch. Der Brief kam von der Zeitschrift, die Angelas erste Kurzgeschichte veröffentlicht hatte, und enthielt einen Scheck über zweitausend Dollar.

„Oh!“ rief sie aus und sprang auf. Tränen traten in ihre Augen.“ Daran habe ich ja gar nicht mehr gedacht.“ Unbewusst drückte sie den Scheck an ihre Brust.

Daniel musste lachen. „Der Scheck scheint dich ja ungeheuer zu erleichtern. Hast du gefürchtet, ich könnte dich nicht mehr ernähren?“

„Nein, nein“, stammelte Angela. „Natürlich kannst du mich ernähren. Aber gestern Abend sagtest du ... die Sache mit dieser Ladenkette ...“

Daniel lächelte sie strahlend an. „Liebling, nur weil ich sagte, dass es für eine Weile etwas knapper wird, brauchst du nicht zu denken, wir müssten nun ein Arme-Leute-Leben führen. Habe ich diesen Eindruck in dir erweckt?“ Er tätschelte ihre Hand. „Gib dieses Geld aus, wofür du willst. Es gehört dir. Um die Finanzen der Familie kümmere ich mich schon."

Einer plötzlichen Eingebung folgend, setzte sich Angela wieder, rief nach Mrs. Laani und bat sie, ihr eine Tasse Kaffee zu bringen. „Ich kann meine Einkäufe ebenso gut in Los Angeles oder San Francisco erledigen. Jetzt möchte ich mit meinem Mann und meinem Sohn frühstücken."

Angela verließ das Haus nur so lange, wie sie brauchte, um den Scheck einzulösen und das Geld von ihrem Konto abzuheben. Sie steckte die fünftausend Dollar in einen Umschlag, trat in eine Telefonzelle, rief die Orchid Lounge an und bat, Ronald Lowery an den Apparat zu holen.

„Wo zum Teufel steckst du? Ich warte seit einer Viertelstunde."

„Ich komme nicht." Angela machte eine Kunstpause, ehe sie weitersprach. „Das Geld wird in unserem Briefkasten liegen, wenn wir fort sind. Er befindet sich auf der Straße vor unserem Grundstück und ist nicht zu übersehen."

„Was soll denn das? Ich sagte ..."

„Wenn du das Geld haben willst ... bitte, du weißt jetzt, wo es zu finden ist. Wir verlassen das Haus gegen halb eins. Adieu, Ronald."

„Moment mal!" rief er. „Und die nächste Rate?"

„Wenn wir von der Reise zurück sind." Angela hängte ein, ehe er noch etwas sagen konnte. Sie zweifelte nicht daran, dass Ronald die fünftausend Dollar aus dem Briefkasten holen würde. Er hatte mehr Angst vor seinen Gläubigern als Angela vor ihm. Wie sie allerdings die nächsten fünftausend Dollar zusammenbekommen sollte, wusste sie noch nicht. Aber jetzt hatte sie sich erst einmal einen weiteren Monat des Glücks erkauft.

13. KAPITEL

Daniel schaute vom Bett aus zu, wie Angela sich mit dem Verschluss ihrer Perlenkette abmühte. Ihre schlanken Finger zitterten, und ihre ganze Körperhaltung verriet, dass ihre Nerven gespannt waren.

Mrs. Laani hatte mit Richy die Hotelsuite schon früher verlassen. Daniel hatte sie gebeten, das Kind für ein paar Stunden zu beschäftigen. Jetzt erhob er sich vom Bett und trat zu Angela. Er nahm ihr die beiden Enden der Kette aus den Fingern und hatte selbstverständlich keine Schwierigkeiten mit dem goldenen Verschluss.

Daniel betrachtete Angelas Gesicht im Spiegel. Er sah die gleiche Angst, die gleiche Sorge in ihren Augen, die ihn schon vor ein paar Wochen so bedrückt hatte. Umso mehr bekümmerte sie ihn jetzt, denn während der dazwischenliegenden Zeit waren sie beide so glücklich wie nie zuvor gewesen.

Daniel hatte alle Turniere gewonnen. Er war jetzt die Nummer drei auf der Weltrangliste. Nur wenige Leute erinnerten sich noch daran, dass er sich vorübergehend vom

Profi-Tennis zurückgezogen hatte, und kaum jemand erwähnte dieses Thema. Daniel hatte das Come-back geschafft.

Er legte die Arme um ihre Schultern. „Angela, du machst entschieden zu viel Aufhebens wegen dieser ärztlichen Untersuchung."

„Du bist derjenige, der zu viel Aufhebens davon macht!" fuhr sie ihn an.

„Das darf ein besorgter Ehemann ja wohl auch. Andersherum würdest du dich genauso verhalten wie ich."

„Ich würde dich nicht dazu drängen."

„Doch, das würdest du."

Natürlich hatte Daniel Recht. Aber mit Angela war alles in Ordnung – wenn man davon absah, dass ihr Ehemann in ein paar Stunden erfahren würde, dass sie kein Kind mehr bekommen konnte.

Angela befestigte die Ohrringe. „Daniel, ich bin gesund. Hattest du einen anderen Eindruck?"

„Nein", antwortete er ehrlich. Seit sie Hawaii verlassen hatten, war Angela für ihn eine Ehefrau gewesen, wie sie sich ein Mann nur wünschen konnte.

Erst in den letzten Tagen, nachdem Daniel energisch auf dem Arztbesuch bestanden hatte, war sie wieder in diesen unerklärlichen Zustand verfallen, der sich noch verschlimmerte, wenn er das Wort „daheim" aussprach. Fürchtete sie sich etwa vor einem ärztlichen Befund? Vermutete sie

Schlimmes? Verbarg sie ihm etwas, damit er sich keine Sorgen machte?

„Angela." Er schaute ihr in die Augen. „Mein Liebes, tut dir wirklich nichts weh? Ich meine, befürchtest du, dass der Arzt etwas Böses feststellen wird? Bist du deshalb so ..."

Angela legte ihm den Finger auf die Lippen. Dass sie ihm solche unnötigen Sorgen bereitete, tat ihr in der Seele weh. „Nein, nein, Liebling. Ich bin wirklich bei allerbester Gesundheit."

Daniels Erleichterung war offensichtlich. „Du magst doch unser Zuhause auf Maui, ja?"

„Selbstverständlich", bestätigte Angela.

„Aber jedes Mal, wenn ich von unserer Heimreise spreche, scheint dich das zu bedrücken. Wenn es dir dort nicht mehr gefällt, ziehen wir um. Das Haus war für mich ein Zufluchtsort, den ich jetzt nicht mehr brauche. Ich brauche nur noch dich und Richy. Mit euch beiden kann ich überall leben. Manche Menschen leben nicht gern so abgeschieden wie ..."

„Ich gehöre nicht dazu", unterbrach Angela ihn. „Ich mag dein Haus, das jetzt auch meines ist. Dort könnte ich mit dir und Richy bis in alle Ewigkeit leben."

Daniel drückte Angela fest an sich. „Ich liebe dich, Angela. Habe ich dir das heute schon gesagt?"

„Nicht, dass ich wüsste", antwortete sie leise. „Sag es mir sicherheitshalber noch einmal."

Daniel sprach die Worte aus, dann presste er seine Lippen auf ihre.

Seine Zunge lockte, und sein Kuss wurde immer fordernder. Mit einer Hand streichelte er Angelas Brüste, bis er die harten Knospen unter dem dünnen Blusenstoff fühlen konnte.

Angela zog sich erschreckt zurück. „Daniel, du wirst doch nicht ..."

„Warum nicht?"

„Das geht nicht. Ich darf so etwas nicht kurz vor der Untersuchung ..."

Er machte ein ziemlich gequältes Gesicht und griff nach seinem Jackett. „Nimm deine Tasche und lass uns gehen, ehe ich den Kopf verliere."

„Sind Sie ganz sicher?" Angela blickte den Arzt ungläubig an. Der Mann war für sie natürlich ein Fremder, doch nach dem, was er ihr eben gesagt hatte, würde sie ihn vermutlich für alle Zeiten als ihren Freund betrachten. „Aber ja! Es gibt absolut keinen medizinischen oder körperlichen Grund, weshalb Sie keine Kinder mehr bekommen könnten." Er bemerkte Angelas Verblüffung. „Wie kamen Sie denn auf die Idee, dass Sie unfruchtbar gemacht worden sind?"

Angela antwortete nicht sofort. Die Tatsache, dass sie nicht steril war, und die mörderische Wut auf Ronald Lowery mussten erst einmal verarbeitet werden. Dieser Schuft!

Das war also nur einer von seinen grausamen Einfällen gewesen!

„Ich ... also ... ich litt einmal unter einer Infektion, und mein behandelnder Arzt meinte, das hätte mich unfruchtbar gemacht."

Der Doktor schüttelte den Kopf. „So ein Unsinn! Sie sind eine beneidenswert gesunde junge Frau." Er faltete die Hände auf der Tischplatte und beugte sich etwas vor. „Sind Sie glücklich mit Ihrem Mann? Lieben Sie ihn?"

„Ja!" rief Angela mit Nachdruck. Sie fühlte, wie die Bürde von ihr abfiel, die sie wochenlang geschleppt hatte. „Sehr!" fügte sie hinzu. Dann brach sie in Gelächter aus.

Als Angela und Daniel in ihrem Mietwagen zum Hotel zurückfuhren, sprühte sie vor Frohsinn und Übermut wie ein kleines Kind. Sie setzte sich fast auf Daniels Schoß und stahl ihm einen Kuss, wann immer es ging.

„Sag mal, Angela, hat dir der Arzt irgendeinen Liebestrunk verpasst? Du machst mich ganz verrückt."

„Wie verrückt?" hauchte sie und schob die Hand zwischen seine Schenkel. Die Antwort fiel recht deutlich aus.

„Nun sag schon, was hat der Doktor mit dir angestellt, dass du so aufgedreht bist?"

„Freche Frage!" Angela kniff Daniel zur Strafe ein bisschen, woraufhin er fast auf die andere Fahrspur geriet. „Ich bin deshalb so aufgedreht, weil ich den schönsten, klügsten, männlichsten und ... unersättlichsten Ehemann der Welt habe."

„Spiel nur weiter so! Aber wenn ich dich mal so sexy angezogen sehe wie neulich in San Diego auf der Cocktailparty und meine Hand in deinen Ausschnitt stecken möchte, um deine Brüste anzufassen, dann darf ich das nicht! Dabei würde ich dich bei solcher Gelegenheit am liebsten sofort auf der Stelle ..."

„Hör auf!" rief Angela. „Das ist der helle Wahnsinn. Wie sollen wir denn in unserem Hotel ohne Zwischenfall durch die Halle kommen?"

Die Frage besaß durchaus ihre Berechtigung. Beide waren schon atemlos, als Daniel die Zimmertür aufschloss, nachdem er das „Bitte-nicht-stören-Schild" draußen angehängt hatte. Rasch legte er Jacke und Krawatte ab und zog Schuhe und Socken aus.

Angela hielt ihn auf.

„Warte." Sie entkleidete sich mit verführerischen Bewegungen.

Er lächelte und wollte den obersten Knopf seines Hemdes öffnen. Angela hielt seine Hand fest und führte ihn zum Bett. Sie setzte sich auf die Bettkante, strich mit den Händen von Daniels Taille bis zum Kragen hoch und öffnete dann langsam Knopf für Knopf. Zwischendurch gerieten ihre Finger immer wieder auf Abwege und glitten über das krause Haar auf Daniels Brust,

„Angela!" stöhnte er flehentlich. Sie streifte ihm das

Hemd ab und blickte zu ihm hoch. „Lass mich dich endlich lieben“, bat er.

„Nein. Heute ist mein Tag.“ Ohne den Blick von Daniels Augen zu wenden, löste Angela seine Gürtelschnalle, zog den Reißverschluss seiner Hose hinab, schob die Hände in seinen knapp sitzenden Slip und dann beide Kleidungsstücke zusammen hinunter. Dann schmiegte sie sich an ihn.

„Ich liebe dich“, flüsterte sie. Ihre Lippen schenkten ihm das Paradies.

Die Orchid Lounge war genauso düster und die Kundschaft ebenso unerträglich wie beim letzten Mal. Zehn, zwölf Männer saßen in Gruppen zusammen und unterhielten sich leise miteinander. Angela war die einzige anwesende Frau. Der übliche Zigaretten- und Biergestank hing in der Luft.

Angela fühlte sich so gelassen wie noch nie.

Die Rückreise von San Francisco war für sie alle das reinste Vergnügen gewesen. Daniel freute sich riesig über seine Turniersiege. Über Angelas Gemütszustand nach ihrem Arztbesuch war er ebenso glücklich. Die eine Stunde beim Doktor schien offenbar alle Sorgen von ihr genommen zu haben.

Angela hatte sich auf die Heimreise ebenso gefreut, wie sie sich vorher davor gefürchtet hatte. Sie sonnte sich in Daniels Erfolg und seiner Liebe. Während des langen Flugs über den Pazifik konnte sie kaum die Hände von ihm lassen. Daniel ging es nicht anders.

Am Morgen nach ihrer Heimkehr hatte Ronald angerufen. „Wird ja Zeit, dass du rangehst. Die ersten beiden Male hatte ich deine Wirtschafterin am Apparat und musste wieder auflegen."

„Ich bedaure, dass du solche Unannehmlichkeiten hattest."

„Plötzlich so naseweis?" Ronald schnaufte leise. „Vergiss nicht, dass deine Rate fällig ist."

„Wo und wann?"

„Sei um zwei in der ‚Orchid Lounge'."

Angela hätte ohne ein weiteres Wort aufgehängt. Jetzt saß sie in derselben Nische, und Ronald verspätete sich wie beim ersten Mal. Der Barmann hatte sich bei ihr einschmeicheln wollen und ihr ein Glas auf Kosten des Hauses angeboten. Angela hatte selbstverständlich abgelehnt. Heute wich sie den unverschämten Blicken nicht aus. Im Gegenteil, sie begegnete ihnen mit so viel Herablassung, dass die Männer bald wegschauten.

„Schön, wieder daheim zu sein?" fragte Ronald und ließ sich auf dem Platz ihr gegenüber nieder. „Gute Reise gehabt?"

„Ja."

„Dein Ehemann macht sich ja einen guten Namen. Bist du nicht stolz, mit so einer Berühmtheit verheiratet zu sein?"

„Ich wäre auch stolz auf ihn, wenn er nicht berühmt wäre."

Ronald legte sich dramatisch die Hand aufs Herz. „Auf

so viel weibliche Ergebenheit muss ich einen trinken." Er rief dem Barmann seine Bestellung zu und wandte sich wieder an Angela. „Wie stolz er wohl auf dich ist, wenn er erfährt, dass du mal deinen Körper für fünfzigtausend Dollar verkauft hast."

„Das weiß ich nicht. Aber ich werde es feststellen, wenn ich es ihm erzähle."

Ronalds Augen erinnerten Angela plötzlich an die eines Reptils. Starr sah er ihr ins Gesicht. Er rührte den Drink nicht an, den der Barkeeper vor ihn hinstellte.

„Erbärmlicher Schuft", bemerkte Angela völlig ruhig und unbewegt. Das war wirkungsvoller, als wenn sie gezetert hätte. „Ich kenne niemanden, der sich solche bodenlosen Gemeinheiten ausdenkt wie du."

Ronald grinste unverschämt. „Also hast du herausgefunden, dass ich dich nicht sterilisiert habe." Er lachte. „Hat dich ganz schön erschreckt, was?"

„Weshalb hast du das gesagt?"

„Weil du mir zu hochnäsig wurdest. Du glaubtest, du könntest mich mit einer Handbewegung abschütteln, und ich wollte dir zeigen, dass es mir mit dem Geschäft ernst ist."

„Ich muss dich leider enttäuschen, Ronald. Unsere ‚Geschäftsbeziehung' besteht nicht mehr. Deine Drohungen sind hohl, denn sonst säßest du nicht in Löchern wie diesem herum und legtest den Hörer wieder auf, wenn jemand anders für mich ans Telefon geht. Nicht ich bin der Feigling von uns beiden; du bist es. Du bist ein Versager auf der ganzen Linie – als Arzt, Ehegatte, Vater und als Mann." Angela erhob sich würdevoll. „Mich kannst du nicht mehr einschüchtern. Scher dich zum Teufel." Sie drehte sich um und ging hoch erhobenen Hauptes hinaus.

Angelas Knie waren zwar weich, und ihr Mund fühlte sich trocken an, als sie ihr Auto erreichte, aber sie hatte es geschafft. Sie hatte Dr. Lowery für immer aus ihrem Leben gestrichen. Noch heute Abend wollte sie Daniel alles erzählen. Sie fürchtete nicht mehr, dass ihre Liebe an der Wahrheit zerbrechen könnte.

Fast wäre Angela die Weinflasche unter dem Arm hervorgerutscht, als sie sich durch die Eingangstür wand. „Mrs. Laani!" rief sie fröhlich. Sie packte den Blumenstrauß fester und versuchte, ihn dabei nicht an der Schachtel zu zerdrücken, in der sich ihr neues Negligé befand.

Mrs. Laani kam herangestürzt, aber Angela merkte sofort, dass sie nicht wegen ihres Rufens so rannte. „Mrs. McCasslin, gottlob, dass Sie wieder da sind!"

„Ist etwas passiert?"

Die Haushälterin deutete mit dem Kopf zu Daniels Arbeitszimmer. Die Tür war geschlossen. „Mr. McCasslin will Sie sofort sprechen. Sobald Sie im Haus sind, sagte er." Die normalerweise so gelassene Frau rang die Hände.

„Warum denn? Was ist denn ...?" Angelas Herz zog sich zusammen. „Ist etwas mit Richy?"

„Nein, ihm geht es gut, er ist in der Küche. Gehen Sie

jetzt zu Ihrem Mann.“ Mrs. Laani wagte nicht, Angela in die Augen zu sehen.

Angela reagierte mechanisch. Sie gab Mrs. Laani die Flasche. „Kühlen Sie den Wein, und stellen Sie die Blumen in eine Vase, die Sie dann bitte in unser Schlafzimmer bringen. Heute Abend werden wir Steaks essen. Bitte bereiten Sie Richys Essen schon früher zu. Und legen Sie diese Schachtel in meinen Schrank.“

„Ja, Mrs. McCasslin.“

Angela unterdrückte ihre Angst, öffnete die Tür zu Daniels Arbeitszimmer und trat ein.

„Liebling, ich ...“ Ihr Blick fiel zuerst auf die Flasche Scotch auf Daniels Schreibtisch. Daneben stand ein Whiskyglas. Eine Hand, deren Knöchel ganz weiß waren, hielt es fest umklammert. Daniels Hand. Angela starrte eine Weile fassungslos darauf, ehe sie begriff, was sie sah.

Sie blickte Daniel an. Sein Haar war zerrauft, und seine Wangenmuskeln bewegten sich unausgesetzt.

„Komm herein!“ befahl er mit eiskalter Stimme. „Ich glaube, du kennst unseren Gast.“

Erst jetzt nahm Angela den Mann bewusst zur Kenntnis, der auf dem Stuhl vor Daniels Schreibtisch saß und der sich nun zu ihr umdrehte. Sie schaute in Ronald Lowerys spöttisches Gesicht. Angelas Knie gaben nach. Sie sank gegen den Türpfosten und musste sich daran festhalten.

Daniel lachte böse auf. „Du brauchst keine Überraschung zu heucheln, deinen Exmann zu sehen. Ich habe gerade von ihm gehört, dass ihr euch in der letzten Zeit recht oft getroffen habt."

Angela versuchte, sich auf den Beinen zu halten. Sie wollte, dass Daniel die Situation im wahren Licht sah. „Daniel, was hat er dir erzählt?"

„Eine recht interessante Geschichte", antwortete er mit dem gleichen bösen Lachen. „Ich dachte immer, ich sei der größte Sünder aller Zeiten und mich könne nichts mehr verblüffen, was sich menschliche Niederträchtigkeit einfallen lassen kann. Aber eure Genialität übertrifft alles. Gratuliere!"

„Bitte, Daniel!" Angela trat weiter ins Zimmer hinein. „Hör mir zu. Ich habe dir ..."

„Hast du deinem Mann gestattet, dich mit meinem Samen zu befruchten? Hast du Richy ausgetragen? Hast du ihn für fünfzigtausend Dollar hergegeben ... verkauft, sollte ich sagen? War das die Hälfte von den hunderttausend, die mir dein Mann berechnet hat? Stimmt das alles?"

Tränen liefen über Angelas Gesicht. „Ja, aber ..."

„Und dann hast du den Nerv besessen, nach Hawaii zu kommen und dich in mein Vertrauen, in mein Leben zu schleichen? Hast du das getan?"

„Es war nicht ..."

„Was für ein gottverdammter Narr ich war!" Daniel sprang auf, leerte sein Glas und setzte es hart auf den Schreibtisch. Dann drehte er Ronald und Angela den Rücken zu, als wäre deren Anblick zu widerlich, um erträglich zu sein.

„Es war nicht so", versuchte Angela es noch einmal. „Wirklich nicht."

„Spar dir deine Lügen!" Daniel fuhr herum. „Was wolltet ihr noch aus mir herauspressen?" Die Frage war nicht an Ronald, sondern an Angela gerichtet.

„Nichts, Daniel."

„Nichts? Mein Geld, meinen Sohn? Wann hättest du genug gehabt? Mein Leben hast du ja schon zerstört mit deinem Betrug."

Angela versuchte angestrengt, die Gedanken zu ordnen, die ihr durch den Kopf schossen. „Vor ein paar Wochen hat Ronald Kontakt zu mir aufgenommen. Er sagte, er würde dir verraten, wer ich bin, wenn ..."

Sie zuckte unter Daniels verächtlichem Blick zusammen, fuhr aber fort: „... wenn ich ihm nicht zwanzigtausend Dollar gebe. Er ist ein Spieler und hat Kredithaie am Hals. Darum brauchte er auch das Geld, das du ihm für Richy gezahlt hast. Und ich wollte mich von Ronald befreien."

Daniel ließ sich wieder in seinen Sessel fallen. Seine ganze Haltung drückte aus, dass er an Angelas Dilemma nicht glaubte. Wenn sie ihn doch nur überzeugen könnte!

„Ich habe ihm vor unserer Reise fünftausend Dollar gezahlt", redete sie weiter. „Das war mein Geld, Daniel, nicht deins. Und ich hätte ihm doppelt so viel gegeben, um dir diesen Auftritt zu ersparen."

„Du hättest also weiterhin diesem Kerl Geld gegeben, damit ich nicht erfahre, was für ein verlogenes Geschöpf ich geheiratet habe! Deine Rücksichtnahme auf mein Wohlergehen rührt mich."

Angela schluchzte auf und schüttelte den Kopf. „Nein, Daniel, nein! Ich wollte es dir doch gestehen."

„Wann, Angela? Das möchte ich mal wissen. Wenn Richy in die Schule geht? Oder wenn er vom College kommt? Oder auf seiner Hochzeit? Hättest du mir da auf den Arm getippt und gesagt: Ach, übrigens, ich bin die Frau, die ihn geboren hat?"

Daniels Worte trafen Angela wie Geschosse. „Nein!" rief sie. „Ich konnte mit dem Geheimnis nicht länger leben. Heute Abend wollte ich dir alles sagen."

Jetzt lachte Daniel laut, anhaltend und Furcht erregend. „Heute Abend! Na, ist das nicht entzückend?" Er starrte sie wütend an. „Das soll ich dir glauben? Wo du mich von Anfang an belogen hast?"

„Ich habe nicht gelogen."

„Die ganze gottverdammte Geschichte war eine Lüge!" Daniel sprang wieder auf. „Wenn ich daran denke, wie du mich hereingelegt hast!" Er schüttelte den Kopf. „Immer lieb und nett, immer höflich und entgegenkommend, voller Mitgefühl und ..." Er winkte ab, als lohnte es sich nicht, weiter mit ihr zu reden, und wandte sich an Ronald, der auf seinem Stuhl hockte wie ein Aasgeier, der darauf wartet, endlich über den Kadaver herfallen zu können. „Raus!"

Das hinterhältige Grinsen verschwand von Ronalds Gesicht. „Augenblick mal! Wir haben doch noch gar nicht besprochen, wie wir die Sache regeln wollen.“

„Falls Sie glauben, Sie bekommen von mir auch nur einen Cent, sind Sie nicht nur ein Verbrecher, sondern ein Vollidiot dazu. Und wenn Sie nicht auf der Stelle verschwinden, schlage ich Sie kurz und klein und übergebe Sie dann der Polizei.“

Ronald stand wutbebend auf. „Sie werden andere Töne von sich geben, wenn ich der Presse die hübsche Story liefere. Wenn ich denen erzähle, wie Sie und Ihre blasse Frau mich um ein Baby angebettelt haben und dass Sie jetzt mit der natürlichen Mutter verheiratet sind. Vielleicht verschweige ich, dass ich die künstliche Befruchtung vorgenommen habe. Dann werden sie denken, die Zeugung sei auf natürlichem Wege erfolgt und der Junge somit ein Bastard!“

Daniel zuckte die Schultern. „Und wer soll eine solche weit hergeholte Geschichte glauben, die von einem Arzt kommt, der seine Praxis und die Achtung seiner Kollegen verloren hat, der überall verschuldet ist und jetzt das Leben eines Landstreichers führt? Wem wird man wohl eher glauben – Ihnen oder mir? Leute meines Berühmtheitsgrades werden öfter das Opfer irgendwelcher Wirrköpfe, die schnell Geld machen wollen. Das weiß die Presse genau. Auslachen wird man Sie, Lowery!“

Ronald verlor sichtbar an Selbstvertrauen. „Aber der Rechtsanwalt! Der hat alle Papiere. Er ist mein Freund und unterstützt mich.“

„So? Auf wessen Seite würden Sie sich an seiner Stelle schlagen? Auf die eines weltbekannten, im Höhenflug begriffenen Tennis-Profis oder auf die eines heruntergekommenen Arztes, dem das Wasser bis zum Hals steht? Selbst ein Mann, den Sie Ihren Freund nennen, kann so dumm nicht sein. Und wenn, dann werde ich ihm mehr fürs Schweigen zahlen als Sie ihm fürs Reden."

Ronalds Gesicht war kalkweiß geworden.

Daniel kam um den Schreibtisch herum. „Ich sage es noch einmal: Verschwinden Sie! Und falls Sie sich hier noch einmal blicken lassen, sorge ich dafür, dass Sie hinter Schloss und Riegel wandern."

„So leicht werden Sie mich nicht los, McCasslin!"

„Doch, und das wissen Sie auch. Deshalb baden Sie auch in Angstschweiß."

Ronald sah Angela hasserfüllt an. „Wenigstens habe ich dich damit auch zerstört. Jetzt verachtet er dich!" Er verließ das Zimmer. Kurz darauf hörte man die Vordertür zufallen.

Etliche Minuten verstrichen. Nichts regte sich im Raum. Das Schweigen war geradezu unheimlich. Daniel schaute auf den Ozean hinaus, und Angela blickte auf Daniels Rücken.

Wie sollte sie es nur anfangen, sein Verständnis zu erlangen? Warum nur hatte sie nicht früher geredet! Wie schön wäre es, wenn er sie in den Arm nähme und ihr versicherte, dass er ihre Beweggründe von damals verstand und an ihre große Liebe zu ihm glaubte.

Stattdessen aber hatten ihn die Wut und der verletzte Stolz geschlagen. Als er sich zu Angela umdrehte, erkannte sie sein Gesicht kaum wieder. „Bist du noch immer hier? Ich dachte, du verschwändest zusammen mit deinem ersten Ehemann und überlegtest dir, wie du an die nächsten fünfzigtausend Dollar für ein Kind kommen könntest."

Angela senkte den Kopf „Daniel, damals das ... Ich tat es für Joey."

„Ach, gab es tatsächlich einen Joey? Ich bezweifelte das schon."

Angela warf den Kopf zurück und blickte Daniel aufgebracht an. „Ich tat es, um sein Leben zu verlängern. Ich tat es, weil das die einzige Möglichkeit war, aus der unerträglichen Ehe herauszukommen und diesen Mann loszuwerden, den ich von Tag zu Tag mehr verabscheute. Wenn du einmal für einen Moment aufhören würdest, dich selbst zu bemitleiden, würdest du vielleicht verstehen, was das für mich bedeutete."

„Ich bemitleide mich selbst? So ein Unsinn! Ich verachte mich nur wegen meiner bodenlosen Dummheit. Wenn ich daran denke, wie schüchtern ich dich von weitem beobachtet habe, wie sorgfältig ich mir eine Methode, dich anzusprechen, ausgedacht habe und wie aufgeregt ich war, als ich endlich mit dir reden konnte, dann wird mir richtig übel. Wie hast du es nur fertig gebracht, ernst zu bleiben? Für dich muss das doch zum Totlachen gewesen sein."

„Das stimmt nicht, Daniel! Anfangs wollte ich dir wirklich begegnen, weil ich Richy sehen wollte. Ja, ich wollte meinen Sohn sehen!“ rief Angela. „War das so schlimm? Aber nachdem ich dich kennen lernte, wollte ich dich auch. Fast noch mehr als Richy.“

„Du wolltest nichts anderes, als mich verführen.“

„Verführen?“ wiederholte sie fassungslos. „Hast du dein Gedächtnis verloren? Wenn mir daran gelegen gewesen wäre, hätte ich mein Ziel am allerersten Abend erreicht!“

„Dazu warst du viel zu schlau. Wenn du gleich am ersten Abend das Bett mit mir geteilt hättest, würde ich vielleicht das Interesse an dir verloren haben. Nein, nein, ein bisschen wohl kalkulierter Widerstand ist die beste Methode, einen Mann anzumachen, um den sich sämtliche Frauen drängen.“

„Das wäre das Dümmste gewesen, was mir hätte einfallen können. Dein verletzter Stolz und deine Wut haben dir wohl den Verstand geraubt!“ Angelas Zorn und ihre Lautstärke nahmen gleichermaßen zu. „Mein Wunsch war es, mich mit dir anzufreunden, nicht deine Geliebte zu werden. Dann habe ich mich aber in dich verliebt und fand nicht mehr den Mut, dir zu sagen, wer ich bin. Ich fürchtete, dass du so reagieren würdest, wie du jetzt reagiert hast.“

Angelas Brüste hoben und senkten sich bei ihren erregten Atemzügen. Daniel musste immer wieder hinschauen und verfluchte sich im Stillen dafür.

Selbst jetzt erschien Angela ihm noch als die begehrenswerteste Frau, die er jemals kennen gelernt hatte. Wie war es ihr nur gelungen, ihn so zu täuschen? Irgendetwas muss doch in ihrem Blick gelegen haben, das ihn hätte warnen sollen. Aber er hatte sich von ihr einfangen und in die Ehe locken lassen, ohne es zu merken. Welcher Mann, der auch nur einen Funken Stolz besaß, würde so etwas ertragen?

„Einmal wollte ich dir alles erzählen", begann Angela wieder. „Doch da meintest du, wenn die Geheimnisse unserer Vergangenheit nichts mit unserer Liebe zu tun hätten, sollten wir sie für uns behalten."

„Da ahnte ich nicht, welcher Art dein Geheimnis war", entgegnete Daniel in einer ziemlich arroganten Tonlage, die Angela fast die Beherrschung kostete.

„Und was ist mit deinem Geheimnis, Daniel? Hast du mir jemals gesagt, dass nicht deine geliebte Ellie Richy geboren hat, sondern eine wildfremde Frau?"

„Das tat nichts zur Sache."

„Eben!" schrie Angela. „Das sage ich ja! Ich hätte dich und Richy genauso geliebt, wenn ich nicht seine Mutter wäre."

„Wirklich, Angela?"

Sekundenlang herrschte angespanntes Schweigen.

„Ja, Daniel", sagte Angela dann leise. „Ja."

Daniel durchbohrte sie mit seinem harten Blick. „Aber genau werde ich das nie wissen, nicht wahr? Du hast mir einmal eines Kindes wegen deinen Körper verkauft. Hast du das später nicht wieder getan?"

Hilflos beobachtete Angela Daniel, der zum Schreibtisch ging und die Whiskyflasche in die Hand nahm. Er trat damit ans offene Fenster, beugte sich hinaus und zerschmetterte die Flasche an der Außenmauer.

„Ich werde mich von dir nicht wieder dazu treiben lassen. Jetzt bin ich wieder ein Gewinner, und das lasse ich mir weder von dir noch von sonst jemandem nehmen."

14. KAPITEL

„Sie machen einen Fehler."

Angela, die gerade eine Bluse in ihren Koffer legen wollte, drehte sich zu Mrs. Laani um, die an der Schlafzimmertür stand. Am liebsten wäre sie zu ihr gelaufen und hätte sich an ihrem mütterlichen Busen ausgeweint. Sie kannte nichts mehr als Tränen seit dem Tag vor einer Woche, an dem Daniel das Haus verlassen hatte.

Ohne ein Wort des Abschieds war er aus seinem Arbeitszimmer gegangen und hatte gepackt. Kurz darauf hörte Angela ihn draußen nach Maurice rufen, der ihn zum Flugplatz fahren sollte. Seitdem hatte Daniel ein paar Mal angerufen, um sich nach Richy zu erkundigen. Stets hatte er mit Mrs. Laani gesprochen, nie mit Angela. Im Augenblick befand er sich in Los Angeles zu den Abschlussverhandlungen für seine Sportartikelgeschäfte.

Ich glaube nicht, dass das ein Fehler ist", widersprach Angela leise und beschäftigte sich weiter mit ihrem Koffer.

Mrs. Laani trat ins Zimmer. „Er ist ein halsstarriger Mann, Mrs. McCasslin. Stolz. Ich hätte taub sein müssen, um den schrecklichen Streit nicht mitzubekommen. Sie sind Richys Mutter. Das hätte ich eigentlich längst erkennen müssen."

Angela lächelte traurig. „Manchmal meinte ich, meine Liebe sei so deutlich sichtbar, dass Sie ... oder Daniel ... das entdecken würden."

„Für Mr. McCasslin war das jetzt ein Schock, aber wenn er ein bisschen nachdenkt, wird er merken, wie unvernünftig er sich verhalten hat."

„Er hatte eine Woche Zeit zum Nachdenken. Ich weiß nicht, was dabei herausgekommen ist, aber ich werde nicht länger hier herumsitzen wie ein Kapitalverbrecher, der auf sein Todesurteil wartet. Ich bin der Eindringling. Daniel und Richy kommen auch ohne mich aus."

Mrs. Laani richtete sich hoch auf und kreuzte die Arme vor der Brust. „Also wollen Sie sich feige davonmachen."

Angela setzte sich auf die Bettkante. „Versuchen Sie, mich zu verstehen, Mrs. Laani. Wirklich feige wäre ich, wenn ich jetzt brav hier bliebe und mich mit Daniels Uneinsichtigkeit und seiner Wut abfände, so wie ich es in meiner ersten Ehe gehalten habe. Daniel verachtet mich ja, weil ich mich meinem ersten Mann gebeugt habe. Vielleicht hofft er, dass ich wenigstens jetzt etwas Rückgrat zeige und die Konsequenzen ziehe."

„Und Richy?" Tränen standen in Mrs. Laanis Augen.

„Ja, Richy ..." Angela dachte an diese Woche, die sie allein miteinander verlebt hatten. Tagsüber war sie stets mit ihrem

Sohn zusammen gewesen, und nachts hatte sie sich neben sein Bettchen gesetzt und ihn angeschaut, während er schlief.

„Ich hoffe, Daniel gestattet mir, den Kleinen hin und wieder zu sehen. Es wäre töricht, wenn ich versuchte, Anspruch auf das Kind zu erheben. Dies hier ist Richys Zuhause."

„Überlegen Sie es sich noch einmal." Jetzt weinte Mrs. Laani ungehemmt. „Sie lieben doch die beiden viel zu sehr, um sie zu verlassen."

„Ich liebe sie zu sehr, um hier zu bleiben", entgegnete Angela leise.

Als Angela ein paar Stunden später wieder neben Richys Bett saß, erklärte sie dem fest schlafenden Kind alles.

„Ich weiß nicht, was dir dein Daddy über mich erzählen wird, aber ich hoffe, eines Tages wirst du erfahren, wer ich bin, und mir verzeihen, dass ich dich fortgeben musste. Ich tat es, um das Leben deines Bruders zu retten, Richy." Sie lächelte. „Schade, dass du Joey nicht kennen lernen konntest. Ihr hättet euch sicher gemocht."

Sie strich sanft über die blonden Locken ihres schlafenden Sohnes. „Ich liebe deinen Vater, Richy, und ich möchte euch beide nicht verlassen, aber ich muss es tun. Wir würden fortan in einer vergifteten Atmosphäre leben, die für dich am schädlichsten wäre. Und vielleicht verstehst du eines Tages auch, dass es jede Liebe zerstört, wenn man ihr seine Selbstachtung opfert."

Mit dem Finger streichelte sie Richys kleine Faust. „Ich gebe dich jetzt zum zweiten Mal auf, Richy. Bitte, versteh, dass ich es tun muss."

Angela erhob sich und tastete sich vorsichtig zur Tür. Es war absolut dunkel im Zimmer, doch die Finsternis in ihrer Seele war noch viel tiefer.

Das Motelzimmer war zweckmäßig eingerichtet, lag aber an der „falschen" Seite der Kalakaua Avenue, so dass man von seinem Fenster aus nicht auf den Ozean und den Strand von Waikiki sehen konnte. Früher hatte die Anlage einmal bessere Tage gekannt. Jetzt stellte sie nur noch eine preiswerte Unterkunftsmöglichkeit dar, genau das Richtige für Angelas Finanzen und Bedürfnisse. Hier konnte sie die langen, einsamen Tage ebenso gut verbringen wie anderswo auch.

Angela unternahm lange Spaziergänge den Strand entlang. Sie schrieb viel. Gedanken und Eindrücke, noch unsortiert, füllten einen Schreibblock nach dem anderen. Immer wieder dachte sie an Richy. Was tat er jetzt gerade? Vermisste er sie? Und Daniel? Fehlte sie ihm?

Am vierten Tag nach ihrer Abreise von Maui saß Angela wieder vor ihrem Schreibblock, doch heute hatten die Musen anscheinend ihren freien Tag. Seit einer Viertelstunde starrte Angela auf die leere Seite ihres Blocks. Plötzlich fiel ein Schatten darüber. Sie schaute auf und zum Fenster. Daniel stand davor.

Eine kleine Ewigkeit lang sahen sie einander durch die

Glasscheibe hindurch an. Angelas Denkvermögen setzte aus. Schließlich ging Daniel zur Tür.

Angela stand auf. Ihre Knie zitterten. Sie wandte sich zur Tür. Daniel hatte nicht angeklopft. Sie öffnete trotzdem.

Sein Gesicht sah so grau aus, dass Angela schon fürchtete, er sei wieder dem Alkohol verfallen. Seine Augen waren jedoch klar und seine Bewegungen so athletisch und geschmeidig wie immer. Er trug weiße Shorts und ein gelbes Polohemd. Mit einem Mal sehnte sie sich heftig danach, ihn zu berühren.

Daniel betrat das Zimmer. Er blickte sich darin kurz um und schaute dann wieder Angela an. „Guten Tag, Angela."

„Guten Tag."

„Geht es dir gut?"

Angela schluckte. „Ja." Sie spürte, dass er unter einer starken inneren Anspannung stand. Von Daniel schien eine Kraft auszugehen, auf die ihr Körper sofort reagierte. „Und du? Geht es dir auch gut? Und Richy?"

„Ich bin erst heute Morgen nach Maui zurückgekehrt. Ich war lange nicht daheim, aber Richy scheint es gut zu gehen. Gesundheitlich, meine ich. Mrs. Laani sagte, er habe in der letzten Zeit viel geweint." Daniel schien die Palme vor dem Fenster sehr interessant zu finden. Er hielt den Blick nun stur darauf gerichtet. „Er vermisst dich."

Angela senkte den Kopf. „Ich vermisse ihn auch." Im Stillen setzte sie hinzu: Und ich vermisse dich.

„Ich ... erst als ich wieder daheim war, erfuhr ich, dass du fortgegangen bist.“ Daniel räusperte sich. „Ich bin sofort hierher nach Honolulu geflogen.“

Angela schaute jetzt auch auf die Palme vor dem Fenster. „Wie hast du mich gefunden?“

„Mit einer Tüte voll Münzen.“

„Wie bitte?“

„Ich ließ mir eine Tüte voll Münzen von der Bank geben und fing zu telefonieren an.“

„Ach so.“ Angela erlaubte sich ein kleines, zaghaftes Lächeln. „Ich wollte so lange in Hawaii bleiben, bis in Los Angeles alles bereit ist. Mein altes Apartment hatte ich nämlich vor der Reise nach Hawaii aufgegeben, weil ich dachte, mein Aufenthalt hier würde ... würde vielleicht länger dauern. Eine meiner Freundinnen sucht jetzt eine neue Wohnung für mich.“

„Du hast also vor, nach Los Angeles zurückzukehren?“

Was deutete das Zittern in seiner Stimme an? Angst oder Erleichterung? Angela wagte nicht, Daniel anzusehen. „Ich denke, ja.“

Daniel trat an den Tisch. Sie hörte, wie ihr Schreibpapier raschelte. „Du schreibst?“

„Ja.“ Also wollte Daniel mit ihr nicht über die Trennung sprechen. Er würde sie einfach ziehen lassen. „Ich schreibe, wenn ich in der Stimmung dazu bin“, erklärte sie so gleichmütig wie möglich.

„In welcher Stimmung warst du, als du dies schriebst?“ fragte Daniel schließlich.

Angela drehte sich langsam um. Daniel ließ einen zerknüllten Bogen auf den Tisch flattern. Es handelte sich um ein Gedicht, das sie vor über einem Monat geschrieben hatte, als sie alle zusammen in San Francisco waren. An jenem Morgen hatte sie nach einem ausgiebigen Frühstück und einem darauf folgenden Liebesspiel noch im Bett gelegen, während Daniel schon zu seinem Tennistraining unterwegs gewesen war. Sie hatte nach ihrem Schreibblock gegriffen und ganz unter dem Eindruck der vergangenen Stunden ein Liebesgedicht geschrieben, das in bewegten Worten ausdrückte, was Daniel ihr bedeutete.

„Ich glaube, der Text erklärt die Stimmung genug“, antwortete Angela. Sie versuchte, die Tränen zu unterdrücken, und wagte einen Blick in Daniels Gesicht. Auch seine Augen schimmerten feucht.

„Ich habe es gestern zerknüllt in einer Kofferecke gefunden“, erklärte er.

Angela schwieg.

„Vor ein paar Tagen bin ich endlich zu der Erkenntnis gelangt, dass ich der allergrößte Dummkopf aller Zeiten bin. Du hast allen Grund, mich für mein unmögliches Verhalten zu hassen. Ich wollte dich um Verzeihung bitten, aber erst als ich dies hier fand, hatte ich den Mut dazu. Ich hoffte, wenn du einmal so für mich empfunden hast, sei vielleicht noch nicht alles verloren.“

„Du möchtest mich um Verzeihung bitten?“

„Ja. Dafür, dass ich mich wie ein Idiot, wie ein beleidigter Verlierer, wie ein verwöhntes Kind benommen habe.“

„Liebling, dein Ärger war gerechtfertigt. Ich habe dich schließlich unter falschen Voraussetzungen in die Ehe gelockt.“

Inzwischen hatten sie sich einander langsam genähert. Jetzt zog Daniel Angela in die Arme. Er barg sein Gesicht in ihrem duftenden Haar. „Das hast du nicht. Ich habe dich geheiratet, weil ich dich liebte. Ich wollte dich zur Frau. Das will ich noch immer! Ich war schrecklich verzweifelt, als ich erfuhr, dass du fortgegangen bist. Angela, komm zu mir zurück.“

„Ich bin gegangen, weil ich dachte, du könntest mich nicht länger ertragen.“ Sie blickte ihm in die Augen. „Und ich hätte nicht ständig mit deiner Verachtung leben können. Daniel, ich muss wissen, dass du verstehst, warum ich mich einst so und nicht anders verhalten habe.“

Daniel griff nach ihrer Hand und führte sie direkt zum Bett. Sie setzten sich auf die ausgeblichene Decke. „Was du getan hast, war nicht falsch. Ungewöhnlich vielleicht, aber bestimmt nicht falsch. Für Ellie und mich war damals die Frau, die uns unseren Richy geschenkt hat, der absolut wunderbarste Mensch auf Erden.“

Liebevoll strich er ihr über ihre Wange. „Warum ich so unverzeihlich reagiert habe, nachdem ich hörte, dass du diese Frau bist, weiß ich nicht. Wahrscheinlich war ich gekränkt, weil du mir nicht so viel Vertrauen und Liebe entgegengebracht hast, es mir zu sagen."

„Denkst du nicht schlecht von mir, weil ich mein Baby verkauft habe?"

„Ich habe schon nicht schlecht von dir gedacht, ehe ich dich kannte. Warum jetzt? Ich weiß, dass du es tatest, um Joeys Leben zu retten. Wenn ich vor dem gleichen Problem mit Richy stünde, würde ich sogar einen Pakt mit dem Teufel schließen."

„Das habe ich getan."

Daniel lächelte. „Nachdem ich das wahre Gesicht deines geschiedenen Mannes kennen gelernt habe, glaube ich dir das aufs Wort."

„Fürchtest du nicht, er könnte noch Schwierigkeiten machen?"

„Nein. Dazu hat er viel zu viel Angst. Wir sind nicht die Einzigen, über die er sich den Kopf zerbrechen muss. Wenn er aber doch irgendwie zuschlagen sollte, kann mich das nicht erschüttern, solange ich dich und Richy an meiner Seite weiß." Er küsste ihre Fingerspitzen. „Du kommst heim mit mir, ja? Und dann verlässt du mich nie wieder, nein?"

„Möchtest du das?"

„Ach, Angela, das fragst du noch?"

Sie ließen sich aufs Bett zurückfallen, und ihre Lippen trafen sich in einem Kuss voller Zärtlichkeit und Verlangen. Daniels Zunge koste, tastete, drängte und weckte Angelas Begehren. Aber dies war nicht der richtige Zeitpunkt, den körperlichen Gelüsten nachzugeben. Angela war dankbar, dass Daniel das auch erkannte.

Sie schob ihn ein wenig zur Seite, setzte sich auf und schaute sich im Zimmer um. „Mein Gott, ist das hier deprimierend! Lass uns heimkehren."

Richy war entzückt, ein so dankbares Publikum zu haben. Seine Eltern saßen im Wohnzimmer auf dem Teppich und applaudierten bei seinen übermütigen Turnübungen, die immer wilder wurden.

„Sie sollten ihn wohl lieber ins Bett bringen, ehe er noch aufgedrehter wird", empfahl Mrs. Laani, die sich immer wieder heimlich eine Träne abwischen musste, seit Daniel und Angela plötzlich Arm in Arm durch die Vordertür hereinspaziert waren.

„Okay, großer Meister, die Autorität hat gesprochen." Richy strahlte, als sein Vater ihn auf seinen Schultern reiten ließ. Die kleinen Händchen krallten sich in das dichte blonde Haar. Angela legte den Arm um Daniels Hüften, und so gingen sie gemeinsam die Treppe hoch.

Richy wollte aber um keinen Preis ins Bett. Es war so gut wie unmöglich, den wild strampelnden Burschen in seinen Pyjama zu bekommen. „Pipi!" rief er immer wieder eindringlich.

„Vielleicht ist es diesmal kein falscher Alarm", meinte Angela. Daniel, der es kaum erwarten konnte, endlich mit ihr allein zu sein, machte ein skeptisches Gesicht, doch dann handelte er.

Er schnappte sich Richy, trug ihn ins Badezimmer und setzte ihn auf sein Töpfchen. Zur Verblüffung seiner Eltern folgte Richys Ankündigung wirklich die Tat. Ein paar Minuten später lag der Kleine in seinem Bettchen und schlief sofort völlig übermüdet ein.

„Haben wir nicht einen fabelhaften Sohn zu Stande gebracht?“ fragte Daniel.

„Ja, das haben wir.“ Angela lehnte sich an Daniel. Dann erzählte sie ihm stockend, wie Ronald ihr eingeredet hatte, er habe sie bei Richys Geburt unfruchtbar gemacht, und wie erleichtert sie nach dem so gefürchteten Besuch bei dem Arzt in San Franzisco gewesen war. „Der Doktor hat mir glaubhaft versichert, dass wir noch viele Kinder bekommen können“, schloss sie.

„Dieser Lowery ist ein Schweinehund.“ Daniel küsste Angela auf die Stirn. „Wenn wir noch Kinder bekommen, werde ich sie alle lieb haben. Kriegen wir keine mehr, bin ich auch nicht traurig. Nächstes Jahr erreiche ich die Spitze der Weltrangliste. Dann kann ich mich in Würde vom Tennis zurückziehen. Ich habe einen wundervollen Sohn, und ich habe eine Frau, die ich mit jeder Faser meines Herzens liebe. Was will ich mehr?“

Sie gaben ihrem schlafenden Sohn noch einen zärtlichen Kuss auf die Stirn und verließen auf Zehenspitzen das Zimmer. Als sie im dunklen, leeren Flur standen, wurden beide plötzlich ungeheuer verlegen und nervös. Daniel schaute Angela voller Begehren an.

„Ich kann es wirklich kaum erwarten, dich in mein Bett zu bringen, aber ich weiß auch, dass du erst umworben werden willst."

Angelas Augen leuchteten verräterisch. „Das war vor meiner Hochzeit."

„Und jetzt?"

„Jetzt will ich mit meinem Ehemann schlafen."

„Ich muss erst mal ins Bad."

„Ich auch."

„Dann nehme ich das Badezimmer unten. Eine Viertelstunde?"

Angela lächelte glücklich. Sie freute sich, dass Daniel sie allein ließ, während sie sich für ihn sorgfältig vorbereitete. „Oder weniger."

Sie duschte, wusch sich das Haar und trocknete es rasch. Danach verteilte sie Bodylotion auf ihrer Haut und benutzte ein verführerisches Parfüm. Das durchscheinende Gewebe ihres Negligés unterstrich die Schönheit ihres nackten Körpers darunter. Angela setzte sich aufs Bett, lehnte sich in die Kissen und erwartete so ihren Mann.

Daniel hatte sich nur ein Frotteehandtuch um die Hüften geschlungen, das jeden Moment herunterzurutschen drohte. Er hielt Angelas Blick gefangen, während er auf das Bett zutrat. Das Handtuch fiel zu Boden. Angela betrachtete ihren Mann ohne Hemmungen.

„Das ist sehr hübsch“, lobte Daniel das neue Negligé. Sein Blick glitt zu ihren Brüsten. Durch den Stoff konnte er ihre dunklen Knospen erkennen.

„Danke.“

„Die Farbe steht dir sehr gut.“

„Ich werde es mir merken. Deine Farbe gefällt mir auch sehr gut.“

Daniel lächelte. „Ich muss etwas für meine Bräune tun. Sie ist während der vergangenen Woche ziemlich verblasst.“ Er beugte sich hinunter, schob einen Finger in Angelas Halsausschnitt und lugte hinein. „Deine Bräune lässt ebenfalls zu wünschen übrig.“

Die leichte Berührung seines Fingers ließ Angelas Atem schneller gehen. Ihre Brüste hoben und senkten sich gegen Daniels Hand, und in ihre Augen trat jener Blick, der sein Verlangen unbezähmbar machte.

„Angela ...“ Daniel streckte sich neben ihr aus – in entgegengesetzter Richtung – und legte den Kopf auf ihre Hüfte. „Ich liebe dich. Die Zeit ohne dich war ein Albtraum. Wir dürfen uns nie wieder trennen.“

„Nie wieder“, schwor Angela und kämmte mit den Fingern durch sein Haar.

Daniel schlug ihr Negligé auseinander und rieb seine Wange an ihrer weichen Haut. „Du duftest so gut.“ Er küsste ihren Nabel und ertastete ihn mit der Zunge. „Und hier hast du meinen Sohn getragen.“ Er strich mit den Lippen über ihren Bauch.

„Ja", flüsterte Angela und legte ihre Wange auf das raue Haar unterhalb seines Nabels, „Angela ..." Daniel griff sanft in Angelas seidigen Schopf und drückte ihren Kopf tiefer hinunter. Sein ganzer Körper erstarrte wie im Krampf, als er zuerst die zärtliche Berührung ihrer Lippen und dann die geschickten Bewegungen ihrer Zunge fühlte.

Das erregende Liebesspiel versetzte beide in den unbändigen Taumel des Verlangens. Daniel richtete sich auf, drehte sich um und spreizte langsam und liebevoll Angelas Beine. Er kniete sich vor sie und legte sanft ihre Schenkel über seine, schob die Hände unter ihre Hüften und hob sie vorsichtig an. Er wandte den Blick nicht von Angelas Gesicht ab, während er in sie glitt.

Vorsichtig führte er die Hände an ihrem Rücken bis zu ihrem Oberkörper hoch und brachte Angela in eine sitzende Position. Seine Lippen verschmolzen mit ihren. Er umfasste ihre Brüste und ließ dabei die Daumen leicht über die angeschwollenen Spitzen kreisen. Dann gab er Angelas Mund frei, neigte den Kopf und setzte die Liebkosung mit den Lippen und der Zunge fort.

Angelas Körper antwortete auf diese aufreizende Berührung mit immer heftiger werdenden Bewegungen, bis Daniel sich nicht länger zurückhalten konnte. Ohne sich von ihr zu lösen, legte er sie auf den Rücken. Noch einmal drang er tief in sie ein, und auf dem Höhepunkt ihrer Leidenschaft schenkte er ihr seine ganze Liebe.

Es dauerte lange, bis sie von ihrer Reise zu den Gipfeln des Glücks in die Wirklichkeit zurückkehrten.

„Angela, ich liebe dich." Daniel stützte sich über ihr auf und schaute unendlich liebevoll zu ihr hinunter.

„Ich liebe dich auch, Daniel. Vom ersten Augenblick an und unwiderruflich."

Die Schmerzen und Missverständnisse der Vergangenheit gab es plötzlich nicht mehr. Nur die Gegenwart zählte jetzt noch und die Gewissheit, dass eine wunderbare Zukunft vor ihnen lag.

Band-Nr. 25006
5,95 €
ISBN 3-89941-006-8

BARBARA DELINSKY

Begegnungen in Park Hill

„Rendezvous in Park Hill“:
Schon als Teenager fühlte Jessica, Tochter vermögender Eltern, sich zu Brian, dem Sohn des Gärtners, hingezogen – vergeblich. Doch jetzt arbeitet er als Architekt für sie, und plötzlich ist das Glück ganz nah.

„Romanze in Park Hill“:
Die hübsche Innenarchitektin Christine ist überzeugt, dass sie nach dem Streit, den sie mit dem Bauunternehmer Gregory Lowe hatte, den Auftrag vergessen kann. Aber sie erhält den Zuschlag – und eine Einladung von Gregory zu einem romantischen Dinner.

„Hochzeit in Park Hill“:
Zwei Welten prallen aufeinander: Die Maklerin Nina denkt bei der Entwicklung des Park-Hill-Projekts nur an die Investition, während John Sawyer hier eine Oase des Wohnens errichten möchte. Nur in sinnlichen Stunden vergessen sie alle Streitigkeiten.

MIRA®

Band-Nr. 25007
5,95 €
ISBN 3-89941-007-6

NORA ROBERTS

Die Sterne Mithras

„Der verborgene Stern"
„Der gefangene Stern"
„Der geheime Stern"

Wer die Sterne von Mithra besitzt, dem schenken sie Unsterblichkeit – so heißt es in einer alten Legende!
Den drei besten Freundinnen, die versuchen, die blauen, unermesslich wertvollen Diamanten vor dem Zugriff eines besessenen Schmucksammlers zu bewahren, werden sie zum Schicksal. Denn jede von ihnen gerät durch einen der Sterne, den sie verbirgt, in Lebensgefahr. Nur der Mann, mit dem sie das Glück der Leidenschaft von der strahlendsten Seite erlebt, kann sie aus der Gefahr befreien.
Drei Freundinnen, drei Männer, drei Diamanten – und drei atemberaubend aufregende Abenteuer um die große Liebe.

MIRA®

Band-Nr. 25008
5,95 €
ISBN 3-89941-008-4

HEATHER GRAHAM

Stürmische Nächte in Florida

„Gefahr für Ashley“:
Auf der Flucht vor einem Hurrikan wird das Fotomodell Ashley Dane Zeugin eines Mordes in den Sümpfen Floridas. Voller Angst findet sie endlich Schutz in den Armen des smarten Brian Hawk – oder gehört er auch zu den mysteriösen Verbrechern?

„Heiß wie Feuer“:
Gerade musste die aufregende Kathy erfahren, dass ihr Exmann, der berühmte Sänger Brent McQueen, möglicherweise bei einem Bombenanschlag ums Leben gekommen ist, da traut sie ihren Augen nicht: Plötzlich steht Brent vor ihr und schaut sie begehrend an. Kathy weiß genau, dass sie nie wieder eine Nacht ohne ihn sein will.

MIRA®